Donna Leon

LA PETITE FILLE
DE SES RÊVES

ROMAN

Traduit de l'anglais (États-Unis)
par William Olivier Desmond

Calmann-Lévy

TEXTE INTÉGRAL

TITRE ORIGINAL
The Girl of his Dreams
ÉDITEUR ORIGINAL
William Heinemann, Londres, 2008
© Donna Leon et Diogenes Verlag AG, Zurich, 2008

ISBN 978-2-7578-2649-2
(ISBN 978-2-7021-4140-3, 1re publication)

© Calmann-Lévy, 2011, pour la traduction française

Vous dévorez du **polar**?
Le **thriller** vous donne le frisson?
Le **roman noir** fait vos nuits blanches?

Alors pourquoi ne pas rejoindre
le jury du **Prix du Meilleur Polar
des lecteurs de POINTS**?

Pour que le lecteur en vous devienne électeur,
rien de plus simple : posez votre candidature sur
www.meilleurpolar.com jusqu'au 15 mars 2012 et…
attendez les résultats !

Puis, de mai à octobre 2012, vous recevrez à domicile
neuf romans sélectionnés parmi les nouveautés des
éditions POINTS.

En novembre, vous rendrez votre verdict…

Le Prix du Meilleur Polar des lecteurs de POINTS,
c'est un prix littéraire dont vous, lectrices et lecteurs,
désignez le lauréat en toute liberté.

En 2011, c'est **Pete Dexter** avec son roman *Cotton
Point* qui a remporté les suffrages.

Mais en 2012, qui remportera le prix ?
À vous de décider.

Une seule adresse : **www.meilleurpolar.com**

Donna Leon est née en 1942 dans le New Jersey et vit à Venise, théâtre de ses romans policiers, depuis plus de vingt-cinq ans. Elle enseigne la littérature dans une base de l'armée américaine située près de la Cité des Doges. Son premier roman, *Mort à La Fenice*, a été couronné par le prestigieux prix japonais Suntory, qui récompense les meilleurs romans à suspense. Le commissaire Brunetti est le héros récurrent de ses enquêtes policières.

À Leonard Toenz

Der Tod macht mich nicht beben.
Nur meine Mutter dauert mich ;
Sie stirbt vor Gram ganz sicherlich.

La mort ne me fait pas trembler
Pour ma mère seule j'ai de la peine ;
Elle mourra à coup sûr de chagrin.

Wolfgang Amadeus Mozart,
La Flûte enchantée

1

Brunetti avait découvert que compter silencieuse-
ment jusqu'à quatre et recommencer aussitôt lui évitait
de penser à autre chose. Cela ne l'empêchait pas de
voir que le temps était paré de toutes les grâces du
printemps ; il lui suffisait de regarder, au-dessus des
têtes qui l'entouraient, la cime des cyprès sur un fond
de ciel pommelé de nuages, pour admirer un spectacle
plaisant. Et il n'avait qu'à se tourner légèrement pour
apercevoir au loin un mur de brique au-delà duquel,
savait-il, s'élevaient les dômes de San Marco. Compter
était une sorte de contraction mentale, comme quand
on rentre les épaules dans l'espoir qu'en réduisant la
surface de son corps exposé au froid, on sentira moins
celui-ci. Ainsi, en exposant moins son esprit à ce qui
se passait devant lui, il pensait pouvoir diminuer la
douleur.

Paola, qui se tenait à sa droite, glissa son bras sous
le sien et ils se mirent à avancer d'un même pas. Son
frère Sergio se tenait à sa gauche avec son épouse et
deux de ses enfants. Raffi et Chiara marchaient derrière leurs parents. Il se tourna, jeta un coup d'œil à ses
rejetons et leur adressa un sourire incertain, qui se dis-
sipa rapidement dans l'air matinal. Chiara lui rendit
son sourire ; Raffi baissa les yeux.

Brunetti serra le bras de Paola. Elle avait glissé sa mèche rebelle derrière son oreille gauche ; elle portait les boucles d'oreilles en or et lapis-lazuli qu'il lui avait offertes pour Noël, deux ans auparavant. Leur bleu était moins foncé que celui du manteau qu'elle portait. Bleu et non pas noir. Quand avait-on cessé, se demanda-t-il, de porter du noir pour les enterrements ? Il se rappelait celui de son grand-père, où tous les membres de la famille étaient vêtus de noir ; en particulier les femmes, qui avaient l'air de pleureuses professionnelles lors de funérailles victoriennes, même si cela se passait bien avant qu'il sache quoi que ce soit des romans victoriens.

Le frère aîné de son grand-père était alors encore en vie et avait accompagné le corbillard dans ce même cimetière, sous ces mêmes arbres, derrière un prêtre qui avait dû réciter les mêmes prières. Brunetti se souvenait que le vieil homme avait pris avec lui une motte de terre de sa ferme des environs de Dolo – disparue depuis longtemps sous le macadam de l'autoroute et les usines du secteur. Il n'avait pas oublié comment son grand-oncle avait sorti son mouchoir de sa poche tandis qu'ils se tenaient, silencieux, devant la fosse ouverte dans laquelle on descendait le cercueil. Ni comment le vieillard – qui devait être alors largement nonagénaire – avait déplié le tissu, pris la petite motte de terre et l'avait laissée tomber sur le cercueil.

Ce geste était resté l'un des souvenirs les plus mystérieux de sa jeunesse. Il n'avait jamais compris pourquoi son grand-oncle l'avait fait ; d'ailleurs, personne, dans sa famille, n'avait pu le lui expliquer. Il se demandait maintenant, tandis qu'il se tenait là, si toute la scène n'avait pas été le fruit de l'imagination surmenée d'un enfant, réduit au silence par la vue de la plupart des gens qu'il connaissait enveloppés de noir, et par la confusion créée dans son esprit par sa mère, qui avait tenté de lui expliquer ce qu'était la mort. Il n'avait que six ans.

À présent, elle le savait, pensa-t-il. Ou pas. Brunetti avait tendance à croire que le plus affreux, dans la mort, tenait précisément à l'absence de conscience ; au fait que le mort cessait de savoir, cessait de comprendre, cessait tout. Le début de sa vie avait été bercé de mythes : le petit Jésus dans sa crèche, la résurrection de la chair, un monde meilleur réservé aux personnes bonnes et pieuses.

Son père, cependant, n'y avait jamais cru : une autre constante de l'enfance de Brunetti. Mécréant silencieux, son père ne faisait jamais de commentaires sur la foi affichée de son épouse. Il n'allait jamais à l'église, s'absentait lorsque le prêtre venait bénir la maison, n'assista ni au baptême de ses enfants, ni à leur première communion, ni à leur confirmation. Lorsqu'on l'interrogeait à ce sujet, Brunetti père marmonnait : « *Scioccheze* », ou encore : « *Roba da donna* », sans s'étendre davantage. Ses deux fils étaient libres de le suivre dans sa conviction que les obligations religieuses restaient l'affaire délirante des femmes, ou l'affaire de femmes délirantes. Mais il s'était fait avoir, à la fin, songea Brunetti. Un prêtre avait été introduit dans la chambre d'hôpital où il se mourait pour lui administrer les derniers sacrements, et une messe avait été dite à ses funérailles.

Tout cela avait sans doute simplement eu pour objectif de consoler sa veuve. Brunetti avait vu mourir assez de gens pour savoir de quel grand réconfort pouvait être la foi pour ceux qui restaient. C'était peut-être ce qu'il avait eu inconsciemment à l'esprit lors de l'une de ses dernières conversations avec sa mère, du temps où elle était encore lucide. Elle vivait toujours chez elle, mais ses fils avaient engagé la fille des voisins pour venir passer ses journées avec elle, et bientôt ses nuits.

Au cours de la dernière année, alors qu'elle leur avait entièrement échappé comme elle avait échappé au monde, elle avait arrêté de prier. Son chapelet, naguère un objet précieux pour elle, avait disparu de sa table de nuit, de même que le crucifix. Et elle avait cessé d'assister à la messe, même si la jeune femme qui s'occupait d'elle lui proposait souvent de s'y rendre.

« Pas aujourd'hui », répondait-elle invariablement, comme si elle se gardait la possibilité d'y aller le lendemain ou le surlendemain. Elle s'en était tenue à cette réponse jusqu'à ce que la jeune femme et les membres de la famille Brunetti s'abstiennent de lui poser la question. Non qu'ils n'étaient plus curieux de connaître ses pensées, simplement, ils ne le montraient plus. Avec le temps, son comportement devint de plus en plus inquiétant : certains jours, elle ne reconnaissait même plus ses fils, alors qu'elle pouvait avoir une conversation animée avec eux sur les voisins ou ses petits-enfants, le lendemain. Puis les proportions s'inversèrent, et les jours où elle se rappelait qu'elle avait des voisins se firent de plus en plus rares. Par une fin d'après-midi d'hiver au froid mordant, six années auparavant, Brunetti était allé la voir pour prendre le thé avec elle et déguster les petits gâteaux qu'elle avait cuits le matin même. C'était un hasard qu'elle ait fait de la pâtisserie ce jour-là ; en réalité, on lui avait dit trois fois que son fils venait, mais elle ne s'en souvenait plus à son arrivée.

Pendant qu'ils goûtaient, elle lui avait décrit une paire de chaussures qu'elle avait vue dans une vitrine, la veille, et qu'elle aurait aimé acheter. Brunetti, qui savait qu'elle n'était pas sortie de chez elle depuis six mois, offrit néanmoins d'aller les chercher pour elle, si elle lui indiquait où se trouvait le magasin. Elle lui lança alors un regard blessé, mais elle se reprit et lui répondit qu'elle préférait y aller elle-même pour les essayer.

Elle avait ensuite baissé les yeux sur sa tasse de thé, faisant semblant de ne pas avoir remarqué son trou de mémoire. Pour détendre l'atmosphère, Brunetti lui avait demandé de but en blanc : « *Mamma*, est-ce que tu crois à tous ces trucs sur le Ciel et la vie éternelle ? »

Elle avait alors levé les yeux sur son fils cadet, et celui-ci avait remarqué à quel point les iris étaient troubles. « Le Ciel ? demanda-t-elle.

– Oui. Et Dieu. Tout ça. »

Elle avait bu une petite gorgée de thé et s'était penchée pour reposer la tasse dans la soucoupe. Puis elle s'était redressée – elle s'était toujours tenue bien droite, et cela jusqu'à la fin. Elle lui avait souri, comme toujours lorsque Guido lui posait une question à laquelle il était si difficile de répondre. « Ce serait merveilleux, non ? » avait-elle alors répondu, avant de lui demander de lui servir encore un peu de thé.

Paola s'arrêta à côté de lui et il en fit autant, brusquement tiré de ses souvenirs et ramené au lieu où ils se trouvaient et à ce qui s'y déroulait. Un peu plus loin, dans la direction de Murano, un arbre était en fleur. Des fleurs roses. Un cerisier ? Un pêcher ? Il ne savait trop, ne s'y connaissant guère en arbres, mais le rose lui fit plaisir ; c'était une couleur qu'avait toujours aimée sa mère, même si elle ne lui allait pas. La robe qu'elle portait, à l'intérieur de cette boîte, était grise, en laine légère ; elle la possédait depuis des années mais ne la mettait que rarement, disant en plaisantant qu'elle voulait être enterrée avec. Bon.

Une rafale soudaine de vent fit battre le surplis violet du prêtre. Celui-ci s'immobilisa à côté de la tombe et attendit que les gens se disposent autour, formant un ovale désordonné. Ce n'était pas le prêtre de la paroisse, celui qui y disait la messe, mais un camarade de classe de Sergio, jadis un proche de la famille, aujourd'hui aumônier de l'hôpital civil. À côté de lui, un homme au moins aussi âgé que la mère de Brunetti tenait un récipient en laiton dont le prêtre sortit un goupillon mouillé. Priant dans un murmure que seules les personnes les plus proches pouvaient entendre, il fit le tour du cercueil et l'aspergea d'eau bénite. Il devait regarder où il mettait les pieds : de chaque côté de la tombe étaient disposées des couronnes ornées de rubans portant des messages d'amour en lettres d'or.

Brunetti regarda au-delà du prêtre, vers l'arbre en fleur. Une deuxième rafale de vent agita les branches et un nuage de pétales se détacha et dansa dans l'air avant de tomber lentement à terre, entourant le tronc d'une auréole rose. Quelque part dans les branches, au milieu des fleurs, un oiseau se mit à chanter.

Brunetti détacha son bras de celui de Paola et s'essuya les yeux du revers de sa manche. Quand il les rouvrit, un nouveau nuage de pétales s'envolait de l'arbre ; ses larmes le lui firent voir double, jusqu'à ce que l'horizon ne fût plus qu'une brume rose.

Paola lui prit la main et la lui serra, lui laissant en même temps un mouchoir bleu clair dedans. Brunetti s'essuya les yeux et glissa le carré de tissu dans sa poche. Chiara s'avança sur sa gauche et le prit par la main. Elle la tint pendant qu'étaient dites les prières, des mots emportés par le vent. Les croque-morts se placèrent de part et d'autre du cercueil pour s'emparer des cordes et le faire descendre dans la terre. Brunetti connut un moment de sidération, croyant voir son grand-oncle de Dolo, mais ce n'était que l'un des terrassiers qui jetait de la terre sur le cercueil. Il sonna creux, au début, mais lorsqu'il fut recouvert d'une première couche fine, le bruit changea. Le printemps avait été humide, jusqu'ici, et les lourdes mottes faisaient un bruit sourd en tombant. Encore. Et encore.

Puis quelqu'un, de l'autre côté, peut-être le fils de Sergio, jeta un bouquet de jonquilles dans la tombe et se détourna. Les terrassiers s'interrompirent, appuyés sur leur pelle, et l'assistance saisit cette occasion pour rebrousser chemin sur l'herbe toute fraîche du printemps, et marcher en direction du portail et de l'embarcadère du vaporetto. Les conversations reprirent, d'abord entrecoupées de silences, chacun essayant de trouver ce qu'il était bon d'exprimer ou, à défaut, débitant au moins une banalité.

Le 42 arriva et tout le monde monta à bord. Brunetti et Paola préférèrent rester dehors. La pénombre de la cabine lui donnait soudain une impression de froid. Ce qui n'avait été qu'une brise entre les murs du cimetière s'était transformé en vent, et Brunetti ferma les yeux et baissa la tête pour y échapper. Paola s'appuya contre lui et, sans rouvrir les yeux, il lui passa un bras sur les épaules.

Le moteur changea de régime, le bateau ralentit en arrivant à Fondamenta Nuove pour dessiner la grande courbe qui devait l'amener jusqu'au quai. Brunetti sentit le soleil lui réchauffer le dos. Il leva la tête, ouvrit les yeux et observa une muraille de laquelle dépassaient des clochers épars.

« On en aura bientôt fini, dit Paola. On passe chez Sergio et après le déjeuner, on pourra aller se promener. »

Il hocha la tête. Ils se rendraient chez son frère pour remercier les amis venus se joindre à eux, puis la famille irait déjeuner. Après quoi, lui et Paola – et les enfants, s'ils en avaient envie – iraient flâner du côté des Zattere ou des Giardini, pour profiter du soleil. Il avait envie de faire une longue marche, de voir des endroits qui lui feraient penser à sa mère, d'acheter quelque chose dans une des boutiques qu'elle affectionnait, peut-être de pousser jusqu'aux Frari et d'allumer un cierge devant l'*Assunzione*[1], une peinture qu'elle avait toujours aimée.

Le bateau se rapprocha du débarcadère. « Il n'y a rien…, commença-t-il, mais il s'interrompit, ne sachant trop ce qu'il voulait dire.

– Il n'y a rien d'autre à se rappeler d'elle que ce qui était bien », acheva Paola pour lui. Oui, c'était exactement cela.

---

1. L'*Assomption* du Titien. *(Toutes les notes sont du traducteur.)*

2

Amis et parents se tinrent autour d'eux pendant que le vaporetto accostait, mais le regard de Brunetti resta fixé sur le quai qui se rapprochait tandis que son esprit cherchait à se distraire en évoquant la restauration, terminée seulement six mois avant, effectuée dans la maison de Sergio. Si la santé était le premier sujet de conversation des gens âgés et le sport, celui des hommes, la question immobilière rassemblait les Vénitiens, toutes classes confondues. Rares étaient ceux qui résistaient à ce chant des sirènes qu'était l'évocation des prix demandés, des grandes affaires conclues ou manquées, des mètres carrés gagnés ici et là, des anciens propriétaires ou de l'incompétence des fonctionnaires chargés d'autoriser les restaurations ou les travaux de modernisation. Seule la nourriture, pensait Brunetti, constituait un sujet de conversation plus universel autour des tables vénitiennes. Il y avait peut-être là un substitut aux histoires d'anciens combattants : les talents d'acheteur ou de vendeur de maisons et d'appartements remplaceraient-ils le courage physique, la valeur, le patriotisme ? Étant donné que la seule guerre dans laquelle le pays s'était trouvé impliqué, depuis plusieurs dizaines d'années, avait été à la fois une honte et un échec, peut-être valait-il mieux que les gens parlent maisons.

L'horloge murale de Fondamenta Nuove lui apprit qu'il était onze heures passées de quelques minutes. Sa mère avait toujours préféré le matin : c'était probablement d'elle que Brunetti tenait sa bonne humeur matinale, chose qui avait le don de presque désespérer Paola. Des passagers descendirent du bateau, d'autres montèrent, puis le vaporetto les conduisit rapidement à la Madonna Dell'Orto, où la famille et les amis de Brunetti débarquèrent, laissant l'église sur leur gauche pour gagner la ville.

Arrivés au canal, ils tournèrent à gauche et franchirent le pont. Ils étaient arrivés. Sergio ouvrit la porte et ils montèrent l'escalier en silence, les uns derrière les autres, jusqu'à l'appartement. Paola alla directement à la cuisine pour donner un coup de main à Gloria, et Brunetti s'avança jusqu'à une fenêtre pour regarder la façade de l'église. Le coin d'un pignon la masquait partiellement et il ne voyait que six des douze apôtres. Le dôme de brique du clocher lui avait toujours fait penser à un panettone.

Il sentit les mouvements des gens derrière lui et, les entendant parler, fut soulagé qu'ils n'adoptent pas le chuchotement de circonstance. Il resta cependant le dos tourné pour contempler la façade. Il n'était pas à Venise, dix ans auparavant, lorsqu'un individu était entré dans l'église, avait tranquillement décroché la *Madonna* de Bellini suspendue au-dessus de l'autel et quitté le bâtiment avec le chef-d'œuvre sous le bras. La brigade spécialisée dans le vol des œuvres d'art était venue de Rome, mais Brunetti et sa famille étaient restés en vacances en Sicile ; le temps que le commissaire soit de retour à son bureau, la brigade spécialisée était repartie vers le sud et les journaux ne s'intéressaient plus à l'affaire. On n'en avait plus entendu parler. Le tableau aurait tout aussi bien pu s'évaporer.

Il y eut un changement dans le bruissement des voix, derrière lui, et Brunetti se détourna de la fenêtre pour voir ce qui se passait. Gloria, Paola et Chiara venaient d'émerger de la cuisine, portant des plateaux chargés de coupes, de tasses, et de biscuits faits maison. Brunetti savait qu'il s'agissait d'un cérémonial, que les amis boiraient leur café et partiraient rapidement, mais il ne pouvait s'empêcher de penser que c'était une fin bien médiocre pour une vie consacrée à la bonne chère et à la chaleur humaine qu'elle générait.

Sergio arriva à son tour de la cuisine, trois bouteilles de prosecco dans les mains. « Avant le café, dit-il, il me semble que nous devrions procéder à des adieux. »

Les plateaux se retrouvèrent sur la table basse, devant le canapé, et les trois femmes retournèrent dans la cuisine pour en revenir quelques minutes plus tard, tenant chacune six verres à champagne entre les doigts de leurs mains levées.

Sergio fit sauter le premier bouchon ; comme par magie, l'atmosphère de la pièce changea. Il remplit les verres et tandis que les bulles se raréfiaient dans les premiers, ouvrit la seconde puis la troisième bouteille pour remplir les autres. Finalement, il y en eut plus que de personnes présentes. Tout le monde s'approcha de la table pour venir prendre une flûte et se préparer à écouter l'hommage.

Sergio jeta un coup d'œil à son frère, mais Brunetti leva son verre vers lui tout en lui adressant un signe de tête, pour lui confirmer qu'en tant qu'aîné de la famille, il lui revenait de porter le toast.

Sergio leva alors sa flûte et le silence se fit soudain dans la pièce. Il la leva encore plus haut, regarda les personnes rassemblées autour de lui et dit : « À Amalia Davanzo Brunetti et à ceux d'entre nous qui l'aiment encore. » Puis il vida la moitié de son verre. Deux ou trois autres personnes répétèrent ses paroles à voix basse, et tout le monde but. Les voix reprirent un ton naturel, les sujets habituels revinrent dans les conversations, et le futur de l'indicatif fit subrepticement sa réapparition.

Du prosecco on passa au café ; après avoir grignoté quelques biscuits, les invités dérivèrent lentement vers la porte, s'arrêtant pour échanger quelques mots avec les deux frères et les embrasser avant de sortir.

Au bout de vingt minutes, il ne restait plus personne sinon Sergio, Guido, Gloria, Paola et les enfants. Sergio consulta sa montre. « J'ai réservé une table ; nous ferions mieux de tout laisser ici et d'aller déjeuner. »

Brunetti vida son verre et le posa à côté de ceux qui étaient encore pleins, abandonnés en cercle au milieu de la table. Il aurait voulu remercier Sergio d'avoir trouvé quelque chose d'à la fois simple et juste à dire, mais rien ne lui venait à l'esprit. Il commença à se diriger vers la porte, mais s'arrêta pour embrasser son frère. Après quoi il franchit le seuil et descendit l'escalier en silence ; une fois dehors, au soleil, il attendit l'arrivée du reste des Brunetti.

3

L'enterrement avait eu lieu un samedi, si bien qu'enfants et parents n'avaient manqué ni école ni travail. Le lundi matin, la vie avait repris son cours normal. Tout le monde partit à l'heure habituelle – seule Paola, qui n'avait pas de cours à assurer à l'université ce jour-là, resterait à la maison pour travailler. Elle dormait encore lorsque Brunetti partit. Il trouva en sortant un temps doux et ensoleillé, toujours un peu humide. Il prit la direction du Rialto, avec l'intention d'acheter un journal au passage.

Il se rendait compte avec soulagement que son chagrin ne lui pesait guère. Sa mère avait réussi à s'échapper d'une situation qu'elle aurait jugée intolérable si elle en avait eu conscience, et cette idée lui apportait une certaine paix.

Les baraques vendant des foulards, des tee-shirts et des souvenirs kitsch pour touristes étaient toutes déjà ouvertes, mais les pensées dans lesquelles il était plongé le rendaient aveugle à leurs couleurs criardes. Il salua d'un signe de tête une ou deux personnes qu'il connaissait tout en continuant à marcher d'un pas décidé, destiné à décourager quiconque voudrait s'arrêter pour bavarder avec lui. Il jeta un coup d'œil au passage à la pendule murale, comme il le faisait toujours, puis tourna vers le pont. La boutique de Piero, sur sa droite, était la seule à vendre encore des produits alimentaires : toutes les autres s'étaient converties à la pacotille. Soudain assailli par des odeurs de produits chimiques et de teintures, il eut l'impression d'avoir été brusquement transporté à Marghera. Entêtants, ces effluves lui piquèrent le nez et lui firent monter les larmes aux yeux. Cela faisait un certain temps que la boutique de savons existait, mais jusqu'ici, seules les couleurs artificielles l'avaient agressé ; aujourd'hui, c'était la puanteur. S'attendait-on à ce que les gens se lavent avec *ça* ?

En approchant du Campo San Giacomo, il remarqua des pâtes, des bouteilles de vinaigre balsamique et des fruits secs sur des étals qui proposaient naguère des fruits frais. Leurs couleurs criardes lui firent presser le pas au même titre que les odeurs de savon. Cela faisait des années que Gianni et Laura avaient fermé leur baraque de fruits pour prendre leur retraite, de même que le type aux cheveux longs ; leur fonds avait été repris par des Indiens et des Sri Lankais. Combien de temps faudrait-il pour que le marché aux fruits disparaisse entièrement et que les Vénitiens se voient contraints, comme le reste des habitants de la planète, d'aller acheter leurs fruits dans des supermarchés ?

Alors qu'il allait dérouler la litanie de ses griefs, la voix de Paola vint se superposer à ses ruminations pour lui dire, une fois de plus, que si elle avait envie d'écouter de vieilles femmes se plaindre, répéter que tout était mieux autrefois et gémir sur la fin du monde, elle irait s'asseoir une heure dans la salle d'attente d'un médecin : mais elle ne voulait pas entendre ces jérémiades sortir de sa bouche, et pas chez elle.

Brunetti sourit à l'évocation de ce souvenir, atteignit le sommet du pont et dénoua son écharpe avant de redescendre de l'autre côté. Il coupa par la gauche, passa devant la poste, franchit un autre pont et entra au Ballarin pour s'offrir une brioche et un café. Debout, serré au milieu des autres consommateurs, il se rendit compte que le souvenir des reproches de Paola – des reproches sur ses propres reproches – l'avait mis de bonne humeur. Il surprit son reflet dans le miroir du bar et lui rendit son sourire.

Il paya et poursuivit son chemin, ragaillardi par le temps plus chaud. Il déboutonna sa veste en traversant le Campo Santa Maria Formosa. Alors qu'il approchait de la questure, il vit Foa, le pilote, penché sur le côté de sa vedette, qui observait le canal dans la direction du clocher de l'église grecque.

« Qu'est-ce qui se passe, Foa ? » lança-t-il en s'arrêtant à côté du bateau.

Foa se tourna et sourit en reconnaissant Brunetti. « C'est l'un de ces cinglés de cormorans, commissaire. Il n'a pas arrêté de pêcher depuis que je suis arrivé. »

Brunetti regarda dans la même direction que le pilote mais ne vit qu'une eau lisse que rien ne troublait. « Où est-il ? demanda-t-il en remontant le bateau pour se tenir à hauteur de la proue.

– Il a plongé par là-bas, répondit Foa avec un geste, près de l'arbre au bord du canal. »

Brunetti ne voyait toujours que l'eau calme avec au bout le pont et le clocher de travers. « Depuis combien de temps est-il sous l'eau ?

– Une éternité, on dirait, mais cela ne doit pas faire plus d'une minute, monsieur », dit le pilote en jetant un coup d'œil au commissaire.

Les deux hommes attendirent en silence, sans quitter le canal des yeux, scrutant la surface de l'eau pour voir ressortir l'oiseau.

Il en surgit soudain comme un canard en plastique dans une baignoire et se mit à glisser sans bruit, laissant derrière lui un sillage de minuscules vaguelettes.

« À votre avis, commissaire, ces poissons doivent être mauvais pour lui, non ? »

Brunetti étudia l'eau autour du bateau : grise, immobile, opaque. « Pas pires qu'ils ne le sont pour nous, je suppose. »

Lorsqu'il releva les yeux, l'oiseau avait de nouveau disparu sous la surface. Il laissa Foa à son observation du comportement animal et monta dans son bureau.

Alors qu'il quittait son domicile, le matin même, l'une des préoccupations de Brunetti avait été le retour du vice-questeur Giuseppe Patta. Son supérieur immédiat s'était en effet absenté quinze jours pour assister à une conférence qui se tenait à Berlin sur la coopération internationale de la police dans la lutte contre la Mafia. L'invitation précisait que la rencontre était destinée aux commissaires et officiers de police du même rang, mais Patta avait décidé que sa présence y était nécessaire. Son éloignement avait été facilité par sa secrétaire, la signorina Elettra Zorzi, qui lui téléphonait à Berlin au moins deux fois par jour, sinon trois, pour recueillir ses instructions concernant les affaires courantes. Comme on pouvait compter sur Patta pour ne jamais téléphoner à la questure lors d'un déplacement, il ne lui vint jamais à l'esprit que la signorina Elettra l'appelait d'un hôtel d'Abano Terme, où elle s'était offert quinze jours de sauna, de bains de boue et de massages.

Une fois dans son antre, Brunetti étudia un instant les papiers qui encombraient son bureau, puis il déplia son journal et jeta un coup d'œil à la première page, avant de sauter directement aux pages 8 et 9, là où était admise, en général, l'existence de pays autres que l'Italie. Élections dans une nation d'Asie centrale : douze morts pendant la campagne électorale, l'armée dans la rue. Un homme d'affaires russe et ses deux gardes du corps abattus dans une embuscade. Glissements de terrain en Amérique du Sud, provoqués par des coupes de bois illégales et de fortes pluies. Crainte de banqueroute pour la compagnie Alitalia.

Ces événements se produisaient-ils avec une régularité affligeante, se demanda Brunetti, ou les journaux les sortaient-ils de leurs tiroirs quand ils n'avaient rien de plus croustillant pour allécher le lecteur, en dehors du sport ? Pas un titre ne l'incita à lire l'article complet. Restaient la culture, le sport et les loisirs, mais ce matin, rien ne lui faisait envie.

Son téléphone sonna. Un prêtre désirait le voir.

« Un prêtre ?

– Oui, commissaire.

– Peux-tu lui demander son nom, s'il te plaît ?

– Bien sûr. » Le policier mit un instant la main sur le micro. « Il dit qu'il s'appelle padre Antonin, dottore.

– Ah, tu peux le faire monter. Montre-lui le chemin, je l'attendrai en haut des marches. »

Le padre Antonin était le prêtre qui avait donné l'ultime bénédiction devant le cercueil de sa mère ; c'était l'ami de Sergio et non le sien, et Brunetti se demanda ce qui avait bien pu le conduire à la questure.

Certes, il le connaissait depuis des dizaines d'années – depuis l'école en fait. Antonin Scallon, qui jouait les caïds de cour de récré, obligeait constamment les autres garçons, en particulier les plus petits, à faire ses quatre volontés et à le reconnaître comme chef de bande. Brunetti n'avait jamais compris l'amitié qui le liait à Sergio, même s'il avait remarqué que jamais Antonin ne lui donnait d'ordre. Les deux frères n'avaient plus été dans le même établissement après leur passage dans le secondaire et Guido avait alors perdu Antonin de vue. Quelques années plus tard, l'ex-caïd était entré au séminaire puis était parti en Afrique comme missionnaire. Pendant le temps qu'il avait passé dans un pays dont Brunetti n'arrivait jamais à se rappeler le nom, les seules nouvelles que Sergio avait eues de lui se résumaient à une lettre circulaire qui arrivait peu avant Noël, dans laquelle le missionnaire parlait avec enthousiasme de son travail pour sauver les âmes, et qui se terminait invariablement par une demande de fonds. Guido ignorait si Sergio avait répondu à cette requête, mais lui-même avait refusé, par principe, de mettre la main à la poche.

Puis, environ quatre ans auparavant, Antonin, de retour à Venise, avait pris le poste de chapelain à l'hôpital civil de la ville. Il logeait dans la maison mère des dominicains, à côté de la basilique. Sergio avait mentionné son retour, de même qu'il avait montré parfois à Guido les lettres arrivées d'Afrique. La seule autre fois où Sergio avait parlé de son ancien ami, ça avait été pour demander si Guido ne voyait pas d'inconvénient à ce que le prêtre assiste aux funérailles de leur mère pour lui donner sa bénédiction. Requête que Brunetti aurait difficilement pu refuser, même s'il en avait eu envie.

Il se rendit sur le palier. Le prêtre, vêtu de la soutane noire de son ordre, abordait la dernière volée de marches. Il gardait les yeux baissés vers ses pieds, s'accrochant d'une main à la rampe. D'en haut, Brunetti voyait combien le crâne de l'homme s'était déplumé, à quel point ses épaules étaient étroites.

Le prêtre s'arrêta à quelques marches du palier, prit deux profondes inspirations et, regardant vers le haut, vit Brunetti qui l'attendait. « Salut, Guido », dit-il avec un sourire. L'homme avait l'âge de Sergio, deux ans de plus que Brunetti ; néanmoins, quiconque aurait vu les trois ensemble aurait pensé qu'Antonin était de loin le plus âgé. Il était maigre, maigre à faire peur, avec des pommettes tellement saillantes qu'un triangle d'ombre était creusé dessous, dans la peau tendue.

Sa main agrippa la rampe un peu plus haut, il se remit à regarder ses pieds et entreprit de grimper les dernières marches. Impossible pour Brunetti de ne pas remarquer la manière dont il s'accrochait à la rampe à chacun de ses pas. Arrivé en haut, le prêtre s'arrêta une fois de plus pour souffler, tendant la main à Brunetti. Il n'essaya pas de l'embrasser ni de lui donner le baiser de la paix, ce dont Brunetti fut soulagé.

« On dirait que je n'arrive pas à me réhabituer aux marches, dit le prêtre. Je suis resté vingt ans sans voir un escalier, ça doit être ça. Elles me font un effet étrange. Et c'est crevant. » La voix était toujours la même, avec les intonations sibilantes exagérées de l'accent vénitien. Mais il en avait perdu la cadence et, avec elle, ce qui l'aurait fait immédiatement reconnaître comme un natif de la province. Antonin ne bougeant toujours pas, Brunetti comprit que cette conversation sur l'escalier avait pour but de lui donner le temps de reprendre son souffle.

« Combien de temps es-tu resté là-bas ? lui demanda Brunetti, histoire de lui laisser encore quelques instants.

« – Vingt-deux ans.

– Et où étais-tu ? » Le temps de poser sa question, il se rappela qu'il aurait dû le savoir, au moins par les lettres qu'avait reçues Sergio.

« Au Congo. Le pays s'appelait le Zaïre, quand j'y suis arrivé, puis ils ont repris le nom de Congo, expliqua-t-il avec un sourire. Même territoire, mais des pays différents, en un certain sens.

– Intéressant », dit Brunetti sans plus de commentaires. Il lui tint la porte et entra à son tour dans la pièce. « Assieds-toi là », ajouta-t-il, indiquant l'une des deux chaises placées devant son bureau, prenant soin de reculer l'autre pour ménager un espace suffisant entre les deux. Il attendit que le prêtre soit assis pour faire de même. « Merci d'être venu pour la bénédiction, reprit Brunetti.

– Un enterrement n'est pas la meilleure occasion pour se retrouver », répondit le prêtre avec un sourire.

Était-ce un reproche adressé à lui-même et à son frère pour n'avoir pas repris contact depuis son retour à Venise ?

« Je suis allé voir votre mère à la maison de retraite, poursuivit Antonin. Plusieurs personnes dont j'avais fait la connaissance à l'hôpital s'y sont retrouvées. » C'était en effet dans cette maison, à l'extérieur de Venise, que la mère de Guido et Sergio avait passé les dernières années de sa vie. « Elle y était très bien. Les religieuses sont très gentilles. » Brunetti sourit et acquiesça d'un signe de tête. « Je suis désolé de ne jamais avoir été sur place quand Sergio et toi veniez. » Le prêtre se leva soudain, mais c'était seulement pour redisposer les plis de sa soutane sous lui. Il se rassit aussitôt. « Les sœurs m'ont d'ailleurs dit que vous veniez souvent, tous les deux.

– Pas autant que nous l'aurions dû, j'imagine.

– Je ne crois pas qu'on doit présenter les choses ainsi dans de telles circonstances, Guido. Tu es venu aussi souvent que tu l'as pu, et tu l'as fait avec amour.

– Savait-elle seulement que nous venions ? » s'entendit demander Brunetti.

Antonin étudia ses mains, qu'il avait croisées sur les genoux. « C'est possible. Parfois, en tout cas. On ne sait jamais ce qu'ils pensent et ce qui se passe dans leur tête, dit Antonin avec un geste arrondi des mains exprimant sa confusion. Mais je pense qu'ils ressentent les choses. Qu'ils enregistrent quelque chose de l'ordre des émotions. Je crois qu'ils comprennent si la personne qui leur rend visite est bonne et est ici parce qu'elle les aime, d'une manière ou d'une autre. » Il leva les yeux sur Brunetti puis les reporta sur ses mains. « Ou parce qu'elle a pitié. »

Brunetti remarqua alors que les ongles du prêtre étaient particulièrement courts, et il crut tout d'abord qu'il se les rongeait, une habitude curieuse pour quelqu'un de son âge. En fait les ongles étaient cassants, fendillés et se dédoublaient de manière irrégulière ; il devait s'agir d'une sorte de maladie, peut-être ramenée d'Afrique. Dans ce cas, en souffrait-il encore ?

« Est-ce qu'ils enregistrent tout de la même manière ? demanda Brunetti.

– Tu veux dire, la pitié comme l'amour ?

– Oui. Parce que c'est différent, non ?

– Sans doute, répondit le prêtre avec un sourire. Mais ceux que j'ai vus étaient heureux de la ressentir. Et après tout, c'est bien plus que ce que reçoivent la plupart des personnes âgées. » D'un geste machinal, il pinça le tissu de sa soutane d'une main et tira un long pli de l'autre. Puis il la laissa retomber et regarda de nouveau Brunetti. « Ta mère a eu de la chance d'avoir deux fils affectueux qui venaient la voir aussi régulièrement. »

Brunetti haussa les épaules. La chance, cela faisait des années qu'elle n'en avait plus eue.

« Pour quelle raison es-tu venu ? » demanda Brunetti, ajoutant « Antonin » pour rendre sa question moins abrupte.

« Pour le compte de l'une de mes paroissiennes, répondit le prêtre, se corrigeant tout de suite. Enfin, si j'avais une paroisse, s'entend. Il s'agit de la fille d'un homme à qui je rends visite à l'hôpital. Il est là depuis des mois. C'est comme ça que j'ai fait sa connaissance. »

Brunetti hocha la tête mais garda le silence, sa tactique habituelle pour encourager quelqu'un à continuer de parler.

« En réalité, c'est à propos de son fils, vois-tu », reprit le prêtre, regardant une fois de plus sa soutane.

Brunetti n'ayant aucune idée de l'âge de l'homme hospitalisé, ni de celui de sa fille, en avait encore moins de celui du petit-fils, et donc aucun moyen de deviner la nature du problème ; le fait qu'Antonin ait voulu lui en parler suggérait cependant qu'il s'agissait de quelque chose sortant plus ou moins de la légalité.

« Sa mère est très inquiète pour lui. »

Les raisons de s'inquiéter d'une mère étaient fort nombreuses, comme le savait Brunetti : la sienne s'était fait du souci pour lui et Sergio, Paola s'en faisait pour Raffi, même si elle n'avait aucune raison de se tracasser à propos de la drogue. Quelle chance d'habiter dans une ville où les jeunes sont si rares, se dit Brunetti, une fois de plus. Tant qu'à vivre dans un monde voué au capitalisme, les dealers n'étaient guère incités à conquérir une population-cible aussi réduite.

Devant le silence de Brunetti, Antonin reprit : « Ça t'embête si je te confie cette histoire, Guido ? »

Brunetti sourit. « Comme j'ignore encore de quoi il s'agit, je ne peux pas le savoir, Antonin. »

Le prêtre parut tout d'abord décontenancé par la réponse de Brunetti, puis il eut un sourire presque gêné et il acquiesça. « *Già, già...* c'est difficile d'en parler... Je suppose que je ne suis pas habitué aux problèmes des gens qui vivent dans le luxe.

– Je ne suis pas sûr de comprendre.

– Où j'étais, au Congo, les gens ont des problèmes bien différents : la maladie, la pauvreté, la famine, les soldats qui viennent et qui volent tous leurs maigres biens, parfois leurs enfants. » Le prêtre regarda Brunetti, pour voir s'il suivait. « Si bien que j'ai un peu perdu la main en ce qui concerne les problèmes qui ne sont pas liés à la survie des gens ; des problèmes qui proviennent de la richesse, pas de la pauvreté.

– Est-ce qu'elle te manque ?

– Quoi donc ? L'Afrique ? »

Brunetti acquiesça.

Antonin dessina de nouveau un arc de ses mains. « C'est difficile à dire. Certaines choses me manquent : les gens, l'immensité du pays, l'impression que je faisais quelque chose d'important.

– Tu es revenu, cependant », observa Brunetti. Ce n'était pas une question, mais une constatation.

Antonin regarda Brunetti dans les yeux pour répondre. « Je n'avais pas le choix.

– Un problème de santé ? demanda Brunetti, pensant à la maigreur frappante de l'homme.

– Oui. Du moins, en partie.

– Et l'autre partie ? demanda Brunetti, ayant le sentiment qu'il avait été conduit à poser cette question par le tour pris par la conversation.

– Des problèmes avec mes supérieurs. »

Le commissaire ne s'intéressait pas particulièrement aux ennuis qu'Antonin avait pu avoir avec sa hiérarchie, mais, se souvenant du petit caïd de la cour de récré, il se dit que ce n'était pas étonnant. « Cela fait à peu près quatre ans que tu es revenu, non ?

– En effet.

– N'est-ce pas à ce moment-là que la guerre a commencé ? »

Antonin secoua la tête. « Il y a tout le temps une guerre au Congo. Il y en a eu tout le temps que j'y suis resté, en tout cas.

– Une guerre pour quoi ? »

Antonin surprit Brunetti en lui demandant : « Est-ce que cela t'intéresse vraiment, ou es-tu simplement poli ?

– Ça m'intéresse.

– Très bien, alors. Cette guerre… En fait, il y en a plusieurs à la fois, ce sont des miniguerres, des raids, des razzias de voleurs : il s'agit de s'emparer de ce que quelqu'un d'autre possède et qu'on veut. On attend de disposer de suffisamment d'hommes et d'armes, et quand on pense qu'on a une chance, on attaque ceux qui possèdent cette chose et qui sont bien entendu armés, eux aussi. Il y a alors une bagarre, ou une bataille, ou une guerre et finalement, ceux qui sont les plus nombreux ou les mieux armés gardent ou prennent le butin.

– Quel genre de butin ?

– Du cuivre. Des diamants. D'autres minéraux. Des femmes. Des animaux. Ça dépend. » Antonin jeta un coup d'œil à Brunetti avant de continuer. « Je vais te donner un exemple. On trouve au Congo, et presque exclusivement au Congo, un minerai dont on a besoin pour fabriquer les puces électroniques des téléphones portables. Tu peux imaginer ce que les hommes sont capables de faire pour s'en emparer.

– Non, dit Brunetti en secouant légèrement la tête. Je ne crois pas pouvoir l'imaginer. »

Antonin resta quelques instants silencieux avant de reprendre. « Non, tu as sans doute raison, Guido. Je ne crois pas que les gens d'ici, avec leurs règles, la police, leurs voitures, leurs maisons, ont la moindre idée de ce que c'est que de vivre sans aucune loi. » Le prêtre ne laissa pas à Brunetti le temps de soulever l'objection qui s'imposait. « Je sais, je sais, on parle ici de la Mafia qui ferait ce qu'elle veut, mais en réalité, elle est contenue, elle n'agit que dans certains secteurs, et dans une certaine mesure. S'il n'y avait ni gouvernement, ni police, ni armée, seulement des bandes de voyous croyant que du moment qu'ils possèdent une arme, tout leur est permis, imagine ce qu'il en serait.

– Et c'est au milieu de ça que tu vivais ?

– Pas au début, non ; les choses se sont aggravées vers la fin. Avant, on bénéficiait d'une certaine protection. Puis, pendant un an ou deux, nous avons eu un détachement de l'ONU à proximité, et les choses ont été relativement calmes. Mais quand ils sont partis…

– Tu es parti aussi ? »

Le prêtre prit une profonde inspiration, comme s'il venait de recevoir un coup. « Oui, je suis parti. Et aujourd'hui je m'occupe des problèmes des gens vivant dans le luxe.

– À t'entendre, on dirait que cela ne te plaît pas trop.

– La question n'est pas que cela me plaise ou non, Guido. La question, c'est de voir la différence et d'essayer de croire que les effets sur les gens sont les mêmes ; que les riches et les gens à l'aise souffrent autant que ces pauvres diables qui n'ont rien et à qui on enlève ce peu de rien qu'ils ont.

– Et tu ne crois pas que c'est différent ? »

Antonin sourit et haussa les épaules avec élégance. « La foi soulève des montagnes, mon fils. »

4

La foi soulevait peut-être des montagnes, mais Brunetti ignorait toujours pour quelle raison le prêtre était venu le voir à la questure. Antonin avait essayé de se placer sous un éclairage flatteur en évoquant le sort tragique des Congolais, mais même une pierre aurait pris ces malheureux en pitié. Brunetti s'interrogeait sur cet homme qui paraissait croire qu'il faisait preuve d'une sensibilité particulière en tenant de tels propos.

Brunetti ne réagit pas. Le prêtre resta immobile et silencieux, s'imaginant peut-être que sa dernière remarque – qui avait sonné aux oreilles de Brunetti comme la pire des pieuses platitudes – était tellement profonde qu'elle ne méritait que des félicitations silencieuses.

Le policier laissa le silence se prolonger. Il n'avait aucun service à demander au prêtre et il le laissa mijoter sur sa chaise. « Comme je te l'ai dit, j'aimerais te parler du fils de cette personne, finit par déclarer Antonin.

– Bien sûr, répondit Brunetti d'un ton neutre. Qu'a-t-il fait ? »

Antonin pinça les lèvres et secoua la tête, comme s'il venait de se voir poser une question à laquelle il aurait été trop difficile, sinon impossible, de répondre.

« Ce n'est pas tant qu'il a fait quelque chose. Mais plu-tôt qu'il a l'intention de faire quelque chose », finit-il par dire.

Brunetti se mit à envisager les possibilités : le jeune homme (il devait s'agir d'un jeune homme) envisageait de commettre un délit, voire un crime. Ou bien il s'était acoquiné avec des personnes qu'il aurait mieux valu pour lui ne pas fréquenter. Il s'agissait peut-être d'une affaire de drogue.

« Et qu'est-ce qu'il a l'intention de faire ? demanda Brunetti.

– De vendre son appartement. »

Leur domicile était un sujet de fierté pour les Vénitiens, comme le savait Brunetti, mais il ignorait que le vendre pouvait être considéré comme criminel. Sauf, évidemment, s'il ne vous appartenait pas.

Il décida de trancher dans le vif, faute de quoi cette partie de tennis risquait de venir rapidement à bout de sa patience. « Avant d'aller plus loin, tu pourrais peut-être m'expliquer en quoi le fait de vendre son apparte-ment serait criminel ? »

Antonin réfléchit quelques instants. « Non, à stricte-ment parler, ce n'est pas criminel.

– Je n'y comprends toujours rien.

– Bien sûr, bien sûr. L'appartement lui appartient, il a *légalement* le droit de le vendre.

– Légalement ? dit Brunetti, reprenant le mot souli-gné par le prêtre.

– Il en a hérité de son oncle, il y a huit ans, quand il avait vingt ans. Il l'habite avec sa compagne et leur fille.

– Il appartient à lui seul ou aux deux ?

– À lui seul. Elle est venue s'y installer il y a six ans, mais l'appartement est à son nom à lui.

– Et ils ne sont pas mariés ? demanda Brunetti, supposant que c'était le cas, mais préférant que la chose soit claire.

– Non.

– L'adresse officielle de sa compagne est-elle celle de cet appartement ?

– Non, répondit Antonin à contrecœur.

– Pourquoi ?

– C'est compliqué.

– Comme la plupart des choses. Pourquoi n'est-ce pas son adresse officielle ?

– Eh bien voilà… L'appartement où elle habitait avec ses parents appartient à la ville. Lorsque ses parents ont déménagé pour Brescia, elle a repris le bail. Elle a été autorisée à rester parce qu'elle était au chômage et mère célibataire.

– Depuis combien de temps ses parents ont déménagé ?

– Deux ans.

– Alors qu'elle habitait déjà chez cet homme ?

– Oui.

– Je vois », dit Brunetti d'un ton neutre. Les maisons et les appartements de la ville devaient être loués aux résidents de Venise les plus pauvres ; or ils étaient de plus en plus souvent occupés par de pauvres avocats, de pauvres architectes ou de pauvres fonctionnaires municipaux, voire par des gens ayant de bonnes relations avec l'administration. Et même, nombre de locataires, payant un loyer dérisoire, s'arrangeaient pour sous-louer ces appartements, empochant un bénéfice substantiel au passage. « Autrement dit, elle n'y habite pas ?

– Non.

– Et qui y habite ?

– Des gens qu'elle connaît, répondit le prêtre.

– Sauf que le bail est toujours à son nom.

– Je crois, oui.

– Tu le crois ou tu le sais ? » demanda Brunetti d'un ton encore aimable.

Antonin ne put cacher son irritation et rétorqua : « Ce sont ses amis, ils avaient besoin d'un logement. »

Brunetti eut du mal à ne pas lui répliquer que tout le monde avait besoin d'un toit, mais qu'on n'avait pas toujours la chance d'être logé dans un appartement de la ville. Il préféra demander si ces locataires payaient un loyer.

« Je crois. »

Brunetti poussa un profond soupir qu'il rendit à dessein parfaitement audible. Le prêtre ajouta rapidement : « Oui, ils en paient un. »

Cette question n'était pas de son ressort, mais il était toujours bon de savoir comment les gens s'y prenaient pour détourner l'argent de la ville.

Comme s'il sentait qu'un armistice pouvait s'établir, Antonin reprit : « Mais ce n'est pas le problème. Le problème, c'est qu'il veut vendre son appartement.

– Pourquoi ?

– Pour donner l'argent de la vente à quelqu'un. C'est ça, le problème. »

Brunetti pensa aussitôt à des usuriers, ou à des dettes de jeu. « À qui ?

– À un charlatan débarqué d'Ombrie qui l'a convaincu qu'il est son père. » Brunetti était sur le point de demander pour quelle raison le jeune homme aurait pu croire une chose pareille, mais le prêtre ajouta aussitôt : « Son père spirituel, plus exactement. »

Le commissaire Guido Brunetti avait pour épouse une femme dont l'arme préférée était l'ironie, ou bien, lorsqu'on la poussait dans ses derniers retranchements, le sarcasme ; avec les années, elle avait tendance à puiser de plus en plus souvent dans cet arsenal. Si bien qu'il se retint très consciemment de réagir et posa cette simple question : « Cet homme appartient-il à un clergé quelconque ? »

Antonin fit une réponse dilatoire. « Je ne sais pas, même s'il se présente lui-même comme un religieux. C'est un escroc qui a convaincu Roberto qu'il disposait d'une ligne directe avec le Ciel, en quelque sorte. »

Brunetti, soucieux de ne pas violer la convention de Genève, s'abstint de faire remarquer que nombre des membres du clergé auquel appartenait Antonin prétendaient disposer de cette ligne directe. Il s'enfonça un peu dans son fauteuil et croisa les jambes. La scène avait quelque chose de surréaliste. Le sismographe moral du prêtre restait plat à l'évocation des fraudes aux dépens de la ville, mais s'agitait à la moindre alerte impliquant un système de croyance différent du sien. Brunetti aurait aimé se pencher vers le prêtre et lui demander comment on distinguait une croyance vraie d'une fausse, mais il considéra plus sage d'attendre ce qu'allait dire Antonin. Il fit un effort pour conserver une expression neutre.

« Il l'a rencontré il y a environ un an, reprit Antonin, laissant Brunetti se débrouiller avec les pronoms. Il – Roberto, le fils de mon amie Patrizia – faisait déjà partie d'un groupe de catéchumènes.

– Comme celui de Santi Apostoli ? » demanda Brunetti. Il faisait allusion à l'église où se réunissaient les catholiques traditionalistes les plus coincés – il passait parfois devant l'édifice au moment du service religieux et ne voyait pas de meilleur adjectif pour les qualifier.

« De la ville, mais pas ceux-là.

– Cet autre individu en fait-il partie ?

41

– Je ne sais pas, répondit rapidement Antonin, comme si le détail était sans importance. Ce que je sais, c'est que Roberto le connaissait depuis un mois à peine quand il a commencé à lui donner de l'argent.

– Peux-tu me dire comment tu l'as appris ?

– Par Patrizia.

– Et elle-même, comment l'a-t-elle su ?

– C'est Emanuela, la compagne de son fils, qui le lui a dit.

– Et Emanuela le sait parce que les finances de la famille vont mal ? » Brunetti avait du mal à comprendre pourquoi cet homme ne pouvait pas lui expliquer simplement de quoi il s'agissait. Pourquoi attendait-il qu'il lui pose ces questions précises, qui n'en finissaient pas ? Un souvenir lui revint brusquement à l'esprit, celui de la dernière confession qu'il avait faite, à l'âge de douze ans. Tandis qu'il énumérait ses peccadilles de petit garçon, il avait pris conscience d'une excitation grandissante dans la voix du prêtre qui le confessait et lui demandait toujours plus de détails sur ce qu'il avait fait et sur ce qu'il avait alors ressenti. Une sorte de signal d'alarme atavique devant quelque chose de malsain et dangereux avait retenti dans l'esprit du jeune Guido, qui l'avait poussé à s'excuser et à quitter le confessionnal pour ne plus jamais y remettre les pieds.

Et voici qu'il se retrouvait des dizaines d'années plus tard dans une situation analogue – mais cette fois c'est lui qui posait les questions embarrassantes. Il s'attarda sur le concept de péché et la manière dont il obligeait les gens à diviser les actes en bons et mauvais, justes et faux, à vivre dans un univers en blanc et noir.

Lui-même avait refusé de donner à ses enfants une liste de péchés à ne jamais commettre et de règles à ne jamais remettre en question. Au lieu de cela, il avait essayé de leur expliquer que certains actes peuvent engendrer le bien et d'autres le mal, même s'il lui était arrivé, parfois, de regretter de ne pas avoir choisi la méthode la plus simple, celle qui avait une réponse facile à toutes les questions.

« … et il l'a mis en vente. Je te le répète : il dit qu'il veut donner cet argent à la communauté et aller y vivre.

– Oui, je comprends, mentit Brunetti. Mais quand ? Qu'est-ce qui va arriver à cette Emanuela ? Et à leur fille ?

– Patrizia est prête à les accueillir – elle est propriétaire de son appartement – mais il est petit, il n'a que trois pièces et ça ne suffit pas pour quatre personnes, ça ne peut être que temporaire.

– Il n'y a pas d'autre solution ? demanda Brunetti en pensant à l'appartement de la ville au nom d'Emanuela.

– Non, ça créerait des problèmes terribles », répondit le prêtre, sans plus d'explication.

Brunetti pensa que les gens qui logeaient dans l'appartement disposaient d'un accord écrit quelconque, ou étaient du genre à faire des histoires si on leur demandait de déguerpir.

Arborant son sourire le plus amical, prenant son ton le plus encourageant, il dit alors : « Tu as mentionné que le père de Patrizia était à l'hôpital dont tu es le chapelain. » Antonin acquiesça. « Et le domicile de cet homme ? Elles n'auraient pas la possibilité d'y habiter ? Après tout, il est le grand-père. » Comme si le fait de mentionner le lien de parenté rendait la chose inévitable.

Antonin secoua la tête, forçant Brunetti à demander pourquoi.

« Il s'est remarié après le décès de sa première femme, la mère de Patrizia, et Patrizia et sa belle-mère ne se sont… ne se sont jamais bien entendues.

– Je vois », murmura Brunetti.

L'histoire était en somme assez banale : une famille sur le point de perdre son logement devait trouver à se reloger. Aux yeux de Brunetti, le vrai problème était qu'une mère et sa fille risquaient de devoir quitter un appartement sans pouvoir retourner dans celui qu'elles occupaient précédemment. Il fallait leur trouver un toit, mais Antonin ne paraissait s'en préoccuper que dans la mesure où c'était en rapport avec la vente de l'appartement.

« Où se trouve cet appartement dont il a hérité ? demanda Brunetti.

– Campo Santa Maria Mater Domini. Juste en face, quand on arrive par le pont. Dernier étage.

– Il est grand ?

– Pourquoi veux-tu savoir tout ça ?

– Il est grand ?

– Il fait deux cent cinquante mètres carrés, environ. »

Selon son état, à commencer par celui du toit, le nombre de fenêtres, la vue, la date de la dernière restauration, il pouvait valoir une fortune ; et il pouvait tout aussi bien se révéler un gouffre financier s'il y avait besoin de gros travaux. Ce qui ne l'empêcherait pas de valoir une fortune, pourtant.

« Mais je n'ai aucune idée de son prix. Je n'y connais rien, à ce genre de choses », dit Antonin après un long silence.

Brunetti acquiesça de la tête, faisant mine de le croire et de le comprendre, bien que l'apparition d'un Vénitien ignorant la valeur d'un bien immobilier aurait valu en temps normal un coup de téléphone au *Il Gazzettino*.

« As-tu une idée des sommes qu'il a déjà données à cet homme ?

– Non, répondit le prêtre, précisant aussitôt : Patrizia n'a pas voulu me le dire. Je crois que cela la gêne.

– Je vois. » Puis, prenant un ton qu'il espéra solennel, il ajouta : « Tout cela est bien dommage. Bien dommage pour tout le monde. » Le prêtre créa deux nouveaux plis dans sa soutane. « Et que voudrais-tu que je fasse, Antonin ? »

Les yeux toujours baissés, le prêtre répondit : « J'aimerais que tu voies si tu ne peux pas te renseigner sur cet homme.

– L'homme d'Ombrie ?

– Oui. Même si je ne crois pas qu'il soit originaire de là-bas.

– Et d'où penses-tu qu'il vient ?

– Du Sud. De Calabre, peut-être. Ou de Sicile. »

Brunetti se contenta d'un petit grognement vaguement approbateur.

Le prêtre le regarda, laissant le tissu retomber sur ses genoux. « Ce n'est pas que je reconnais un dialecte ou un accent chez lui, mais il me fait penser aux acteurs qui jouent les Méridionaux dans certains films, ou qui sont originaires du Sud. » Il essaya de préciser sa pensée. « Je suis resté trop longtemps hors du pays, et je ne suis sans doute plus aussi bon juge qu'avant. Mais c'est l'impression qu'il m'a faite, quoique pas tout le temps. La plupart du temps, il parle l'italien classique. » Il eut un petit reniflement de modestie et ajouta : « Sans doute mieux que moi.

– Et quand as-tu eu l'occasion de l'entendre ? voulut savoir Brunetti, qui se demanda s'il avait formulé sa question de manière assez innocente.

« – Je me suis rendu à une de leurs réunions, répondit le prêtre. C'était dans l'appartement d'un des membres, une femme appartenant au groupe avec toute sa famille. Du côté de San Giacomo dell'Orio. Le soir, à sept heures. Des gens sont arrivés. Ils paraissaient tous se connaître. Puis leur chef, cet homme dont je t'ai parlé, est arrivé à son tour et les a tous salués.

– Le fils de ton amie était-il là aussi ?

– Oui, bien sûr.

– Et tu y étais allé avec lui ?

– Non. » Antonin était manifestement surpris de cette question. « Il ne me connaissait pas, à l'époque… et j'étais en civil.

– Cela remonte à quand ?

– Trois mois, environ.

– Il a été question d'argent ?

– Non, pas ce soir-là.

– Mais d'autres fois, oui ?

– La fois suivante où j'y suis allé. » Apparemment, Antonin ne se souvenait pas d'avoir sous-entendu qu'il n'y avait été qu'une fois. « Il a parlé – le père Leonardo – de la nécessité d'aider les membres les moins fortunés de la communauté. C'est comme ça qu'il a dit, *les membres les moins fortunés*, comme si cela pouvait les blesser d'être traités de pauvres. Les gens devaient y être préparés, parce que certains avaient des enveloppes toutes prêtes, qu'ils ont sorties pour les lui faire passer.

– Comment s'est-il comporté à ce moment-là ? » La curiosité de Brunetti commençait à être bien réelle, cette fois.

« Il a paru surpris, même si je ne vois pas pour quelle raison il pouvait l'être.

– C'est comme ça à toutes les réunions ? »

Antonin leva une main. « Je n'ai assisté qu'à une de plus, et il s'est passé la même chose.

– Je vois, je vois, marmonna Brunetti. Et le fils de ton amie va toujours à ces réunions ?

– Oui. Patrizia s'en plaint tout le temps. »

Ignorant le ton accusateur, Brunetti demanda : « Pourrais-tu m'en dire davantage sur ce frère Leonardo ?

– Son nom de famille est Mutti et la maison mère, si tant est qu'il en existe vraiment une, est quelque part en Ombrie.

– Et sais-tu s'ils sont en relation avec l'Église, d'une manière ou d'une autre ?

– L'Église catholique, tu veux dire ?

– Oui.

– Non. Pas du tout. » Son ton était si ferme que Brunetti préféra ne pas insister. Il laissa passer quelques secondes.

« Et plus précisément, Antonin, qu'aimerais-tu que je fasse ?

– Je voudrais savoir qui est cet homme, s'il s'agit vraiment d'un moine, ou d'un religieux, ou ce qu'il dit qu'il est. » Brunetti garda pour lui son étonnement : il lui semblait plus facile pour Antonin, qui était prêtre et appartenait en quelque sorte à la même boutique, de se renseigner sur cette question.

« Ils ont un nom ?

– Les Enfants de Jésus-Christ.

– Où se réunissent-ils exactement, à San Giacomo ?

– Tu connais le restaurant, à droite de l'église ?

– Celui qui a des tables en terrasse ?

– Oui. Il y a une ruelle sur le côté du restaurant. Première porte à gauche. Le nom est Sambo. »

Brunetti nota les informations sur une enveloppe qui traînait sur son bureau. Cet homme avait rendu visite à sa mère à la fin de sa vie et avait béni son cercueil. Brunetti avait une dette envers lui. « Je vais voir ce que je peux faire », dit-il en se levant.

Le prêtre en fit autant et tendit la main.

Leur poignée de main fut brève et de pure forme, mais au souvenir des ongles rognés, Brunetti ne le regretta pas. Il reconduisit le prêtre jusqu'à la porte, puis resta en haut des marches pour le suivre des yeux jusqu'à ce qu'il ait disparu dans l'escalier.

5

Brunetti retourna dans son bureau mais, au lieu de regagner son fauteuil, il s'approcha de la fenêtre. Au bout d'une ou deux minutes, le prêtre apparut deux étages en contrebas, au pied du pont conduisant au Campo San Lorenzo ; en dépit de l'angle de vision, il était facilement reconnaissable à sa soutane noire. Sous les yeux de Brunetti, il attaqua lentement les marches du pont, soulevant sa soutane à deux mains, ce qui rappela à Brunetti les manières que faisait sa grand-mère avec le tablier brodé qu'elle portait parfois. Le prêtre atteignit le sommet du pont et laissa retomber le tissu. Puis il posa une main sur le parapet et resta là un certain temps.

Il y avait eu de la rosée, ce matin-là, et l'humidité devait avoir imprégné la longue robe. Puis Antonin descendit de l'autre côté du pont pour rejoindre le Campo. Brunetti se souvint alors d'une observation de Paola, après un voyage en train entre Padoue et Venise qu'ils avaient fait assis en face d'un religieux musulman en robe longue ; celui-ci avait égrené son chapelet sans interruption pendant tout le trajet. Sa robe était d'une blancheur plus éclatante encore que celle d'une chemise d'homme d'affaires, et même la signorina Elettra aurait envié la perfection des plis que formait le tissu.

Alors qu'ils descendaient l'escalier de la gare et que le mollah s'éloignait avec grâce vers la gauche, Paola fit remarquer que s'il n'avait pas une femme pour s'occuper de sa tenue, il aurait probablement besoin de travailler pour vivre. En réaction à la remarque de Brunetti sur son manque de sensibilité au pluralisme culturel, elle répliqua que la moitié des désordres et l'essentiel de la violence du monde seraient éliminés si les hommes étaient obligés de faire leur propre repassage… « Terme que j'utilise comme métonymie pour tout ce qui est tâche domestique, comprends-moi bien », s'était-elle hâtée d'ajouter.

Et qui aurait pu ne pas être d'accord avec elle ? s'interrogea Brunetti. Comme la plupart des Italiens, il s'était vu épargner les corvées du ménage grâce au labeur incessant de sa mère, toile de fond de toute sa jeunesse qu'il n'avait pourtant jamais vraiment remarquée. Ce ne fut qu'au cours de son service militaire qu'il s'aperçut que son lit ne se faisait pas tout seul chaque matin, et que s'il laissait une salle de bains sale, elle le restait. Il avait eu la chance assez exceptionnelle, après cela, d'épouser une femme adepte de ce qu'elle appelait le fair-play, et qui concédait que vu le nombre d'heures ridicule qu'elle devait consacrer à l'enseignement, elle disposait d'assez de temps pour s'occuper de certaines tâches domestiques et donner des directives à la femme de ménage.

Lorsque la silhouette du prêtre eut disparu entre les bâtiments, de l'autre côté du canal, Brunetti retourna à son bureau. Il prit la première feuille de la pile pour l'étudier, mais bientôt son regard dériva au rythme des nuages qui passaient au-dessus du clocher de San Lorenzo. Qui pouvait donc connaître ce groupe ou son chef, le dénommé Leonardo Mutti ? Il essaya de trouver quelqu'un, à la questure, ayant des convictions religieuses, mais il lui répugnait de demander à un collègue ou à un subordonné de commettre ce qui s'apparenterait à une trahison involontaire. Il passa en revue parmi ses connaissances celles qu'il pourrait considérer comme croyantes, ou qui auraient un rapport quelconque avec l'Église, sans parvenir à trouver un nom. Cela était-il le signe de son peu de foi, ou bien de son intolérance envers les croyants ?

Il composa le numéro de son domicile.

« *Pronto*, répondit Paola à la quatrième sonnerie.

– Connaissons-nous quelqu'un de religieux ?

– Un membre du clergé, ou un simple croyant ?

– L'un ou l'autre.

– Je connais quelques prêtres, mais je doute qu'ils parleraient à quelqu'un comme toi, dit-elle, pas du genre à ménager son amour-propre. Si tu veux t'adresser à une vraie croyante, il y a toujours ma mère. »

Les parents de Paola se trouvaient à Hongkong au moment de la mort de la mère de Brunetti ; Paola et lui avaient décidé de ne rien dire pour ne pas les obliger à revenir, et gâcher ainsi ce qui était, d'après les Falier, un voyage d'agrément. Ces derniers avaient tout de même appris la nouvelle – Brunetti ne savait comment – mais ils n'avaient pu arriver que le lendemain de l'enterrement. La sympathie et la chaleur sincère qu'ils lui avaient manifestées l'avaient touché.

« Bien sûr, dit Brunetti. J'avais oublié.

– Je crois qu'elle aussi l'oublie, parfois », répondit Paola.

Il composa de mémoire le numéro du comte et de la comtesse Falier. Il tomba sur l'un des secrétaires du comte. Au bout de quelques minutes, il entendit la comtesse lui dire : « Quel plaisir de t'entendre, Guido. Que puis-je faire pour toi ? »

Se pouvait-il que tous les membres de sa famille croient qu'il ne s'intéressait à eux que s'ils pouvaient lui être utiles dans son travail de policier ? Un instant, il fut tenté de mentir et de lui répondre qu'il avait simplement appelé pour lui dire bonjour et savoir si elle avait bien récupéré du décalage horaire, mais il craignit de ne pas être crédible. « J'aimerais te parler. »

Après quelques années d'hésitation au cours desquelles il avait employé des tournures de phrases alambiquées, il avait fini par la tutoyer, ainsi que le comte, mais cela ne lui venait pas naturellement. C'était certes moins difficile avec la comtesse, avec qui il se sentait beaucoup plus à l'aise.

« À quel sujet, Guido ? demanda-t-elle, l'air intéressé.

– À propos de la religion », répondit-il avec l'espoir de la surprendre.

Sa réaction fut longue à venir mais lorsqu'elle répondit, son ton était tout à fait naturel. « Ah, de ta part, c'est assez étonnant. » Elle n'en dit pas davantage.

« C'est en rapport avec une enquête », se hâta-t-il d'expliquer, même si, à strictement parler, ce n'était pas la vérité.

Elle eut un petit rire. « Tu n'avais pas besoin de le préciser, Guido. » Sa voix disparut un instant, comme si elle avait posé la main sur le micro du combiné. « Je ne suis pas seule en ce moment, mais tu pourrais venir dans une heure, si cela te convient.

– Bien entendu, répondit-il, ravi de cette occasion qui lui permettait de sortir. À dans une heure.

– Parfait. » Sur quoi elle raccrocha. Il y avait eu un réel plaisir dans sa voix.

Il aurait pu rester à son bureau pour remplir la pape-rasse, ouvrir le parapheur et apposer ses initiales aux documents, bref, faire le ménage des papiers qui s'empi-laient d'un côté de son bureau avant de transiter jusqu'à l'autre, leur niveau étant le reflet fidèle du taux de criminalité de la ville. Au lieu de cela, il quitta la questure, se rendit jusqu'à la Riva degli Schiavoni et se retrouva dans le soleil radieux de la lagune.

Un ferry passait. Il observa les camions qui encom-braient le pont, trouvant étrange que des véhicules de livraison chargés de légumes surgelés, d'eau minérale ou encore de lait et de fromage soient obligés d'emprunter un bateau.

Un troupeau de touristes descendit les marches de l'église. Il se retrouva quelques instants cerné par eux, et eut l'impression de bouchonner comme un youyou dans leur sillage, avant que l'appel de la culture ne les entraîne vers le Musée naval et l'Arsenal. Brunetti repartit en direction de la basilique.

Il vit sur sa gauche une bitte d'amarrage métallique, de celles qu'utilisent les propriétaires de bateaux suffi-samment riches pour pouvoir payer des droits d'anneau stratosphériques – et, de cette manière, bloquer la vue de San Giorgio aux personnes logeant au rez-de-chaussée des immeubles du quai. En l'absence de bateau, il s'assit sur la grosse pièce métallique et regarda l'église, l'ange et tous les autres dômes et clochers qui ponc-tuaient l'autre rive du canal de la Giudecca sur toute sa longueur. Il se pencha, agrippé au rebord de fer de la bitte, goûtant sa chaleur, observant la pointe de la Salute où commence le Grand Canal et les bateaux qui s'y engageaient ou en sortaient.

Son pantalon de laine gris foncé ne tarda pas à absorber la chaleur du soleil et à lui chauffer les cuisses. Il se releva brusquement et continua son chemin jusqu'à la Piazza.

Au Florian, il commanda un café au comptoir, saluant d'un signe de tête un barman qu'il reconnut sans savoir où il l'avait déjà vu. Il était un peu plus de onze heures et il aurait pu prendre *un'ombra*, mais il était peut-être plus sage d'arriver au *palazzo* de ses beaux-parents en sentant le café plutôt que le vin. Il paya, sortit et patienta quelques instants avant de plonger dans le flot des touristes. Cela lui fit penser au Gulf Stream, qui selon sa fille pourrait disparaître un jour. En dehors de l'adoration que Paola vouait à Henry James, sorte de dieu lare de la maison, l'intérêt de Chiara pour l'écologie était ce qui se rapprochait le plus d'un comportement religieux dans la famille.

Par moments, l'indifférence du monde devant les preuves de plus en plus nombreuses du réchauffement de la planète l'inquiétait : Paola et lui avaient eu de bonnes années, mais si seulement une partie des sombres prédictions de Chiara était vraie, quel avenir attendait ses enfants ? Quel avenir les attendait tous ? Et pourquoi si peu de gens s'inquiétaient alors que s'accumulaient les sinistres avertissements ? Puis il regarda sur sa droite, en direction de San Marco, et ces pensées furent aussitôt chassées de son esprit.

À Vallaresso, il prit la ligne 1 pour Ca'Rezzonico et continua à pied jusqu'à Campo San Barnaba. Sa flânerie avait réussi à lui faire perdre une heure. Il appuya sur la sonnette du *portone* et entendit bientôt un bruit de pas dans la cour. L'immense battant s'ouvrit. Il entra, sachant que Luciana, au service des Falier bien avant qu'il les ait connus, serait venue en personne pour lui ouvrir. Avait-elle autant rapetissé depuis la dernière fois qu'il l'avait vue – cela devait faire un peu plus d'un an ? Il eut l'impression de se pencher encore plus bas que la dernière fois pour l'embrasser sur les deux joues, puis il lui prit une main entre les siennes pour lui parler.

Elle lui posa des questions sur les enfants, et il lui répondit comme il l'avait toujours fait depuis leur naissance : oui, ils mangeaient bien, ils travaillaient bien, ils étaient heureux, ils grandissaient. Qu'est-ce que Luciana savait du réchauffement climatique, se demandat-il fugitivement, et dans quelle mesure se sentait-elle concernée, si elle en savait quelque chose ?

« La contessa vous attend », dit-elle du même ton qu'elle aurait dit que sa patronne attendait le Messie. Puis elle retourna tout de suite aux choses importantes. « Vous êtes sûr qu'ils mangent assez, tous les deux ?

– S'ils mangeaient plus qu'ils ne le font, Luciana, je devrais hypothéquer l'appartement et Paola devrait donner des cours particuliers », répondit Brunetti en se lançant dans une énumération fantaisiste de ce que ses enfants pouvaient ingurgiter en une seule journée, ce qui la fit éclater d'un rire qu'elle atténua en cachant sa bouche.

Toujours riant, elle l'accompagna à travers la cour jusqu'au *palazzo*, et Brunetti s'arrangea pour que son énumération ne s'achève que lorsqu'ils arrivèrent dans le couloir sur lequel donnait le bureau de la comtesse. Là, Luciana s'arrêta et dit : « Il faut que je retourne préparer le déjeuner. Mais je voulais vous voir pour être sûre que tout allait bien. » Elle lui tapota le bras et prit le chemin de la cuisine, qui se trouvait à l'arrière du *palazzo*.

Il fallait un temps fou à Brunetti pour parcourir ce couloir, pas tant à cause de sa longueur que des gravures de Goya qui y étaient accrochées – la série des

Désastres de la guerre. Là, l'homme qui venait d'être fusillé et qui était encore attaché à son poteau, tête pendante ; là, les enfants, l'expression horrifiée ; les prêtres, ressemblant à des vautours sur le point de s'envoler, avec leur long cou déplumé. Comment des choses aussi horribles pouvaient-elles être en même temps aussi belles ?

Il frappa à la porte et entendit des pas qui se rapprochaient. Quand le battant s'ouvrit, Brunetti se retrouva une seconde fois en présence d'une femme qui paraissait avoir perdu plusieurs centimètres dans la nuit.

Ils s'embrassèrent. Sans doute Brunetti n'avait-il pas su cacher son étonnement, car elle lui dit : « C'est parce que je n'ai pas de talons hauts, Guido. Non, je ne me suis pas transformée en vieille ratatinée. Heu, en *petite* vieille ratatinée. »

Il regarda les pieds de la comtesse et constata qu'elle arborait des chaussures de sport, du genre qu'on trouve dans les boutiques chics de la Via XXII Marzo, celles avec des bandes argentées sur les côtés. Elle portait un pantalon noir et un sweater rouge.

« Je me suis lancée, expliqua-t-elle avant qu'il n'ait le temps de lui poser la question, dans un exercice d'étirement qui devait être au-dessus de mes forces, et j'ai l'impression que je me suis fait une tendinite. C'est pourquoi je porte des chaussures d'enfant et j'ai arrêté le yoga, cette semaine. » Elle eut un sourire complice et ajouta : « Je t'avoue que je suis presque contente d'être dispensée de tout ce bazar de concentration et d'énergie positive. Il y a des moments où c'est tellement épuisant que je n'ai plus qu'une envie, rentrer à la maison et prendre le thé. Je suis certaine que tout ça, c'est très bon pour mon âme, mais ce serait tellement plus agréable de rester tranquillement ici, à lire sainte Thérèse d'Avila, par exemple… Tu ne crois pas ?

– Rien de sérieux, j'espère ? » demanda Brunetti avec un mouvement de tête en direction de son pied. Il n'avait pas envie, pour le moment, de discuter de l'âme de sa belle-mère.

« Non, non, pas du tout, mais merci de me poser la question, Guido. » Elle l'entraîna vers le canapé et les gros fauteuils, installés de manière à avoir vue sur le Grand Canal. Elle ne boitait pas, mais marchait d'un pas plus lent qu'elle l'aurait voulu. Vue de dos, elle avait la silhouette et l'allure énergique d'une femme beaucoup plus jeune, en dépit de ses cheveux blancs. Pour ce que Brunetti en savait, la comtesse n'avait jamais eu recours à la chirurgie esthétique, ou alors à la meilleure possible, car les rides légères qui cernaient ses yeux ajoutaient plutôt du caractère que des années à son visage.

Avant qu'ils ne s'assoient, elle lui demanda s'il voulait boire quelque chose. Brunetti refusa poliment, et elle n'insista pas. Elle tapota l'emplacement du canapé où il aimait s'installer, à cause de la vue, et s'assit elle-même dans l'un des gros fauteuils, son corps menu disparaissant presque derrière les volumineux repose-bras. « Tu voulais me parler de religion, non ? demanda-t-elle.

– En effet, répondit Brunetti, d'une certaine manière.

– Quelle manière ?

– J'ai eu un entretien avec quelqu'un, ce matin, qui m'a dit se faire du souci pour un jeune homme qui serait tombé sous la coupe – je ne fais que rapporter ses paroles, n'est-ce pas… sous la coupe d'une sorte de prédicateur du nom de Leonardo Mutti, lequel serait originaire de l'Ombrie. »

Les coudes sur les repose-bras, la comtesse croisa les mains en appui sous son menton.

« D'après la personne qui m'a parlé, ce prédicateur est un charlatan qui ne cherche qu'à soutirer de l'argent aux gens, y compris à ce jeune homme. Lequel jeune homme est propriétaire d'un appartement qu'il voudrait vendre pour donner le fruit de la vente à ce prédicateur. »

La comtesse ne disant rien, il poursuivit. « Étant donné ton intérêt pour la religion et tes... (il hésita dans le choix des mots) et tes convictions, j'ai pensé qu'il était possible que tu aies entendu parler de cet homme.

– Leonardo Mutti, c'est ça ?

– Oui.

– Puis-je savoir pourquoi tu t'intéresses à cette affaire ? demanda-t-elle poliment. Et si tu connais ce jeune homme et ce prédicateur ?

– Non. Je ne connais que l'homme qui m'a rapporté cette histoire. Il était ami avec Sergio quand nous étions gosses. »

Elle hocha la tête et la tourna légèrement de côté, comme si elle réfléchissait à ce qu'il venait de dire. « Tu ne crois pas, Guido, n'est-ce pas ?

– En Dieu ?

– Oui. »

Au cours de toutes ces années, seule Paola lui avait parlé des « convictions » de la comtesse : quand elle était petite, sa mère était croyante et assistait souvent à la messe. Pour expliquer ses propres positions anti-religieuses, sinon anticléricales, Paola s'était contentée d'expliquer qu'elle avait eu « de la chance et du bon sens ».

58

Comme il n'avait jamais discuté de ce sujet avec sa belle-mère, Brunetti dit prudemment : « Je ne voudrais pas t'offenser.

– En disant que tu n'es pas croyant ?

– Oui.

– Voilà qui ne risque pas de m'offenser, Guido. J'estime que c'est un point de vue parfaitement raisonnable. »

Il eut du mal à cacher sa surprise et les rides de la comtesse se plissèrent en un doux sourire. « J'ai choisi de croire en Dieu, vois-tu, Guido. Alors que je n'avais aucune preuve de son existence ; plutôt des preuves du contraire. Je trouve que ça rend la vie plus acceptable ; ça rend plus faciles certains choix et permet de mieux supporter nos pertes. Mais c'est un choix de ma part, seulement un choix, si bien que l'autre choix, celui de ne pas croire, paraît parfaitement raisonnable.

– Je ne suis pas sûr de voir cela comme un choix.

– Bien sûr que si, c'est un choix, répondit-elle avec le même sourire, comme s'ils parlaient des enfants et qu'il venait de lui rapporter l'une des judicieuses remarques de Chiara. Nous avons tous les deux les mêmes preuves sous les yeux, ou plutôt le même manque de preuves, et nous choisissons de l'interpréter d'une manière ou d'une autre. C'est donc bien un choix.

– Est-ce que ce choix implique de croire en l'Église ? » ne put s'empêcher de demander Brunetti. Il savait que la position sociale des Falier les mettait souvent en contact avec des membres du haut clergé.

« Dieux du Ciel, non. Il faudrait être fou pour lui faire confiance. »

Il éclata de rire et secoua la tête, éberlué, ce qui encouragea la comtesse à ajouter : « Regarde-les un peu, Guido, dans leurs tenues ridicules, avec leurs petits chapeaux, leurs robes longues, leurs cols romains et leurs chapelets. Tout cela n'a pour but que d'exiger l'attention des gens, sinon leur respect. Si la plupart de ces ecclésiastiques devaient se promener dans la même tenue que tout le monde et s'attirer le respect des autres avec la méthode de tout le monde, je suis certaine qu'ils seraient beaucoup moins intéressés par la religion et qu'ils préféreraient laisser tomber et gagner leur vie comme tout un chacun. S'ils ne pouvaient se servir de leur déguisement comme moyen de faire croire aux gens qu'ils ne sont pas comme eux, qu'ils leur sont supérieurs, la plupart d'entre eux s'en désintéresseraient complètement. » Après un long silence, elle ajouta : « Sans compter que je ne crois pas que Dieu profite tant que ça de l'aide qu'ils proposent.

– C'est un point de vue assez sévère, si je peux me permettre, observa Guido.

– Vraiment ? demanda-t-elle, l'air sincèrement intriguée. Je suis sûre qu'on en compte qui sont des personnes parfaitement honorables, mais je crois qu'il vaut mieux éviter le clergé en tant que groupe. Sauf si, ajouta-t-elle sans lui laisser le temps de soulever une objection, on est obligé de se retrouver en leur compagnie, auquel cas ils ont droit à être traités avec la même courtoisie que tout le monde. Je suppose. » Il attendit, ayant l'habitude de ses silences. « C'est leur goût pour le pouvoir qui me les rend aussi antipathiques. C'est l'élément moteur de tant d'entre eux ! Je crois que cela déforme leur âme.

– Inclurais-tu un homme comme Leonardo Mutti parmi eux ? » demanda Brunetti. Il ne savait jamais trop comment accueillir les opinions de la comtesse, et se demandait si cette mercuriale n'était pas qu'un long prélude à quelque révélation sur l'individu.

Elle lui adressa un regard rusé qui s'effaça tout de suite. « J'ai entendu prononcer son nom. Il ne me reste qu'à retrouver qui m'en a parlé. Dès que je le saurai, je t'avertirai, Guido.

– Et est-ce que tu sais comment...

– Comment je pourrais me rafraîchir la mémoire ?

– Oui.

– Je vais poser la question à certaines de mes amies qui ont un faible pour ce genre d'associations.

– Pour l'Église ? »

Elle resta songeuse un bon moment avant de répondre. « Non. Je pensais plutôt aux... comment formuler cela, Guido ? Aux Églises annexes ? Aux Églises parallèles ? Tu n'as pas mentionné de titre, tu n'as pas dit qu'il appartenait à une paroisse, et je dois donc supposer qu'il appartient à une communauté marginale... » Il s'ensuivit un nouveau long silence avant qu'elle ne conclue. « La religion débile ? »

Après de tels commentaires, Brunetti ne fut pas surpris par cette dernière formule. « As-tu des amis dans ces mondes parallèles ? » demanda-t-il.

Elle haussa à peine les épaules. « Je connais un certain nombre de personnes intéressées par cette approche... de Dieu.

– Tu parais sceptique.

– Vois-tu, Guido, j'ai l'impression que le risque d'irrégularité, pour employer un euphémisme, croît de manière exponentielle une fois qu'on commence à s'écarter des normes des Églises officielles. Là, au moins, ils ont une réputation à préserver, si bien qu'ils se surveillent les uns les autres et s'efforcent de limiter les abus, même si ce n'est que dans leur intérêt bien compris.

– Pour ne pas effrayer les chevaux, pour employer l'expression américaine ?

– C'est au sexe que cela fait allusion, Guido, tu le sais aussi bien que moi, répondit-elle avec une certaine rugosité, comme si elle s'était sentie mise à l'épreuve par sa question. Moi, je te parle d'escroquerie. Quand un groupe autoproclamé religieux n'a aucune respectabilité à perdre, aucun intérêt à terme à préserver la foi et la bonne volonté de ses adeptes, alors la boîte de Pandore est ouverte. Or, comme tu le sais, les gens sont capables de croire n'importe quoi. »

La question sortit de sa bouche avant qu'il ait pu y réfléchir. « Est-ce que quelque chose, dans ce que tu viens de me dire, affecte tes relations et celles d'Orazio avec les représentants du clergé ? » Pour atténuer cet aveu de curiosité, il ajouta : « Si je te le demande, c'est que je sais que votre vie sociale vous amène à les rencontrer et je suppose qu'Orazio a aussi des contacts professionnels avec eux. » Brunetti n'avait pas appris grand-chose, au cours des années, sur les origines précises de la richesse des Falier. Il savait qu'ils possédaient des maisons, des appartements, des magasins en location, ici à Venise, et que le comte se déplaçait souvent pour aller visiter des sociétés et des usines. Mais il ignorait tout à fait si des membres du haut clergé étaient parties prenantes dans ses affaires financières.

Le visage de la comtesse arbora une expression de confusion quasi théâtrale que Brunetti avait déjà souvent vue sur d'autres. Il ne l'avait cependant jamais surprise à l'employer, avec autant d'aisance que si elle venait de retoucher son rouge à lèvres ; mais la voir s'afficher aussi rapidement lui fit comprendre qu'elle était purement artificielle. « Orazio me répète, depuis le jour de notre rencontre, que le pouvoir est supérieur à la fortune, répondit-elle avec un sourire. À la vérité, c'était ce qu'ont toujours prétendu les hommes de ma propre famille. » Une fois de plus, ce sourire neutre, presque vide, apparut sur ses traits. Où avait-elle appris ça ? « Je suis sûre que cela doit vouloir dire quelque chose. »

Quand il l'avait rencontrée, Brunetti avait eu l'impression que la comtesse ne comprenait pas non seulement une bonne partie de ce qu'on lui disait, mais également une bonne partie ce qu'elle disait elle-même. Avec la fausse pénétration de la jeunesse qui se laisse prendre aux apparences, il en avait conclu qu'elle n'était qu'une femme du monde frivole, ayant pour seule grâce à ses yeux le dévouement complet qu'elle manifestait à son mari et à sa fille. Mais avec les années, il avait prêté l'oreille à ses observations et commencé à découvrir, camouflées au milieu des clichés les plus éculés et des généralisations les plus banales, des remarques d'une telle précision et d'une telle pénétration qu'il en était souvent resté interloqué. Aujourd'hui, son déguisement avait atteint un tel degré de perfection que peu de gens prenaient la peine de le percer à jour – ne se rendant même pas compte qu'il y avait quelque chose à percer à jour.

« Tu es sûr que tu ne veux pas boire quelque chose ? » s'enquit-elle.

La question le tira de ses réflexions et, après avoir consulté sa montre, il la remercia et dit qu'il allait rentrer déjeuner chez lui.

« Paola a de la chance que tu travailles ici, à Venise, Guido. Elle a toujours quelqu'un pour qui faire la cuisine. » Son ton mélancolique aurait pu faire croire qu'elle ne rêvait que de passer ses journées devant les fourneaux, à mitonner des plats pour les personnes qu'elle aimait, et qu'elle consacrait tout son temps libre à consulter des livres de recettes, alors que la comtesse n'avait pas dû mettre les pieds dans la cuisine du *palazzo* depuis des années. De toute façon, Luciana l'aurait interceptée avant qu'elle en ait franchi la porte.

Il se leva et elle en fit autant. Elle le raccompagna à la porte de la pièce, lui rappelant d'embrasser Paola et les enfants de sa part. Il se pencha pour l'embrasser.

« Je te ferai savoir si j'apprends quelque chose », lui promit-elle.

Et Brunetti partit déjeuner chez lui.

6

Lorsque Brunetti arriva sur le palier de l'étage juste en dessous du sien, aucune odeur de cuisine ne parvint à ses narines. Si, pour une raison quelconque, Paola n'avait pas eu le temps de préparer le repas, ils pourraient peut-être sortir. Antico Panificio, à moins de deux minutes, faisait d'honnêtes pizzas, et même s'il les préférait pour le dîner, il se sentait tout à fait disposé à déjeuner d'une pizza, aujourd'hui. Une à la roquette et au lard, peut-être, ou à la *mozzarella di bufala* et aux tomates. Tout en gravissant les dernières marches, il continua à passer en revue les garnitures possibles de sa pizza virtuelle, jusqu'au moment où il glissa la clef dans la serrure : il en était à roquette, saucisse épicée et champignons – sans très bien savoir pourquoi ces deux derniers ingrédients.

Mais toute idée de pizza l'abandonna quand, ayant ouvert la porte, il vit Paola traverser le séjour, un énorme saladier dans les mains. Cela voulait sans aucun doute dire que l'un des enfants, brusquement pris de quelque inspiration suicidaire, avait décidé qu'il fallait déjeuner sur la terrasse. Sans même refermer derrière lui, Brunetti avança de trois pas dans le couloir et, passant la tête par l'entrée du séjour, lança à sa femme et à ses enfants qui l'attendaient dehors : « Je veux la place au soleil. » À cette époque de l'année, en effet, le soleil n'éclairait leur terrasse que pendant quelques heures, la période d'ensoleillement s'allongeant au fur et à mesure qu'avançait la saison. En ces premières journées de printemps, il ne touchait que le bout de la terrasse et seulement pendant deux heures, entre onze heures et treize heures, heure solaire. Comme manger dehors à cette époque de l'année était une folie selon Brunetti, il considérait comme son droit absolu de choisir la place au soleil.

Ayant répété son injonction, il retourna fermer la porte d'entrée. Des bruits de frottement lui parvinrent de la terrasse.

La chaise ayant le dos au soleil était au bout de la table. Il s'y dirigea, tapotant l'épaule de Chiara au passage. Elle ne portait qu'un chandail léger, et Raffi un simple tee-shirt de coton ; Paola, en revanche, avait endossé non seulement un chandail, mais une veste matelassée qui devait appartenir à Raffi. Comment se faisait-il que deux personnes à sang froid comme Paola et lui aient engendré ces deux créatures ?

Il apprécia de sentir la chaleur du soleil dans son dos. Paola servit à Chiara une solide platée de fusillis aux olives noires et à la mozzarella ; c'était un peu tôt dans la saison pour ce genre de plat, mais Brunetti trouva réjouissants les arômes qui s'en dégageaient. Chiara prit le bol contenant le basilic, déchira quelques feuilles en petits morceaux qu'elle dispersa sur ses pâtes. Paola servit Raffi et Brunetti qui imitèrent Chiara, puis elle se servit en dernier.

« Bon appétit », dit-elle une fois assise et après avoir mis un couvercle sur le plat. Brunetti commença à manger, laissant son palais s'imprégner des saveurs. Quand avaient-ils dégusté ce plat pour la dernière fois ? Vers la fin de l'été, lui semblait-il. Il avait alors ouvert une des dernières bouteilles de rosé Masi. Était-il trop tôt dans l'année pour du rosé ? Puis il vit qu'il y avait une bouteille sur la table et reconnut la couleur et l'étiquette.

« J'ai fait des *calamari ripieni* pour suivre », annonça Paola, sans doute pour leur permettre de décider s'ils reprendraient ou non des pâtes. Chiara qui, depuis la veille, avait ajouté les poissons et les crustacés aux aliments que, en tant que végétarienne, elle refusait de manger, choisit de reprendre des pâtes, comme Raffi, qui, à n'en pas douter, se chargerait, sans la moindre vergogne et avec toujours autant d'appétit, de faire un sort à la part de calamars de sa sœur. Brunetti regarda ses enfants dévorer et se servit un verre de vin.

Chiara aida à rapporter les plats dans la cuisine et revint avec un saladier de carottes et de petits pois, sa mère portant les calamars ; Brunetti crut distinguer le fumet des crevettes. La conversation s'anima, portant sur les cours, le lycée et encore le lycée, et Brunetti eut tout juste le temps de dire qu'il avait vu leur grand-mère, ce matin, et qu'elle les embrassait tous. Paola se tourna vers lui et lui adressa un regard appuyé, mais les enfants ne trouvèrent rien d'étrange à cela.

Voyant Chiara tendre la main vers le plat, Paola détourna l'attention de Raffi en lui demandant s'il envisageait toujours d'aller ce soir au cinéma avec Sara Paganuzzi et, si oui, s'il voudrait manger quelque chose avant de partir. Il répondit que le film avait été remplacé par une version grecque que Sara n'avait pas encore terminée ; qu'il irait donc chez elle pour lui donner un coup de main et qu'ils mangeraient ensemble avant de se plonger dans la traduction.

Paola voulut savoir de quel texte il s'agissait, ce qui conduisit à une discussion sur la folie et l'impréparation de la guerre du Péloponnèse, discussion tellement intéressante qu'elle ne vit pas Brunetti faire un sort à ce qui restait de calamars.

Athènes vaincue et ses murs abattus, Raffi termina les légumes et demanda ce qu'il y avait pour le dessert.

À ce moment-là, le soleil avait déjà disparu, non seulement du dos de Brunetti mais du ciel, brusquement envahi de nuages en provenance de l'est. Paola se leva, rassembla les assiettes et déclara qu'il n'y avait que des fruits et qu'ils les mangeraient à l'intérieur. Soulagé, Brunetti repoussa sa chaise, saisit le plat de légumes vide et la bouteille de vin, et se dirigea vers la cuisine.

Une trop longue exposition aux caprices du printemps l'avait suffisamment refroidi pour qu'il n'ait pas envie de fruits. Paola dit qu'elle allait préparer le café tout en faisant la vaisselle et l'envoya lire le journal dans le séjour.

Elle l'y retrouva vingt minutes plus tard. Le journal était posé sur ses genoux, fermé, et il contemplait les toits et le ciel par la fenêtre. La manchette du jour, particulièrement racoleuse, annonçait l'arrestation d'un des chefs de la Mafia.

Elle s'immobilisa à côté du canapé, deux tasses de café à la main. « Alors, on s'intéresse à son triomphe ? »

Brunetti ferma les yeux. « Tu parles d'un triomphe…

– C'est assez pour te faire songer sérieusement à émigrer, tu ne crois pas ?

– Il a été en fuite pendant quarante-trois ans, et ils l'ont trouvé à deux kilomètres de chez lui. » Il laissa sa main retomber à plat sur le journal. « Quarante-trois ans ! Et les politiciens qui se battent pour féliciter la police. Un triomphe.

– Il s'agit peut-être, en réalité, d'un triomphe pour la Mafia, suggéra Paola. Ce serait tellement plus simple si le gouvernement lui donnait le droit de désigner son propre ministre. » S'ensuivit un petit silence songeur, après quoi elle ajouta : « Mais quel titre lui donner ? Ministre du Pouvoir alternatif ? Ministre des Extorsions ? »

Elle posa les tasses sur la table et s'assit à côté de lui.

Sachant qu'il n'aurait pas dû poser cette question, Brunetti demanda tout de même :

« Qu'est-ce qui te fait penser que ce n'est pas le cas ?

– Que veux-tu dire ?

– Qu'elle n'a pas son propre ministre ? »

Elle lui jeta un coup d'œil bref, inquiet, comme si elle prenait conscience d'avoir entendu quelque chose qu'il n'aurait pas dû dire.

Le silence de Paola devint si éloquent qu'il se sentit obligé de parler. « Des voix s'élèvent, dit-il, se penchant pour prendre sa tasse.

– Des voix ? »

Guido hocha la tête et prit une gorgée de café, sans regarder sa femme.

Paola comprit qu'il préférait changer de sujet de conversation et lui demanda donc pour quelle raison il était allé voir sa mère.

« Tu sais, l'ami de Sergio, le prêtre ? Celui qui est venu à l'enterrement de ma mère, Antonin Scallon. Il m'a demandé des renseignements sur quelqu'un.

– Tu travailles pour l'Opus Dei, maintenant, Guido ? » s'écria-t-elle avec une horreur feinte.

Il lui fallut quelques minutes pour lui raconter la visite de Scallon et son objectif. Le fait d'en parler lui permit de se rendre compte que cette histoire le mettait mal à l'aise. Quelque chose ne cadrait pas avec les souvenirs qu'il avait d'Antonin, pas plus qu'avec son instinct pour le pire : il n'arrivait pas à croire aux motivations des différents protagonistes de l'histoire, pas plus qu'aux raisons que le prêtre aurait eu, d'après lui, de venir le voir.

« À ton avis, y aurait-il quelque chose entre Scallon et la mère de ce garçon ? » demanda Paola quand il eut fini de répéter tout ce que le prêtre lui avait dit.

– On peut te faire confiance pour trouver tout de suite le truc qui fait mal, observa Brunetti, non sans admiration.

– Ce serait plutôt le truc qui fait du bien, dans ce cas », dit Paola en reposant sa tasse de café.

Brunetti sourit, réfléchit. Il aurait bien aimé avoir un petit verre de grappa ou de cognac, pour remplacer les fruits. « J'y ai pensé, dit-il finalement. C'est sans aucun doute une possibilité. Après tout, ce pauvre diable a passé plus de vingt ans en Afrique. »

La réaction de Paola fut immédiate. « Cela signifie-t-il qu'il serait devenu une bête de sexe, du fait de la propension aux excès sexuels des races inférieures ? »

La réflexion le fit rire – sa propension à elle à toujours imaginer le pire dans la nature humaine ! Bien que Paola eût de plus en plus de mal à voter pour les politiciens censés représenter la gauche, Brunetti fut ravi de voir que son instinct pour défendre la veuve et l'orphelin était intact. « Tout le contraire, en fait. Mon impression serait plutôt qu'il se sentait tellement supérieur aux Africains qu'il n'avait aucun contact réel avec eux ; et que lorsqu'il est revenu ici, il a couru après la première Européenne qui a bien voulu le regarder.

– Et son vœu de célibat ?

– Le célibat et la chasteté, ce n'est pas pareil, répondit Brunetti, tu le sais aussi bien que moi. Ils font seulement vœu de ne pas se marier. Après quoi, la plupart s'arrangent pour interpréter la règle de la manière qui leur convient le mieux. »

Sur quoi, Brunetti s'enfonça dans le canapé et ferma les yeux.

« Ne serait-il pas possible qu'il ait dit la vérité, Guido, et qu'il soit réellement inquiet à l'idée que cet homme risque de se faire dépouiller ?

– Qu'est-ce qui te fait dire ça ?

– Le fait qu'il ait été bon pour ta mère, Guido. »

Il se tourna, surpris, pour la regarder. « Comment es-tu au courant ?

– Les religieuses de l'hôpital me l'ont dit. Et une fois que j'étais allée lui rendre visite sans toi, je l'ai trouvé dans sa chambre. Il lui tenait la main et elle avait l'air d'en être très heureuse. »

Après un long silence et sans en être vraiment convaincu, Brunetti concéda : « C'est possible, en effet. » Mais il devait repartir sans tarder, et il n'eut pas le temps de poursuivre dans cette voie. Il repensa aux événements du matin et à la consternation qu'il avait ressentie. « Je n'ai même pas été fichu de trouver quelqu'un qui admette croire en Dieu, dit-il.

– Tu te vantes », répondit Paola, lui rendant sa bonne humeur.

De retour vers la questure, Brunetti résista à la tentation de prendre un cognac en route, et s'en sentit fier. Cependant, comme son itinéraire le faisait passer par le Campo SS Giovanni e Paolo, il décida de s'arrêter à la cure pour voir Antonin. Mieux encore, si le prêtre était absent, il serait libre de poser quelques questions sur lui.

Lorsqu'il demanda à la gardienne si le padre Antonin était là, celle-ci lui répondit que non, mais lui proposa de parler à la place au *parocco*. Cette femme aux cheveux blancs disait quelque chose à Brunetti, et bientôt la mémoire lui revint.

« Ah, vous êtes la fleuriste du Rialto. »

Le sourire de la femme lui plissa tout le visage. « Oui, avec ma petite-nièce. Je lui donne un coup de main les jeudis et les samedis, pour les arrivages de fleurs. Nous nous connaissons depuis des années, signore, n'est-ce pas ? ajouta-t-elle en posant une main sur le bras du commissaire. Et je connais aussi votre femme et votre fille. Elle est très jolie, la petite.

– De même que votre petite-nièce, signora.

– Nous allons recevoir des iris, samedi prochain, reprit-elle, ravie de cette conversation.

– Alors je vais devoir en rapporter pour contribuer à la paix de la famille, dit-il en prenant un air faussement résigné.

– Depuis toutes ces années, il ne me semble pas que vous ayez besoin de prétexte pour acheter des fleurs, signore, si vous me permettez. » Elle recula d'un pas pour le laisser entrer, supposant qu'il souhaitait parler avec le responsable de la paroisse.

« Je ne voudrais pas déranger le *parocco*, dit-il, hypocrite.

– Mais non, vous ne le dérangerez pas, signore. Croyez-moi. Il vient juste de terminer de déjeuner et il est libre. » Sur quoi elle prit la direction de l'escalier conduisant au premier, puis regarda derrière elle pour ajouter, d'une voix plus douce, « Il sera content d'avoir votre compagnie, j'en suis sûre. »

Pendant qu'elle reprenait sa respiration sur le palier, Brunetti eut tout le loisir d'admirer une gravure du Sacré-Cœur sur le mur, à sa droite. Un christ aux cheveux longs pressait une main contre sa poitrine et levait l'autre, deux doigts tendus, comme s'il appelait un garçon de café.

Brunetti fut tiré de sa contemplation par le bruit des pas de la femme s'éloignant dans le couloir. Il prit alors soudain conscience de la fraîcheur qui y régnait ; il y faisait froid et humide comme si le printemps n'avait pas eu encore le temps d'investir les lieux. Il comprenait mieux, à présent, pourquoi la vieille femme portait deux chandails épais l'un sur l'autre, ainsi que d'épais bas marron.

Elle s'arrêta devant une porte, frappa plusieurs petits coups, attendit un instant puis frappa beaucoup plus fort, à se faire mal aux articulations. Sans doute entendit-elle quelque chose car elle poussa le battant, entra et lança d'une voix de stentor : « Padre Stefano, quelqu'un veut vous voir. »

Brunetti entendit une voix masculine répondre, sans pouvoir distinguer les mots. La vieille femme revint sur le seuil et lui fit signe d'entrer. « Vous voulez boire quelque chose, signore ? Il a déjà bu son café, mais je peux vous en faire un.

– Voilà qui serait bien aimable, signora, mais je viens juste de le prendre, sur le Campo. »

Elle hésita, prise entre les exigences de l'hospitalité et celles de l'âge, et Brunetti insista : « Je vous assure, signora, c'est comme si j'avais accepté. »

Ce qui parut la satisfaire. Elle lui dit qu'elle serait en bas s'il avait besoin de quelque chose et quitta la pièce.

Brunetti se dirigea vers l'endroit d'où était venue la voix. À la gauche de la fenêtre donnant sur le Campo, mais lui tournant le dos, un vieil homme était assis dans un fauteuil profond, l'air aussi perdu dedans que la comtesse dans le sien. Une mousse blanche laineuse entourait sa tonsure naturelle et son visage était d'une pâleur qui le rendait presque aussi lumineux que ses cheveux. Dans cette tête d'ascète, des yeux d'enfant se tournèrent vers le policier, et l'homme étreignit les accoudoirs pour se hisser sur ses pieds.

« Non, mon père, ne prenez pas cette peine, je vous en prie », dit Brunetti en rejoignant le fauteuil avant que le prêtre ait eu le temps de se soulever.

Brunetti se pencha vers lui et lui tendit la main.

« Quel plaisir de te voir, mon fils, dit le padre Stefano en lui donnant la sienne. Qu'il est gentil de ta part de venir rendre visite à un vieillard. » Il parlait le vénitien d'une voix douce et haut perchée. Sa main aurait-elle été de papier que Brunetti n'aurait pas craint davantage de la broyer dans la sienne.

L'homme avait dû être grand, autrefois, songea Brunetti en remarquant la longue ossature de sa main et de ses jambes, sous la soutane blanche de son ordre, son scapulaire noir ayant pris des nuances roussâtres avec le temps et les nombreux lavages. Il avait aux pieds de vieilles pantoufles en cuir, l'une d'elle bâillant de la semelle.

« Je t'en prie, je t'en prie, assieds-toi », dit le prêtre en regardant autour de lui avec une expression intriguée, comme s'il prenait soudain conscience de l'endroit où il était et se demandait s'il y aurait un siège pour son hôte.

Brunetti trouva un solide fauteuil en bois dont le tissu brodé s'effilochait et l'approcha. Il s'assit et sourit au vieil homme, qui se pencha en avant pour tapoter le genou de son visiteur. « Ça me fait très plaisir de te voir, mon fils. C'est tellement aimable d'être venu me voir. » Le vieil homme médita quelques instants sur ce miracle. « Es-tu venu pour être entendu en confession, mon fils ? »

Brunetti sourit et secoua la tête. « Non, mon père, merci. » Devant le regard qu'eut alors le *parocco*, Brunetti se hâta d'ajouter : « Je me suis déjà confessé, mon père. Mais c'est gentil de votre part de me poser la question. » Et il s'était bien déjà confessé, non ? Tout à fait inutile de révéler à ce vieil homme que cela remontait à plusieurs dizaines d'années.

L'expression du prêtre s'adoucit « Dans ce cas, qu'est-ce que je peux faire pour toi ?

– J'aimerais vous parler de l'un de vos hôtes.

– De l'un de mes hôtes ? » répéta le vieil homme, comme s'il n'était pas sûr d'avoir bien compris, ou s'il hésitait sur le sens à donner à ce mot ambigu. Il regarda par-dessus l'épaule de Brunetti et parcourut la pièce des yeux. « Hôte ?

– Oui, mon père. Je veux parler du padre Antonin Scallon. »

Le visage du *parroco* changea d'expression ; ce ne fut peut-être qu'une légère et soudaine tension autour de la bouche, un éclat moins intense dans ses yeux. « Le padre Scallon ? » répéta-t-il d'un ton neutre. Brunetti entendit gronder le tonnerre dans le fait que l'homme n'avait pas mentionné le prénom de son hôte.

« Oui, dit Brunetti, comme s'il n'avait pas remarqué le changement d'humeur du prêtre. Il est venu aux funérailles de ma mère, la semaine dernière, et je tenais à l'en remercier. » Il se rendit compte qu'il parlait d'une voix assourdissante, tandis qu'il surveillait la réaction du prêtre. Pour que le message soit parfaitement clair, il ajouta : « Ma femme m'a dit que je devais venir le remercier.

– Et si ta femme ne te l'avait pas suggéré ? » demanda le *parroco*. Devant ce trait de finesse, Brunetti révisa sur-le-champ sa première impression d'avoir affaire à un vieil homme dur d'oreille et ramolli du cerveau.

Le commissaire haussa légèrement les épaules puis, conscient de ce que ce geste pouvait avoir d'impoli, se hâta de dire : « C'était la moindre des choses, padre. Le padre Antonin était à l'école avec mon frère et quelqu'un de la famille devait donc venir le remercier.

– Et pourquoi pas ton frère ?

– Mon frère ne pouvait pas venir, répondit évasivement Brunetti, et il m'a demandé de le faire à sa place.

– Je vois, je vois », dit le prêtre en étudiant sa main gauche qui, comme vit Brunetti, tenait un chapelet. Puis il releva les yeux. « Vous n'aviez pas eu le temps de le faire, après les funérailles ?

– Eh bien, nous étions… un peu… comment dire ? Distraits, si bien que lorsque nous sommes retournés à la maison de Sergio, nous nous sommes rendu compte que personne n'avait songé à l'inviter.

– Mais s'il a dit la messe, n'aurait-il pas dû être invité d'office ? »

Brunetti fit de son mieux pour prendre un air gêné. « C'est le prêtre de la paroisse de ma mère qui a dit la messe, padre. Le padre Scallon nous a accompagnés au cimetière et a donné sa bénédiction là-bas.

– Ah, je comprends, à présent. Tu veux le remercier pour être venu donner sa bénédiction, c'est ça ?

– Oui. Mais s'il n'est pas ici, je pourrais peut-être revenir plus tard, proposa Brunetti, bien que n'ayant aucune intention de le faire.

– Tu pourrais simplement lui laisser un mot.

– Je sais, je sais. Je pourrais faire cela. Mais le fait de venir était de sa part un geste de respect pour notre mère, et donc... » Brunetti laissa mourir sa voix. « J'espère que vous me comprenez, padre.

– Oui, répondit le vieil homme avec un sourire qui enveloppa Brunetti de sa douceur, je crois que je peux le comprendre. » Il baissa la tête, et Brunetti vit défiler quelques perles entre ses doigts. Puis il revint à Brunetti. « C'est étrange, la mort de nos mères. Ce sont souvent les premières funérailles auxquelles nous assistons et sur le moment, nous pensons qu'on ne pourra en connaître de pires. Mais si nous avons de la chance, ce sont les meilleures. »

Brunetti laissa passer quelques secondes avant d'observer : « Je ne vous suis pas très bien, padre.

– Si nous avons de la chance, ce ne sont que de bons souvenirs qui nous restent, pas des souvenirs douloureux. Je pense qu'il est plus facile de laisser partir quelqu'un quand cela est vrai. Et en général, nous avons de bons souvenirs de notre mère. Et avec un peu plus de chance, nous nous sommes bien comportés vis-à-vis d'elle et nous n'avons rien à nous reprocher ; oui, souvent, c'est comme ça. » Brunetti ne réagit pas. « T'es-tu bien comporté avec ta mère ? »

Après avoir menti au sujet d'Antonin, la moindre des choses était de dire maintenant la vérité, au moins sur ce sujet. « Oui, répondit-il. Je me suis bien comporté avec elle. Mais maintenant qu'elle est partie, je n'arrête pas de me dire que je n'en ai pas fait assez. »

Le prêtre sourit de nouveau. « Oh, nous n'en faisons jamais assez avec personne, n'est-ce pas ? »

Brunetti se retint pour ne pas poser une main sur le bras du vieil homme. « Est-ce que je me trompe, si je pense que vous avez des réserves au sujet d'Antonin, padre ? Je suis désolé de le formuler ainsi, ajouta-t-il sans laisser au *parroco* le temps de réagir, et je ne veux pas vous mettre dans une situation embarrassante. Vous n'êtes pas obligé de répondre, cela ne me regarde pas. »

Le prêtre réfléchit quelques instants. Sa réponse prit Brunetti par surprise. « Si j'ai des réserves à faire, mon fils, c'est sur toi et sur les efforts que tu fais pour dissimuler un interrogatoire. » Il sourit, comme pour adoucir son propos, avant de continuer : « Tu me poses des questions sur lui, mais j'ai l'impression que tu t'es déjà fait ton opinion. » Il garda quelques instants le silence. « Tu me parais honnête, et la façon dont tu es venu ici pour poser des questions me laisse perplexe, comme les doutes que tu nourris sur lui et que tu cherches à cacher. » Les yeux du prêtre prirent une nouvelle intensité, un peu comme si une lumière venait d'être allumée. « Puis-je te poser une question, mon fils ?

– Bien sûr, répondit Brunetti, soutenant le regard du vieil homme en dépit de son envie de détourner les yeux.

– Tu n'es pas romain, n'est-ce pas ? »

La conversation ayant eu lieu jusqu'ici en vénitien, la question intrigua Brunetti, qui répondit que non, qu'il était bien vénitien. « Comme vous. »

Le prêtre sourit, soit devant la revendication d'appartenance à la ville du commissaire, soit à cause de l'intensité avec laquelle il l'avait faite.

« Non, ce n'est pas ce que j'ai voulu dire, mon fils. Cela s'entend dans chacun des mots que tu prononces. Je voulais savoir si tu représentais Rome ?

– Vous voulez dire... le gouvernement ? » demanda Brunetti, interloqué.

Le *parroco* ne répondit pas tout de suite. « Non, l'Église.

– Moi ? » se récria un Brunetti scandalisé.

Le vieux prêtre sourit encore une fois, partit d'un petit rire bref, essaya de se retenir, mais y renonça et s'esclaffa ouvertement, tête renversée. Il avait un rire étonnamment grave, évoquant un bruit d'eau s'écoulant dans un conduit lointain. Il se pencha alors en avant et tapota le genou de Brunetti en riant toujours, puis s'efforça de reprendre le contrôle de lui-même. « Je suis désolé, mon fils, désolé, dit-il enfin en prenant le bas de son scapulaire pour s'essuyer les yeux. Mais tu as l'allure d'un policier, c'est pourquoi j'ai pensé que tu aurais pu être envoyé par eux.

– Je suis policier, dit Brunetti. Mais un vrai policier. »

Pour quelque raison, cela déclencha un nouveau fou rire de la part du prêtre ; il fallut encore un certain temps pour qu'il s'arrête, et un temps encore plus long pour que Brunetti puisse expliquer les raisons de sa curiosité envers Antonin. Le commissaire était tout aussi curieux de savoir pourquoi le padre Stefano nourrissait lui-même des soupçons envers Antonin.

Lorsque Brunetti eut terminé ses explications, un silence confortable s'établit entre eux. C'est le vieil homme qui reprit le premier la parole. « Il est mon hôte et j'ai donc vis-à-vis de lui les obligations d'un hôte. » À la manière dont le padre Stefano dit cela, il ne faisait aucun doute qu'il défendrait celui qui était sous son toit au prix même de sa vie, s'il le fallait. « Il a été renvoyé d'Afrique dans des circonstances qui n'ont pas été éclaircies. Les documents officiels que j'ai reçus me disant que le padre Antonin (Brunetti nota l'emploi du prénom, prononcé avec beaucoup plus de chaleur) s'établirait ici sous-entendaient clairement qu'il était en disgrâce en haut lieu. »

Il se tut, comme s'il attendait des questions. Mais Brunetti n'en posa aucune. « Il est parmi nous depuis un certain temps, maintenant, et je n'ai rien remarqué qui puisse expliquer cette opinion, jusqu'ici. C'est un homme bon et correct. Il est peut-être un peu trop convaincu de la justesse de ses jugements, mais c'est un travers commun à la plupart d'entre nous, j'en ai peur. En vieillissant, il arrive parfois que l'on soit moins assuré sur ce que nous croyons savoir.

– En dehors du fait avéré que nous n'arrivons jamais à nous comporter tout à fait bien avec tout le monde ? demanda Brunetti.

– Cela, certainement. »

Brunetti prit cette réponse comme l'admonestation qu'elle était et hocha la tête pour montrer son assentiment. La fatigue avait fait son apparition et se lisait dans les yeux et la bouche du vieil homme.

« J'aimerais savoir dans quelle mesure on peut lui faire confiance », dit soudain Brunetti.

Le padre Stefano changea de position deux fois, dans son fauteuil. Il était si frêle qu'on avait l'impression que c'étaient surtout des os et les vêtements qui les recouvraient qui se déplaçaient. « Je crois qu'il mérite qu'on lui fasse confiance, mon fils, répondit le prêtre, avant d'ajouter, l'air de jubiler secrètement : Mais à mon âge, c'est un conseil que je donne presque à tout un chacun, et à propos de presque tout un chacun. »

Brunetti fut incapable de résister à une dernière remarque. « Sauf si ce tout un chacun vient de Rome, n'est-ce pas ? »

Le vieil homme devint sérieux et il hocha la tête.

« Dans ce cas, je vais prendre ce conseil tel qu'il m'a été donné, dit Brunetti en se levant. Et merci de me l'avoir donné. »

7

Reprenant le chemin de la questure, Brunetti réfléchit à ce que le prêtre lui avait dit. Après des dizaines d'années passées à étudier des crimes, mais aussi à observer le quotidien, sa capacité à faire instinctivement confiance à quelqu'un s'était émoussée. Peut-être était-ce une question de choix, de la même façon que la comtesse choisissait la foi au mépris de son expérience.

Le bon sens lui rappela que parmi ce qu'on lui avait dit, rien ne rendait Antonin suspect à un titre ou à un autre. En réalité, il s'était contenté de donner sa bénédiction lors de l'enterrement de la mère d'un ami : qu'est-ce qui empêchait donc Brunetti de n'y voir qu'un simple geste de générosité ? Quelques décennies auparavant, Antonin avait eu des rapports rugueux avec lui et depuis, il était devenu prêtre.

En dépit de la foi qui animait sa mère, Brunetti était pétri d'anticléricalisme. Depuis la guerre, son père n'avait que mépris pour le pouvoir, et ne disait que du mal du clergé. Sa mère ne s'était jamais opposée aux convictions de son mari, et elle-même n'avait jamais eu le moindre mot positif sur le clergé, alors qu'elle était femme à toujours trouver quelque chose de gentil à dire sur les gens – et même, une fois, sur un politicien.

Ces pensées et ces souvenirs défilaient au rythme de ses pas, tandis qu'il retournait au travail.

Comme le commissaire le redoutait, les retombées de la conférence de Berlin se matérialisèrent sur son bureau sous la forme d'instructions très certainement transmises par téléphone par le vice-questeur Patta depuis sa chambre de l'hôtel Adlon. Leur prochaine « alerte hebdomadaire » devrait être consacrée à la Mafia, qu'il faudrait extirper du sol italien avec toutes ses racines, exploit que tentait de réaliser le pays, avec des degrés très variables d'enthousiasme, depuis plus d'un siècle.

Il lut le message de Patta, probablement envoyé par courriel à la questure par la signorina Elettra depuis sa propre chambre, à Abano Terme.

Nous sommes dans une situation de guerre : nous devons nous considérer en guerre avec la Mafia, qui doit être traitée comme un État dans l'État.

– Toutes nos forces doivent être mobilisées.

– La coopération entre services doit être maximisée. À cet effet :

1. un officier de liaison doit être nommé ;

2. des contacts avec le ministère de l'Intérieur, les carabiniers et la brigade financière doivent être établis et pérennisés ;

3. des demandes de fonds spéciaux doivent être présentées sous le régime de la loi 41 bis ;

4. l'accent doit être mis sur les dynamiques interculturelles.

Brunetti arrêta là sa lecture, perplexe : quel était le sens de l'expression « dynamiques interculturelles » ? Il savait par expérience que Vénitiens et Siciliens voyaient les choses sous des angles différents, sans croire pour autant qu'il s'agissait d'un gouffre exigeant d'être comblé par des machins « interculturels ». Mais on pouvait faire confiance à Patta pour avoir vu les avantages à retirer de ces éventuels « fonds spéciaux ».

Brunetti se concentra sur la pile de plus en plus haute de dossiers concernant une bagarre au couteau qui avait eu lieu deux semaines auparavant dans un bar sur la Riva de la Giudecca. Les deux protagonistes s'étaient retrouvés à l'hôpital ; le premier, avec le poumon transpercé par un couteau de poissonnier à lever les filets, l'autre, avec un œil qu'il avait toutes les chances de perdre, à la suite d'une blessure causée par la même arme.

Les quatre témoins expliquaient que le couteau avait surgi au milieu d'un échange de mots un peu vif, après quoi un coup avait été porté, le couteau était tombé, l'autre homme l'avait récupéré et s'en était servi à son tour. Là où les déclarations ne concordaient pas, en revanche, c'était sur l'identité du propriétaire de l'arme et sur la chronologie de la bagarre. Le frère et le cousin d'un des hommes juraient que leur parent avait été agressé le premier, tandis que le beau-frère et l'ami de l'autre juraient que leur parent et ami avait été victime d'une agression que rien ne justifiait. Au moins un des deux côtés mentait, sinon les deux. Les empreintes des deux hommes se trouvaient sur la poignée du couteau, leurs sangs étaient mêlés sur la lame. Six des autres consommateurs, tous natifs de la Giudecca, n'avaient rien vu et ne se souvenaient de rien ; quant aux deux Albanais, des travailleurs venus prendre une bière, ils avaient disparu après la première série d'interrogatoires, au moment où ils auraient dû présenter leurs papiers.

Brunetti leva les yeux, sa lecture terminée, frappé par la similitude de la dynamique culturelle de la Giudecca avec celle réputée typique de la Sicile.

Vianello apparut à ce moment-là à la porte du bureau. « Tu sais quelque chose à propos de cette bagarre ? demanda Brunetti en agitant les papiers dans sa direction.

– Tu veux parler de ces deux crétins qui se sont retrouvés à l'hôpital ? répondit l'inspecteur en s'asseyant.

– Oui.

– L'un d'eux travaillait à Porto Marghera comme docker, mais j'ai entendu dire qu'il s'était fait virer.

– Pourquoi ?

– Pour les raisons habituelles : trop d'alcool, pas assez de neurones, et trop de disparitions dans ce qu'il déchargeait.

– Lequel c'est ?

– Celui qui a perdu un œil, répondit Vianello. Carlo Ruffo. Je ne l'ai rencontré qu'une fois.

– Tu en es sûr ? » Selon le rapport médical, il *risquait* de perdre son œil. « À propos de l'œil, je veux dire.

– J'en ai peur. Il a ramassé je ne sais quelle affection nosocomiale, à l'hôpital, et la dernière fois que j'en ai entendu parler, il n'y avait plus d'espoir qu'on puisse le lui sauver. Et l'infection semble s'être propagée à l'autre.

– Il va donc se retrouver aveugle ?

– Possible. Aveugle et violent.

– Combinaison bizarre.

– Ce n'est pas ce qui a arrêté Samson, pas vrai ? demanda Vianello, surprenant Brunetti par cette référence biblique. Je connais ce type. Qu'il soit aveugle, sourd et stupide ne l'empêchera pas d'être violent.

– Tu penses que c'est lui qui a provoqué la bagarre ? »

Vianello eut un haussement d'épaules éloquent. « Si ce n'est pas lui, c'est l'autre. En fin de compte, ça revient au même.

– Il est violent, l'autre aussi ?

– D'après ce qu'on m'a dit, oui, sauf qu'en général, c'est plutôt à sa femme et à ses enfants qu'il s'en prend.

– À t'entendre, dit Brunetti, on a l'impression que tout le monde est au courant.

– À la Giudecca, tout le monde.

– Et personne ne dit rien ? »

Il haussa de nouveau les épaules. « Ils estiment que ce n'est pas leur affaire. C'est leur façon de penser. Ils estiment aussi que de toute façon, ils ne pourraient rien y faire, en quoi ils n'ont pas forcément tort. » Vianello croisa les jambes et s'assit plus confortablement sur sa chaise. « Si jamais j'avais le malheur de lever la main sur Nadia, je me retrouverais en moins de deux secondes cloué au mur de la cuisine avec le couteau à pain. » Puis, après quelques secondes de réflexion, il ajouta : « Ce ne serait peut-être pas plus mal si davantage de femmes réagissaient comme ça. »

Brunetti n'était pas d'humeur à se lancer dans ce genre de discussion et préféra revenir à la bagarre. « Un candidat, pour le propriétaire du couteau ?

– À mon avis, il appartenait à Ruffo. Il en porte toujours un sur lui – toujours d'après ce qu'on m'a dit.

– Et l'autre, Bormio ?

– Il ne vaut pas mieux que ce qu'on dit de lui.

– Et qu'est-ce qu'on dit ?

– Qu'il est violent, en particulier avec sa famille, comme je te l'ai dit, mais aussi qu'il ne s'est jamais attaqué à plus fort que lui. » Vianello croisa les bras. « Je parie donc sur Ruffo.

– Pourquoi faut-il que ces trucs-là arrivent toujours là-bas ? »

Vianello leva les mains en un geste d'ignorance. « C'est un mystère. Ou alors, c'est peut-être parce que la plupart des habitants sont des travailleurs manuels. Ils font de gros efforts physiques, ce qui les rend plus enclins à se servir de leur corps et à devenir violents. Ou c'est peut-être parce que les choses se passent ainsi depuis toujours : tu te sens agressé, tu frappes ou tu sors un couteau. »

Brunetti ne voyait pas ce qu'il aurait pu ajouter. « Tu es venu pour parler des nouvelles directives ? »

Vianello acquiesça mais s'abstint de rouler des yeux. « Je me demandais ce qui allait en sortir, à ton avis.

– En dehors d'un petit boulot pépère pour Scarpa, c'est ce que tu veux dire ? » demanda Brunetti avec un cynisme qui le surprit lui-même. Si jamais Patta décidait de profiter de la soudaine agitation policière autour de la Mafia, il veillerait certainement à ce que son assistant et compatriote sicilien, le lieutenant Scarpa, ait sa part du gâteau.

« Il y a quelque chose de quasiment poétique à ce qu'un Scarpa soit affecté à une unité devant s'occuper de la Mafia, non ? » observa Vianello avec un air de fausse innocence.

Sa position hiérarchique rappela Brunetti à ses devoirs. « Nous ne pouvons pas en être certains, prétendit-il.

– En effet, dit Vianello, savourant cette occasion de faire un commentaire. On ne peut être sûr de rien avec lui. » Puis, plus sérieusement : « Et de cet article dans le journal, tu crois qu'il sortira quelque chose ?

– Paola a fait quelques remarques sur notre triomphe, dit Brunetti.

– Désespérant, non ? Quarante-trois ans pour attraper ce type ! Dans l'article, on raconte qu'il est allé se faire opérer en France et qu'il a même rempli une feuille de remboursement auprès de la sécurité sociale, à Palerme.

– Et bien entendu, il a été remboursé ?

– Mais d'après toi, qu'est-ce qu'il a bien pu faire en Sicile pendant quarante-trois ans ?

– Eh bien, dit Brunetti d'un ton soudain tendu, comme s'il était prêt à se lâcher complètement, il semble qu'il dirigeait la Mafia sicilienne. Et tout laisse à penser qu'il menait une vie parfaitement normale, entouré de toute sa famille. Je parie qu'il aidait ses enfants à faire leurs devoirs et qu'il a tenu à ce qu'ils fassent leur première communion. Et je ne doute pas qu'à sa mort, il aura droit à des funérailles en grande pompe, toujours entouré des siens, et que la messe sera dite par un évêque, ou peut-être même un cardinal, et que lorsqu'il aura été porté en terre avec tout le décorum imaginable, des messes seront dites pour le repos de son âme. » À la fin de cette longue tirade, la voix de Brunetti tremblait, dans un mélange de dégoût et de désespoir.

« Tu ne penses pas qu'il a été dénoncé par l'un des siens ? »

Brunetti répondit d'un hochement de tête. « Ce serait logique. Un jeune chef – un chef plus jeune que lui, en tout cas – a décidé qu'il en avait assez des seconds rôles et que le vieux était un obstacle sur la route vers le sommet. Ils dirigent une sorte de multinationale, ils ont des ordinateurs, des comptables, des avocats, à présent. Mais il y a aussi ce vieux chnoque, qui vit comme un coq en pâte dans son poulailler doré, et qui écrit ses messages sur des bouts de papier. Bien sûr, qu'il a eu envie de se débarrasser de lui. Il n'y avait qu'un coup de fil à donner.

– Et maintenant, quoi ? demanda Vianello, comme s'il essayait de mesurer l'étendue du cynisme de son patron.

– Maintenant ? Comme Lampedusa nous l'a appris, si nous voulons que les choses restent comme elles sont, elles doivent nous donner l'impression de changer.

– Ce qui est en gros toute l'histoire de ce pays, non ? »

Brunetti acquiesça, puis frappa son bureau du plat de la main. « Allons prendre un café. »

Une fois debout devant le bar, la tasse à la main, Brunetti rapporta à Vianello sa conversation avec les deux prêtres.

Quand il eut terminé, l'inspecteur lui demanda s'il allait le faire.

« Faire quoi ? Essayer de trouver qui est vraiment ce Mutti ?

– Oui, répondit Vianello, faisant tourner le fond de son café avant de l'avaler.

– Je suppose.

– Intéressant, la manière dont tu abordes le problème.

– Que veux-tu dire ?

– Je veux dire que le padre Antonin vient te demander d'enquêter sur Mutti, et que tout ce que tu as fait jusqu'à présent – c'est mon impression en tout cas – a été de te renseigner sur le padre Antonin.

– Et en quoi est-ce si *intéressant* ?

– Tu parais partir de l'idée qu'il y a quelque chose de louche dans sa requête. Ou dans le personnage lui-même.

– C'est mon impression, c'est vrai.

– Oui, mais quoi, précisément ? Qu'est-ce qu'il y a de si bizarre ? »

Il fallut un certain temps à Brunetti pour trouver la réponse. Finalement, il dit : « Je me souviens…

– De l'époque où vous étiez mômes ? l'interrompit Vianello, avant d'ajouter : Je n'aimerais pas trop qu'on me juge aujourd'hui à partir de la façon dont je me comportais quand j'étais gosse. J'étais un idiot. »

Ce qu'il y avait de sérieux dans ce sous-entendu empêcha Brunetti de faire une plaisanterie facile sur le choix de l'imparfait. « Je me rends compte que c'est vague, préféra dire le commissaire, mais c'est surtout la manière dont il a parlé. Plus que tout. » Tout de suite insatisfait de sa réponse, il la corrigea : « Non, c'est plus que ça. Je crois que ce qui m'a choqué, c'est la manière dont il prenait pour acquis, sans le moindre état d'âme, que ce Mutti était un voleur ou un escroc, alors que la seule preuve qu'il avait était le fait que le jeune homme voulait lui donner son argent.

– Et tu trouves cela trop léger ?

– Oui, parce que j'avais en même temps le senti-ment, pendant tout le temps qu'Antonin m'expliquait cela, que si c'était à lui que le jeune homme avait donné l'argent, il n'y aurait rien trouvé à redire.

– J'espère que tu ne t'attends pas à me voir surpris qu'un prêtre fasse preuve d'avidité. »

Brunetti sourit et reposa sa tasse. « Tu penses donc que je devrais aller voir du côté de ce Mutti ? »

Vianello haussa imperceptiblement les épaules. « C'est toi-même qui m'as expliqué qu'il fallait toujours suivre la piste de l'argent, et mon impression est que l'argent va dans sa direction. »

Brunetti posa quelques pièces sur le comptoir. « Tu as peut-être raison, Lorenzo. Et si nous commencions par aller voir ce qui se passe pendant ces réunions ?

– Celles qu'organise Mutti ? demanda Vianello, surpris.

– Oui. »

L'inspecteur ouvrit la bouche comme pour protester, puis il la referma et serra les lèvres. « Il s'agit de réunions à caractère religieux ?

– Oui. » Vianello ne répondant pas, Brunetti le relança. « Eh bien, qu'en penses-tu ? »

Vianello le regarda dans les yeux. « J'en pense qu'on ferait mieux d'y aller avec nos épouses. Les hommes, ajouta-t-il avant que Brunetti puisse formuler une objection, paraissent toujours moins menaçants quand ils sont avec des femmes. »

Brunetti se détourna pour que l'inspecteur ne voie pas son sourire. Une fois hors du bar, il demanda : « Tu crois que tu pourras convaincre Nadia de se prêter au jeu ?

– Je cacherai le couteau à pain avant de lui poser la question. »

8

Se procurer des informations sur les réunions de ce groupe religieux se révéla plus difficile que prévu. Brunetti ne voulait pas qu'Antonin sache ce qu'il mijotait, le groupe ne figurait pas dans l'annuaire, et il ne trouva pas trace des Enfants de Jésus-Christ sur internet. Lorsqu'il interrogea les policiers en uniforme, la meilleure réponse qu'il obtint fut celle de Piantoni, dont un cousin était membre d'un autre groupe.

Brunetti n'eut plus d'autre choix que de se rendre à Campo San Giacomo dell'Orio, dans la maison où le groupe tenait manifestement ses réunions, ce qui ne l'enchantait guère, comme si le Campo était situé dans une autre ville et non à dix minutes de son domicile. Étrange, comme certains lieux de la ville lui semblaient très éloignés, alors que d'autres, qui l'étaient en réalité davantage, lui semblaient plus proches. La seule idée de se rendre dans le quartier de la Giudecca l'épuisait, alors que San Pietro di Castello, pourtant à une demi-heure de chez lui à condition de ne pas attendre le bateau trop longtemps, lui paraissait se trouver au coin de la rue. Cette géographie affective s'appliquait essentiellement aux lieux où il avait l'habitude d'aller enfant et où habitaient ses amis. En ce qui concernait San Giacomo, l'officier de police en

lui rechignait à se rendre dans le quartier réputé autrefois pour être un haut lieu du trafic de drogue et dont
les habitants ne seraient pas seulement pauvres, mais
aussi en délicatesse avec la loi.

Le trafic de drogue avait cessé – c'était du moins ce
que croyait la police. Et nombre d'anciens résidents
avaient été remplacés par des gens perçus non seulement comme pauvres, mais surtout comme non vénitiens. Pendant deux jours, il retarda le moment de se
rendre sur place. Quand il se décida enfin, il était à la
fois amusé et embarrassé d'avoir tant tergiversé,
comme s'il avait accordé beaucoup trop d'importance
à cette expédition.

Arrivé Campo San Cassiano, il prit le temps d'aller
admirer la *Crucifixion* du Tintoret. L'ennui qui se
dégageait de ce Christ artistiquement cloué sur sa croix,
derrière une haie de lances séparant le tableau en deux
parties, l'avait toujours frappé. Le Christ paraissait
finalement reconnaître que cette histoire d'incarnation
en être humain ne pouvait que mal finir, et avoir hâte
de retrouver son poste divin.

Brunetti étudia ensuite les stations de la croix, sur
l'autre mur. Le Christ de la déposition semblait prêt à
sortir d'un sommeil feint et à bondir en criant : « Surprise ! » Manifestement, rares étaient les peintres de
cette époque qui avaient pris soin d'étudier les morts
de près, qui avaient médité sur leur terrible vulnérabi-
lité et observé la rigidité de leurs membres, qui les rendait incapables de se défendre et même de dissimuler
leur nudité.

Quand il ressortit, le soleil tomba sur ses épaules
comme une bénédiction. Une fois au Campo Santa
Maria Mater Domini, il leva les yeux pour apercevoir
l'escalier, visible à travers une fenêtre, qui conduisait à

l'appartement qu'ils avaient visité là, lui et Paola, alors qu'ils étaient jeunes mariés ; ils avaient été effrayés par sa taille, sans parler du montant du loyer. Il continua, sans même réfléchir à son chemin.

Il franchit le Ponte del Forner, puis passa devant le seul endroit de la ville où on pouvait faire réparer un fer à repasser, et arriva enfin à Campo San Giacomo dell'Orio. Il consulta sa montre et vit qu'il avait le temps de se glisser dans l'église, où il n'avait pas mis les pieds depuis des années.

Dès la porte franchie, il tomba, à sa droite, sur une structure en bois qui ressemblait étrangement à une cabine de péage telle qu'on les dessine dans les livres d'enfant. Une jeune femme aux cheveux sombres y était installée, penchée sur un livre. Une affichette mentionnant un tarif était apposée au vitrage et un cordon en velours rouge isolait l'entrée du reste de l'église.

« Deux cinquante, s'il vous plaît, dit-elle en levant les yeux de son livre.

– Pour les résidents aussi ? » demanda Brunetti, incapable de dissimuler la note d'indignation dans sa voix. Il se trouvait, après tout, dans une église.

« Non, c'est gratuit pour les résidents. Puis-je voir votre carte d'identité ? »

Avec impatience, il ouvrit son portefeuille, mais n'y trouva pas le document. Il se souvint alors qu'il l'avait laissé au bureau, où on devait en faire une photocopie à joindre au formulaire de renouvellement de son autorisation de port d'arme.

Il glissa alors sa carte d'officier de police sous la vitre. La jeune femme avait de jolis traits, un visage avenant.

« C'est ma carte de policier. Je suis commissaire.

– Je suis désolée, répondit-elle avec une esquisse de sourire, mais vous devez me présenter une carte d'identité. » Elle renvoya la carte de l'autre côté de la vitre. « En cours de validité », ajouta-t-elle.

Habitué à se tenir debout devant le bureau de Patta, Brunetti avait appris l'art de lire à l'envers ; elle lisait *Washington Square.* « C'est dans le cadre de vos études, que vous lisez ce livre ? »

Interloquée, la jeune fille jeta un nouveau coup d'œil à la carte, puis revint sur le livre. « Ah, oui. Pour un cours sur le roman américain.

– Tiens », dit Brunetti, comprenant qu'il avait sans doute affaire à l'une des étudiantes de Paola. Il remit sa carte dans son portefeuille. Une étudiante de Paola…

Il sortit une poignée de pièces de sa poche et déposa l'appoint sur le comptoir. La jeune fille lui donna un ticket en échange.

« *Grazie*, dit-elle en retournant à son livre.

– *Prego* », répondit-il automatiquement, s'avançant vers l'ouverture entre les cordons écarlates pour gagner la nef.

Il en ressortit vingt minutes plus tard, contourna l'église et passa devant le restaurant ; puis, suivant les indications d'Antonin, il s'engagea dans la *calle* à la gauche de celui-ci et alla étudier la liste des noms, à côté de la première porte à gauche. « Sambo » était le deuxième à partir du bas.

Brunetti hésita, consulta sa montre, et sonna enfin. Une voix de femme lui répondit au bout d'un moment. « Si ? »

Brunetti répondit en vénitien. « Signora ? Pouvez-vous me dire si c'est bien ici que se réunissent les amis de frère Leonardo ? » Il n'avait nullement cherché à cacher son impatience, mais l'impatience pouvait avoir toutes sortes de causes.

« En effet, répondit la femme. Souhaiteriez-vous vous joindre à nous ?

– Oui, beaucoup, signora.

– Nous nous retrouvons tous les mardis. Désolée de ne pas vous laisser monter, mais c'est l'heure du repas des enfants.

– C'est moi qui suis désolé, signora. Je sais ce que c'est, alors allez vous occuper d'eux. Mais pourriez-vous me dire à quelle heure débute la réunion ?

– À sept heures et demie. De cette façon, les gens ont le temps de rentrer chez eux pour dîner.

– Je comprends. Très bien, merci. Allez vite faire manger vos enfants, signora. Nous nous verrons donc mardi prochain. » Il avait pris son ton le plus suave.

Il se détournait pour partir, lorsqu'il entendit une voix minuscule lui demander : « Quel est votre nom, signore ? »

Il émit des sons inarticulés se terminant en « … etti », pour ne pas mentir. Il serait bien temps, mardi prochain.

9

Vianello et Brunetti se retrouvèrent sous l'horloge de la Banca di Roma à sept heures et quart, le mardi soir, accompagnés de leurs épouses respectives. Si cette sortie ne les enchantait pas, au moins elle excitait leur curiosité.

Les femmes s'embrassèrent, puis le groupe tourna le dos au Rialto et prit la direction de San Giacomo dell'Orio. Paola et Nadia, qui traînaient derrière Guido et Lorenzo, commentaient ce qu'elles voyaient dans les vitrines et se lamentaient, en bonnes Vénitiennes, sur les changements opérés depuis des années pour plaire aux touristes. « Lui, au moins, est encore ici », déclara Paola en s'arrêtant pour admirer les fruits séchés dans la vitrine de Mascari.

Nadia, qui faisait une tête de moins que Paola pour un poids identique, se rappelait que sa mère racontait comment on emballait tout, autrefois, dans du papier journal. « Elle habite maintenant chez mon frère, à Dolo, mais elle veut toujours des figues de chez Mascari. Elle n'en mange que si elle reconnaît le journal. » Avec un mouvement résigné de la tête, Nadia accéléra le pas pour rejoindre les hommes, qui venaient de disparaître à un angle de rue.

Une fois arrivés à Campo San Giacomo dell'Orio, les couples se reformèrent et Brunetti les conduisit dans l'étroite ruelle. Lorsqu'il sonna chez les Sambo, l'ouvre-porte bourdonna aussitôt, sans qu'on leur pose la moindre question. L'entrée n'avait rien d'inhabituel, avec son carrelage en marbre blanc et orange, ses lambris de bois rendus encore plus sombres par l'humidité et son éclairage insuffisant.

Un murmure de voix leur parvint d'une porte entrouverte, en haut de la deuxième volée de marches. Ne sachant trop s'il devait frapper ou non, Brunetti passa une tête et appela : « Signora Sambo ? » Comme personne ne répondait, il s'enhardit, pénétra d'un pas dans l'appartement et répéta : « Signora Sambo ? »

Une femme de petite taille, aux cheveux châtain clair, apparut sur le seuil d'une porte, à sa droite. Elle lui sourit et serra la main des quatre nouveaux arrivants, avant de se pencher pour les embrasser sur les deux joues. « Bienvenue dans notre maison », les salua-t-elle d'un ton compassé qui semblait vouloir dire que c'était aussi leur maison.

Ses yeux bruns à la paupière supérieure tombante lui donnaient indiscutablement un petit air oriental ; son nez fin et son teint rose, cependant, étaient ceux d'une Occidentale. « Venez retrouver les autres. » Elle sourit à nouveau, d'un sourire chargé d'exprimer l'immense joie qu'elle avait à les rencontrer, et les conduisit dans une autre pièce.

En chemin, ne sachant quelles pourraient être les conséquences de leur présence, Brunetti et Vianello avaient décidé de se servir de leurs vrais noms, mais l'absence de curiosité et l'accueil hospitalier de la signora Sambo avaient rendu la précaution inutile.

La pièce dans laquelle elle les précéda bénéficiait d'une longue rangée de fenêtres qui donnaient, hélas, sur celles du bâtiment en face. Une vingtaine de personnes s'y tenaient déjà. Sur une table poussée contre un mur s'alignaient des verres et des bouteilles d'eau minérale et de jus de fruits. Plusieurs rangées de chaises pliantes, dos aux fenêtres, étaient tournées vers une chaise solitaire placée contre le mur en face. Personne ne fumait.

« Puis-je vous offrir quelque chose à boire ? » demanda leur hôtesse. Ils acceptèrent et elle apporta de l'eau minérale pour les hommes et des jus de fruits pour les femmes. Quand Brunetti regarda autour de lui dans la pièce, il s'aperçut que c'était le choix le plus courant.

Comme lui-même et son adjoint, les hommes étaient tous en costume-cravate ; les femmes portaient des pantalons ou des jupes qui arrivaient nettement en dessous du genou. Pas une seule barbe, pas un seul tatouage en vue ni aucun piercing, alors que plusieurs personnes avaient manifestement moins de trente ans. Le maquillage des femmes était des plus discrets, et on n'apercevait pas le moindre décolleté.

Paola s'entretenait déjà avec un couple d'âge moyen. Vianello se tenait non loin de Brunetti, son verre à la main, tandis que Nadia souriait à une femme à cheveux blancs qui lui parlait, la main familièrement posée sur son bras.

La pièce était décorée d'assiettes portant des noms de restaurants et de pizzerias. Sur la plus proche, on voyait un couple en costume folklorique : jupes longues et chaussures montantes pour la femme, pantalon ample et chapeau à large bord pour l'homme. En arrière-plan fumait un volcan et sur le bord inférieur se déployait *Pizzeria Vesuvio* en un arc de lettres roses.

Sur le mur en face, au-dessus de la chaise, s'étalait un grand crucifix derrière lequel avaient été glissées des branches d'olivier. Par une porte latérale, Brunetti vit une cuisine sur le comptoir de laquelle étaient posés de hauts pots en verre contenant des pâtes, du riz et du sucre, ainsi que des cartons de jus de fruits.

Il entendit la femme dire à Paola : « … en particulier si vous avez des enfants. »

L'homme acquiesça et Paola répondit : « Bien sûr. »

Le volume sonore des conversations baissa d'un coup.

Une porte faisant face à celle de la cuisine venait de s'ouvrir. Un homme de haute taille s'y encadrait, leur tournant le dos pour refermer le battant. Brunetti vit des cheveux gris coupés ras, une fine bande blanche au-dessus d'un veston noir et de très longues jambes prises dans un pantalon noir qui pochait. L'homme s'avança dans la pièce. Il avait des sourcils épais, d'un gris encore plus clair que ses cheveux, et un nez pro-éminent au milieu d'un visage rasé de près. Ses yeux en paraissaient d'autant plus noirs, ses lèvres d'autant plus rouges, et son expression détendue était un pré-lude au sourire.

Traversant la pièce d'un pas lent, l'homme salua quelques personnes au passage, s'arrêtant une ou deux fois pour poser la main sur le bras de quelqu'un et lui dire deux mots, mais sans jamais dévier de la trajec-toire devant le conduire jusqu'à la chaise placée face aux autres.

En silence, tout le monde alla poser son verre sur la table avant de se diriger vers les chaises pliantes soi-gneusement alignées. Brunetti, Vianello et leurs épouses suivirent le mouvement et prirent des sièges dans la rangée du fond. De là, non seulement ils voyaient très bien l'homme assis en face d'eux, mais aussi les profils perdus d'une partie des gens installés devant eux.

L'homme attendit un moment, regardant son public, son esquisse de sourire aux lèvres. Puis il leva l'index et le majeur de la main droite, en un geste que Brunetti avait vu des centaines de fois sur des tableaux représentant la résurrection du Christ. Mais il ne fit pas le signe de croix au-dessus des têtes tournées vers lui.

Le sourire que promettaient ses lèvres apparut enfin quand il commença à parler. « C'est une grande joie pour moi de me retrouver de nouveau parmi vous, mes amis, parce que cela signifie que nous pouvons, ensemble, examiner une fois de plus la notion du bien que l'on peut faire autour de soi. Nous vivons des temps, comme vous le savez tous, où le bien est loin d'être la chose la plus répandue, en particulier là où on aimerait le voir se manifester. Et les personnes dont le devoir est de donner l'exemple ne font guère preuve de beaucoup de vertu. »

L'homme ne se fit pas plus précis, remarqua Brunetti, sur l'identité des personnes en question. Voulait-il parler des politiciens ? Des prêtres ? Des médecins ? Pour ce qu'en savait le commissaire, il pouvait tout aussi bien faire allusion à des producteurs de films ou à des comédiens de la télévision.

« Avant que vous me demandiez de qui je veux parler, enchaîna-t-il, levant les mains en un geste destiné à prévenir toute tentative d'interruption, permettez-moi de vous expliquer que c'est de nous qu'il est question, des personnes présentes ici, dans cette pièce. » Il sourit, comme s'il venait de faire une bonne blague, dont il invitait son public à s'amuser autant que lui-même.

« Ce serait trop facile de parler des politiciens, des prêtres ou des évêques, ou de qui sais-je encore, de souligner leur devoir de donner le bon exemple. Mais nous ne pouvons pas les obliger à se comporter d'une manière que nous jugeons bonne si nous-même refusons de nous consacrer au bien. » Il se tut un long moment, puis ajouta : « Et même là, ça ne suffit pas.

« La seule personne que nous pouvons influencer pour qu'elle fasse ce que nous jugeons être le bien, c'est nous-mêmes. Non pas notre conjoint, ni nos enfants, ni nos amis et parents, ni les personnes avec lesquelles nous travaillons et encore moins les politiciens que nous avons élus pour nous représenter. Certes, nous pouvons le leur dire, et nous pouvons nous plaindre d'elles quand ces personnes n'agissent pas bien, selon nous. Et nous pouvons aussi rapporter des commérages sur nos voisins. » Il eut alors un sourire complice, comme pour suggérer qu'il était le premier à se livrer à ce petit péché. « Toutefois, nous ne pouvons pas affecter leur comportement, pas d'une manière positive.

« Le fait est que nous ne pouvons pas forcer les gens à bien agir ; que nous ne pouvons pas les menacer du bâton comme un âne ou un chien. Certes, il y a quelques cas où nous le pouvons : nous pouvons obliger les enfants à faire leurs devoirs, ou nous pouvons convaincre les gens de donner de l'argent que nous reverserons à de bonnes œuvres. Mais que se passe-t-il quand on ne dispose pas d'un bâton ? Les enfants font-ils leurs devoirs ? Les gens donnent-ils de l'argent ? »

Plusieurs personnes, devant Brunetti, secouèrent la tête ou se tournèrent pour murmurer quelques mots. Il jeta un coup d'œil à Paola, qu'il entendit souffler : « Habile, non ? »

« ... que nous-mêmes que nous pouvons forcer à bien agir, parce qu'il n'y a que nous-mêmes que nous pouvons persuader de *vouloir* bien agir. Je sais que cela doit sembler être une insulte faite à votre intelligence, à vous tous ici, et je m'en excuse. Mais c'est une vérité, ou du moins, je pense que c'est une vérité, tellement évidente qu'il est facile, trop facile, de l'ignorer. Nous ne pouvons forcer les gens à *vouloir* faire les choses.

« À ce stade, la plupart d'entre vous doivent trouver qu'il m'est facile de parler de faire le bien. Et j'en conviens : c'est trop facile d'être assis là et de dire aux autres qu'ils doivent faire le bien, mais c'est loin d'être aussi facile de déterminer en quoi consiste le bien. Je sais, je sais, ceux d'entre vous qui ont fait des études beaucoup plus poussées que les miennes, et j'ai bien peur que ce ne soit la majorité, ajouta-t-il avec ce qui convenait d'humilité dans le ton, n'ignorent pas que les philosophes ont discuté de ces questions pendant des milliers d'années, et qu'ils les discutent encore aujourd'hui.

« Cependant, pendant que les philosophes se disputent et écrivent de gros traités sur la question, vous et moi avons une compréhension instinctive de ce qu'est le bien. Nous savons, dans l'instant où nous voyons ou entendons quelque chose, que ceci est bien et que cela ne l'est pas. »

Il ferma les yeux et, lorsqu'il les rouvrit, ce fut apparemment pour étudier le parquet, devant lui. « Il ne me revient pas de vous enseigner ce qui est bien, ce qui ne l'est pas. Je vous dirai simplement ceci : ceux qui font le bien, ceux à qui on fait le bien, deviennent spirituellement meilleurs. Non pas plus riches, non pas avec une maison plus grande, une voiture plus puissante, mais simplement conscients que la somme du bien dans le monde vient d'être accrue. On peut donner et on peut recevoir, mais quand on donne, on est plus riche spirituellement et il est plus facile de vivre dans le monde. »

Il leva alors les yeux et regarda attentivement chacun des visages qui lui faisaient face. « Et le fondement de cette conception du bien n'est rien de plus compliqué que la simple bonté, la générosité spirituelle. Étant ici unis dans l'esprit chrétien, nous nous tournons le plus souvent vers les Évangiles pour y trouver des exemples de bonté et de générosité, vers les Béatitudes et les bons exemples donnés par Jésus-Christ dans ses rapports avec le monde et les personnes qui l'entouraient. Il était un puits de clémence et de patience, et sa colère, les très rares fois où il l'a laissée éclater, était toujours dirigée contre des offenses que nous trouvons encore aujourd'hui condamnables, comme transformer la religion en entreprise profitable, corrompre les enfants. »

Il resta quelques instants silencieux, puis il reprit : « Les gens me demandent parfois comment ils doivent se comporter. » Il sourit, comme s'il trouvait cette idée absurde. « Mais j'ai peu de choses à leur dire, car ils ont déjà le meilleur des exemples sous les yeux, dans la vie de Jésus et la manière dont il s'est comporté. Je crois donc que je vais dire ce qui me vient le plus naturellement et le plus facilement à l'esprit : je vais vous demander de vous adresser directement à mon patron. » Il rit, et l'assistance se joignit à lui.

« Ou plutôt, devrais-je dire, à *notre* patron, car je suppose que vous tous ici croyez qu'il est celui qui, par son enseignement et ses exemples, nous montre comment faire le bien. Jamais il ne se sert d'un bâton, jamais même il ne pense à se servir d'un bâton. Il veut simplement que nous apprenions à voir le bien et à le choisir, il veut que nous le choisissions. »

Il se tut, leva une main à hauteur de son épaule et la laissa retomber.

Comme le silence se prolongeait, Brunetti conclut que l'homme en avait terminé et se tourna vers Paola ; mais à cet instant, le prédicateur reprit son discours, pour répéter, à peu de chose près, les propos qu'il venait de tenir. Citant les Évangiles, il donna des exemples de la charité et de la bonté du Christ, et souligna l'esprit de bonté et d'amour qui devait l'avoir animé pour qu'il se comportât de cette façon. Il parla de son sacrifice et décrivit ses souffrances, avant et pendant la crucifixion, avec force détails, ne cessant de répéter qu'il s'agissait de choses qu'il avait choisi de faire pour qu'il en résultât un bien. Et peu de choses, ajouta-t-il, sont un bien plus grand que d'apporter le salut à l'humanité.

Il redit que le Christ n'avait pas eu besoin d'un bâton. À force d'être répétée, la métaphore aurait pu paraître banale, sinon absurde. Mais son auditoire était en osmose avec lui et sa clarté, le ton avec lequel il présentait une possibilité aussi ridicule, frappaient les gens avec plus de force ; Brunetti put apprécier sa puissance rhétorique, en dépit de tout ce que le raisonnement avait d'absurde à ses yeux.

Un autre quart d'heure s'écoula et l'attention que le commissaire portait à l'orateur faiblit, pour se reporter sur son public. Il vit des têtes acquiescer, d'autres se tourner pour murmurer leur approbation à un voisin ; des hommes posaient une main sur celle de leur compagne ; une femme sortit un mouchoir de son sac à main et s'essuya les yeux. Au bout de cinq minutes encore, l'orateur inclina la tête et porta ses mains jointes à ses lèvres.

Brunetti attendit les applaudissements, mais il n'y en eut aucun. La signora Sambo se leva de sa place au premier rang, s'avança d'un pas et se tourna pour faire face à l'assemblée. « Je crois que nous venons de recevoir de quoi longuement méditer ce soir. » Elle sourit, jeta un bref regard à ses souliers et releva la tête. Brunetti comprit que s'adresser à un public la rendait nerveuse.

Elle eut un tout petit sourire. « Mais nous avons tous des familles et des choses à faire, et je pense qu'il est donc temps de retourner à nos occupations mondaines (elle sourit de nouveau, encore plus nerveusement) et de poursuivre notre effort quotidien pour faire le bien à ceux qui nous entourent, famille et amis, mais aussi étrangers. »

C'était exprimé maladroitement, elle s'en rendait compte, mais personne ne parut s'en formaliser. Tout le monde se leva ; quelques personnes allèrent parler à la signora Sambo, d'autres à l'orateur, qui se leva à leur approche.

Brunetti et Vianello échangèrent un coup d'œil, prirent leurs épouses par le bras et furent les premiers à quitter l'appartement.

10

C'est en silence et l'un derrière l'autre qu'ils descendirent l'escalier et sortirent de la maison, en silence qu'ils traversèrent le Campo San Giacomo dell'Orio. Lorsqu'ils s'engagèrent dans l'étroite ruelle qui devait les ramener au Rialto, Brunetti vit Paola, qui marchait en tête, jeter un coup d'œil derrière elle comme pour s'assurer qu'aucun autre des participants à la réunion ne les suivait. Ne voyant personne, elle s'arrêta et attendit Guido. Elle se pencha vers lui et, la tête contre sa poitrine et d'une voix étouffée par le tissu, déclara : « Je suis la seule à pouvoir m'obliger à faire le bien en buvant une bonne rasade d'alcool. Je vais courir partout en hurlant si ce bien ne m'est pas fait. Je périrai, je mourrai si je ne prends pas un verre. »

Impassible, Nadia posa la main sur l'épaule de Paola et la serra en un geste réconfortant. « Moi aussi, je désire ce bien, dit-elle. Et vous, ajouta-t-elle à l'intention de Brunetti, vous pouvez faire le bien en sauvant la vie de cette femme et la mienne en nous offrant un verre.

– Prosecco ?

– Vous irez certainement tout droit au ciel », répondit Nadia.

Brunetti, faut-il le dire, fut passablement étonné. Il connaissait Nadia depuis des années, depuis presque aussi longtemps qu'il connaissait Vianello. Mais d'une manière superficielle, en réalité : par les coups de téléphone qu'il lui donnait quand il cherchait son mari ; par des demandes d'information sur des personnes qu'elle pouvait connaître. Cependant, il ne l'avait jamais considérée comme une personne à part entière, une entité séparée avec un esprit bien à elle et, semblait-il, un certain sens de l'humour. Jusqu'ici, elle avait toujours été pour lui, dut-il admettre avec une certaine gêne, un appendice de Vianello.

Il savait que Nadia et Paola se voyaient de temps en temps, prenaient un café ou se promenaient ensemble, mais sa femme ne lui avait jamais dit de quoi elles parlaient. Ou il ne le lui avait jamais demandé. Et voici donc qu'au bout de tant d'années, elle lui était encore étrangère.

Plutôt que de s'attarder sur ce constat, Brunetti les entraîna dans un bar voisin et commanda quatre proseccos. Quand le vin arriva, ils ne prirent pas la peine de trinquer et de faire tinter leurs verres : ils les descendirent, puis les reposèrent sur le comptoir avec des sourires de soulagement.

« Eh bien ? » demanda Vianello. Personne n'imagina un instant que la question portait sur la qualité du vin.

« Tout ça était très habile, dit Paola, très touchant et émouvant.

– Et très positif, voilà qui réchauffait le cœur, ajouta Nadia. Il n'a critiqué personne. Il n'a jamais parlé du péché ni de ses conséquences. Rien que des trucs bons pour le moral.

– On trouve un portrait de prédicateur dans Dickens, dit Paola. Je crois que c'est dans *Bleak House*. (Elle ferma les yeux d'une manière que Brunetti connaissait bien, lui donnant l'impression qu'elle feuilletait les milliers de pages entreposées dans son esprit.) Je n'arrive pas à me rappeler son nom, reprit-elle en ouvrant les yeux, mais il tient sous sa coupe la femme de Snagsby, le greffier, si bien qu'il est l'invité permanent à leur table, où il passe l'essentiel de son temps à débiter des platitudes et à poser des questions rhétoriques sur la vertu et la religion. Le pauvre Snagsby n'a qu'une envie, lui enfoncer un pieu dans le cœur, mais il est lui-même tellement dépendant de sa femme qu'il ne sait même pas qu'il en a envie.

– Et ? demanda Brunetti, curieux de savoir quelles conclusions Paola allait tirer de cette histoire.

– Et il y a une sorte de ressemblance générique entre lui et le type que nous venons d'écouter – le frère Leonardo, si c'est bien son nom, répondit Paola, rappelant ainsi à Brunetti que ni la signora Sambo ni personne au cours de la soirée n'avait mentionné l'identité du prédicateur. Rien de ce qu'il nous a sorti n'était exceptionnel ; c'était juste le même genre de pieuses banalités qu'on trouve dans les éditoriaux de *Famiglia Cristiana*. »

Brunetti se demanda comment Paola pouvait être au courant de ce qu'on racontait dans l'hebdo catholique.

« Mais c'est certain, les gens adorent qu'on leur débite ces clichés, conclut-elle.

– Pourquoi ? demanda Vianello, après avoir montré les verres au barman en un geste éloquent.

– Pourquoi ? Parce que du coup, ils n'ont rien à faire, répondit Paola. Il leur suffit d'éprouver des sentiments politiquement corrects pour qu'ils s'imaginent qu'ils sont aussi méritants que s'ils avaient fait quelque chose. » Une note d'écœurement se glissa dans sa voix quand elle ajouta : « Tout ça est si terriblement américain.

– Américain ? s'étonna Nadia.

– Oui, ils pensent que ressentir les choses suffit ; ils en viennent même à croire que c'est plus important que d'agir, ou en tout cas, que cela mérite tout autant de reconnaissance que si l'on avait agi. Rappelez-vous ce que ne cessait de dire leur nullité de président : "Je ressens votre souffrance." Comme si cela faisait la moindre différence. Seigneur, il y aurait de quoi étouffer un cochon. (Paola prit son verre et en avala une bonne rasade.) Tout ce que vous avez à faire, c'est d'éprouver les bons sentiments, les sentiments politiquement corrects, et de bien montrer toute la délicatesse de votre sensibilité. Et du coup, vous n'avez plus à agir. Il vous suffit de rester tranquillement assis avec vos précieux sentiments en sautoir, pendant que le monde s'écroule autour de vous mais vous applaudit tout de même parce que vous ressentez ce que tout être sensible ressentirait. »

Brunetti avait rarement vu Paola réagir avec une telle férocité. « Mon Dieu, mon Dieu, mon Dieu », murmura-t-il en prenant une gorgée de prosecco.

Elle se tourna brusquement vers lui, interloquée. Puis il la vit qui répétait sa mercuriale dans sa tête. Elle but une deuxième rasade de vin avant de répondre : « C'est d'avoir eu à subir toute cette avalanche de bons sentiments, je crois, dit-elle. Ça me monte directement au cerveau et réveille les pires aspects de mon caractère. »

Tout le monde rit et la conversation se détendit.

« Ça me rend toujours nerveuse, quand on n'emploie pas des mots concrets pour s'exprimer, observa Nadia.

– C'est pourquoi elle n'écoute jamais les discours des politiciens, intervint Vianello, passant un bras sur les épaules de Nadia et l'attirant contre lui.

– Et c'est comme ça que tu la tiens sous ta coupe, Lorenzo ? demanda Paola. Tu lui lis une liste de mots tous les matins ?

– Je n'aime pas beaucoup les prédicateurs, répondit Vianello, en particulier quand ils essaient de vous faire croire qu'ils ne prêchent pas.

– Mais il ne prêchait pas, si ? demanda Nadia. Pas vraiment ?

– Non, reconnut Brunetti, pas du tout. Mais nous ne devrions pas oublier, il me semble, qu'il y avait quatre personnes nouvelles dans l'assemblée et qu'il n'est pas impossible qu'il s'en soit tenu à des banalités en attendant d'en savoir davantage sur nous.

– Et c'est *moi* qui aurais une piètre opinion de la nature humaine ? s'étonna Paola.

– Ce n'est qu'une possibilité, se défendit Brunetti. On m'avait dit que les réunions se terminaient par une collecte, ou bien qu'on lui passait des enveloppes, mais je n'ai rien vu de tel ce soir.

– Nous sommes peut-être partis trop tôt, fit remarquer Nadia.

– J'en ai bien peur », reconnut Brunetti.

Paola reposa son verre et se tourna vers Brunetti. « Bon, on fait quoi, maintenant ? Si tu me demandes d'y retourner, ça risque de mettre notre mariage en grand danger.

– Pour de vrai ou pour de faux ? »

Paola pinça les lèvres en réfléchissant à sa réponse. « Pour de faux, je crois, finit-elle par reconnaître. Mais si je suis obligée d'y retourner, il se pourrait que je me mette à boire le rhum de la cuisine dès le début de l'après-midi.

– Tu le fais déjà », répliqua-t-il, mettant ainsi un terme à la discussion sur frère Leonardo.

11

À peine Brunetti venait-il de s'asseoir derrière son bureau, le lendemain matin, qu'il reçut un appel de la signorina Elettra, récemment rentrée d'Abano, pour l'informer que le vice-questeur Patta, lui-même de retour de son séminaire de Berlin, *désirait avoir un entretien* avec lui. Cette formulation était curieuse : d'une neutralité mesurée, sans le côté agressif de Patta ni les fausses amabilités dont il usait lorsqu'il avait besoin d'un service.

La curiosité poussa Brunetti à descendre tout de suite. Une fois dans le bureau de la signorina Elettra, il remarqua que quelque chose avait changé, mais il lui fallut une ou deux secondes pour comprendre quoi : un écran plat et un discret clavier noir avaient remplacé l'ancien et volumineux ordinateur.

L'ensemble que portait la signorina Elettra était assorti à son nouvel outil : un chandail gris et noir que Paola avait signalé à Brunetti dans la devanture de Loro Piana, une semaine auparavant, et un pantalon noir venant effleurer des escarpins de cuir effilés comme des rapières.

« Avez-vous une idée du genre d'*entretien* qu'il souhaite avoir avec moi ? » lui demanda Brunetti en guise de salut.

Le sourire de la signorina Elettra s'effaça pour laisser la place à une expression de grande concentration qui raidit ses traits. « Je crois que le vice-questeur s'est pris d'intérêt pour la question de la sensibilité multiculturelle, monsieur.

– Berlin ?

– D'après les notes que le vice-questeur m'a données pour son rapport, c'est la conclusion qu'il est permis d'en tirer.

– La sensibilité multiculturelle, hein ?

– En effet.

– Et en italien courant, ça veut dire quoi ? »

Elle prit machinalement un crayon par la pointe et se mit à tapoter une feuille de papier avec la gomme. « Toujours d'après ces notes, je soupçonne que cela va se traduire par de nouvelles directives sur le comportement des officiers de police vis-à-vis des *extracomunitari*.

– Tous les étrangers, ou seulement les *extracomunitari* ?

– Non, ni les Européens ni les Américains, monsieur. Je pense que les expressions employées auparavant étaient "tiers-monde" et "pauvres".

– Remplacées aujourd'hui par *extracomunitari* ?

– Exactement.

– Je vois. Cette sensibilité est-elle supposée prendre une forme précise ?

– Je crois qu'elle concerne la façon dont un officier de police doit s'adresser à la personne qu'il arrête, monsieur, répondit-elle d'un ton neutre.

– Ah, fit Brunetti, déguisant sa question en onomatopée.

– La philosophie actuelle, apparemment, reprit-elle en soulignant peut-être un peu trop le terme, est que les membres des minorités sont victimes d'une vague de…

(Elle s'interrompit pour tirer une feuille de papier à elle.) Ah, oui, c'est ici : "… une posture d'agression verbale indue de la part des officiers de police chargés de leur arrestation".

– Et c'est quoi, une *posture d'agression verbale* ? demanda Brunetti.

– Bonne question, commissaire. "Les dégâts provoqués par le souvenir de cet abus sont tels que même ceux qui n'en ont aucun souvenir conscient traduisent les conséquences de ces dégâts dans leur vocabulaire psychique, et donc la réintroduction d'un comportement oppressif est vouée à entamer le sentiment qu'ils ont de leur valeur, en particulier lorsque ce sentiment est lié à des traditions tribales, religieuses, raciales ou culturelles." »

Elle leva les yeux. « Dois-je continuer, monsieur ?

– Si vous pensez que cela veut dire quelque chose, oui, je vous en prie.

– Je n'en suis pas sûre, mais il y a au moins un paragraphe que vous devriez trouver intéressant.

– Je suis l'attention faite homme. »

Elle tourna la page et fit courir son crayon le long de la suivante. « Ah, voilà. "Étant donné les enrichissements ethniques et culturels que connaît actuellement notre société, il est aujourd'hui d'autant plus important que les forces de l'ordre accueillent avec tolérance et patience la diversité culturelle de nos plus récents résidents. C'est seulement par une politique acceptant avec largeur d'esprit la multiplicité culturelle que nous pourrons faire la démonstration de notre sincérité et de notre volonté d'accueillir ceux qui ont choisi de vivre leur avenir parmi nous." » Elle leva de nouveau les yeux et sourit.

« Vous pouvez traduire ce truc ?

– Eh bien, comme j'ai vu toutes ses notes, je sais comment ça continue. Mais je pense que cela signifie, en fait, qu'il va rapidement devenir encore plus difficile d'arrêter les *extracomunitari*. »

La franchise sans détour de son explication, qui tranchait avec tout ce qu'il lisait habituellement, prit Brunetti de court. « Je vois, dit-il finalement. Il est là ? ajouta-t-il avec un mouvement de tête en direction du bureau de Patta, même si la question était superflue.

– Et il vous attend », répondit la signorina Elettra, nullement contrite d'avoir empêché Brunetti de répondre plus rapidement à la convocation de son supérieur.

Brunetti frappa à la porte et entra en entendant la voix de Patta. Le vice-questeur était assis derrière son bureau, dans une pose si solennelle qu'on l'aurait facilement pris pour une sculpture. « Ah, bonjour, commissaire. Je vous en prie, asseyez-vous. »

Voyant des papiers posés devant Patta, Brunetti choisit la chaise la plus proche du bureau. Patta s'était adressé à lui par son titre. Ce pouvait être positif : un signe de respect ; ou tout aussi bien négatif : une façon de rappeler l'infériorité de sa position. L'homme arborait une expression cordiale, mais d'expérience, Brunetti savait que cela ne voulait rien dire : les vipères aussi aiment lézarder au soleil, n'est-ce pas ?

« Avez-vous trouvé cette conférence intéressante, dottore ? demanda Brunetti.

– Ah, certes, Brunetti. » Patta s'enfonça dans son fauteuil et croisa les chevilles. « C'est une bonne chose de sortir un peu de son bureau, de temps en temps, et d'avoir des contacts avec des collègues venus d'autres pays. Cela donne une idée de leur façon d'envisager les choses, de leurs problèmes.

– Y a-t-il eu beaucoup de présentations intéressantes ? demanda Brunetti, ne sachant trop quoi dire.

– Ce n'est pas au cours des présentations qu'on apprend le plus, Brunetti : c'est dans les conversations privées que l'on a avec ses collègues, c'est en les écoutant raconter ce qui se passe dans leur pays, dans les rues. » Entraîné par sa propre verve, il enchaîna : « C'est de cette façon que l'on apprend ce qui se passe. Le *networking*, Brunetti, voilà le secret. Les réseaux sociaux ! »

Patta avait employé l'expression anglaise. Brunetti savait que son patron parlait, outre l'italien, un dialecte palermitain particulièrement abscons et qu'il avait quelques notions d'anglais et de français – dans cette dernière langue, il connaissait essentiellement du vocabulaire culinaire. Du coup, Brunetti se demandait dans quelle langue Patta avait pu faire fonctionner son « réseau social ».

« En effet, monsieur, je comprends », répondit Brunetti, curieux de voir sur quoi allait déboucher cette avalanche d'amabilités. Par le passé, ça s'était en général terminé par d'ambitieux nouveaux projets ayant finalement fait la preuve statistique de l'efficacité croissante de la police.

« Je n'ai pas besoin de vous rappeler, reprit Patta d'une voix onctueuse, combien il est important que nous développions notre approche des questions sectorielles. » Les antennes de Brunetti commencèrent à vibrer. « Nous avons en effet besoin d'une approche innovante des problèmes d'acculturation, et nous devons développer une méthodologie pratique qui nous permettra la mise au point de méthodes efficaces pour faire passer le message à l'ensemble de la communauté. »

Brunetti hocha la tête et pinça sa lèvre inférieure, geste classique des acteurs de cinéma pour signaler qu'ils sont plongés dans de profondes réflexions. Cela ne devait pas suffire, car Patta le fixa sans reprendre son laïus. Brunetti se fendit d'un « oui-oui » plein de conviction.

« Afin de mettre tout cela en place, je vais créer une section spéciale qui devrait s'occuper de ces questions », déclara Patta.

Brunetti n'eut aucun effort à faire pour passer du cinéma aux livres et se rappeler l'une des scènes finales de *1984*, dans laquelle Winston Smith hurle, pour s'épargner l'horreur : « Faites-le à Julia, faites-le à Julia ! » À l'idée qu'il allait être nommé à la tête de cette section spéciale, Brunetti se sentait prêt, lui aussi, à se jeter à genoux et à supplier : « Donnez ça à Vianello, donnez ça à Vianello ! »

« Dans le cas précis, j'estime nécessaire de faire véritablement preuve d'innovation, et j'ai donc décidé de nommer un élément de la base à la tête de cette unité. Nous avons besoin d'un homme qui appartienne à la police depuis un certain temps, un homme apte à bien représenter la ville. » Brunetti acquiesça.

« Alvise. »

En prononçant ce nom, le vice-questeur avait regardé au loin, comme s'il voyait déjà son grandiose projet se réaliser. « Alvise remplit ces deux conditions, continua Patta en revenant à Brunetti qui, à cet instant, avait réussi à faire disparaître toute trace de stupéfaction de ses traits. Je suis sûr que vous serez d'accord, commissaire.

— En effet, il les remplit, dit Brunetti, se gardant bien de parler d'intelligence ou même de simple bon sens.

– Bien, dit Patta avec une évidente satisfaction. Je suis heureux de voir que vous êtes d'accord avec moi. » Et de fait, le vice-questeur était tellement content que le commissaire n'ait pas présenté la moindre objection qu'il en oublia d'ajouter le « pour une fois » qu'attendait Brunetti.

« Bien entendu, il faudra qu'Alvise soit relevé de ses fonctions actuelles », continua Patta. Puis, dans un accès de camaraderie très inhabituel, il ajouta : « Croyez-vous qu'il faut lui attribuer un bureau séparé ? »

Brunetti s'efforça d'avoir l'air de réfléchir avant de répondre. « Non, vice-questeur. Je pense qu'Alvise préférera rester au milieu de ses collègues. » Et comme s'il était sûr que le vice-questeur serait d'accord, il ajouta : « De cette façon, il pourra profiter de leurs contributions.

– J'y avais pensé, bien entendu. C'est quelqu'un qui préfère le travail en équipe, notre Alvise, non ?

– Oui, oui, tout à fait », répondit Brunetti, incapable de comprendre de quel chapeau son supérieur avait pu faire sortir le nom d'Alvise. Parmi tous les policiers de la vice-questure, qui serait allé dégoter Alvise pour ce poste ? Ou pour n'importe quel autre poste, d'ailleurs ?

« Quelqu'un vous l'a sans doute chaudement recommandé, non ? demanda Brunetti avec une réelle curiosité.

– Oui. Le lieutenant, qui sera son officier consultant pour ce projet, a pensé qu'il avait le profil idéal. »

Pourquoi Scarpa (il n'y avait aucun autre lieutenant dont Patta aurait parlé avec une telle familiarité) tenait-il à avoir sous ses ordres un crétin comme Alvise ? C'est alors que Brunetti prit conscience qu'il n'avait aucune idée de ce que recouvrait ce projet ; son échec était peut-être l'objectif du lieutenant. « Cette unité spéciale relève-t-elle d'un projet européen ? demanda-t-il.

– Bien sûr, répondit Patta. Ce sont des idées qui coûtent cher, des projets onéreux. Il est temps que cette ville endormie rejoigne le reste de l'Europe, vous ne pensez pas ?

– De toute évidence, répondit Brunetti avec son sourire le plus engageant, se souvenant d'un poète qui avait dit un jour qu'heureusement qu'existait la digue reliant Venise au continent, sans quoi, l'Europe aurait été isolée. Autrement dit, le budget sera européen ?

– En effet, répondit Patta avec fierté. C'est l'un des bénéfices que j'ai tirés de cette conférence. » Il quêta l'approbation de Brunetti.

Cette fois, le sourire de Brunetti fut sincère – de ceux que l'on a lorsqu'on vient de résoudre un problème. L'argent de l'Europe, les fonds du gouvernement, la pluie d'or tombant des coffres d'une administration bruxelloise généreuse et prodigieusement indifférente, les largesses étourdies des bureaucrates…

« C'est extrêmement habile, dit Brunetti, avec l'air de reconnaître les talents du lieutenant Scarpa. Et je n'ai aucun doute sur le fait qu'Alvise se révélera avoir été un choix parfait. »

Le sourire de Patta s'élargit encore, si c'était possible. « Je ne manquerai pas de répéter cela au lieutenant. »

Le sourire de Brunetti n'aurait pas pu être plus gracieux s'il avait été authentique.

12

La signorina Elettra fut consternée par l'annonce de la nomination d'Alvise, comme à peu près tout le monde dans la questure, alors que la nouvelle se répandait au cours des jours suivants. Alvise devait diriger une unité spéciale, Alvise allait diriger une unité spéciale ! Ceux qui l'apprenaient le répétaient comme le petit garçon ayant appris le premier que le roi Midas avait des oreilles d'âne. À la fin de la semaine suivante, cependant, on ne savait toujours rien des responsabilités, ni même des activités précises, de cette unité spéciale : tout le personnel retenait son souffle pendant qu'Alvise posait un pied mal assuré sur le premier barreau de l'échelle du succès.

On voyait souvent Alvise en compagnie du lieutenant Scarpa ; on l'avait même entendu tutoyer son supérieur, liberté que personne, parmi les policiers en tenue, n'était autorisé à prendre – ni, d'ailleurs, n'aurait voulu prendre. Bizarrement, Alvise, d'ordinaire si bavard, se montrait très discret sur ses nouveaux devoirs et ne voulait – ou ne pouvait – s'exprimer sur la nature et les objectifs de l'unité spéciale. Il passait beaucoup de temps dans le minuscule bureau du lieutenant, où on l'apercevait manipulant des documents pendant que Scarpa était pendu à son téléphone portable. La discrétion et la retenue, qualités que l'on n'aurait jamais associées à Alvise jusqu'ici, le caractérisaient désormais.

Les nouveautés s'usaient vite à la questure, et au bout de quelque temps, plus personne ne fit attention à Alvise et à ce qu'il pouvait faire. L'idée de cette subvention européenne, cependant, ne cessait de travailler Brunetti ; il aurait été curieux de savoir où passait l'argent. Pendant un certain temps, il fut persuadé que c'était le lieutenant Scarpa, en tant que superviseur du projet, qui en décidait ; mais à qui et dans quel but avoué serait-il alloué ?

Le séminaire de Berlin semblait avoir libéré quelque chose en Patta, car les mémos, les rappels et les notes se mirent à couler à flot depuis son bureau. Ses demandes de statistiques concernant les affaires et les criminels furent à l'origine d'une nouvelle vague de rapports. Et comme Patta était de la vieille école, rien ne se faisait par courriel, si bien que le flux et le reflux de dossiers étaient constants entre les divers étages et bureaux de la questure. Puis, aussi soudainement que cette tempête paperassière s'était déclenchée, la marée de mots reflua et les choses retournèrent à la normale, à l'exception de la position d'Alvise, à la tête de son unité spéciale forte d'un seul homme.

Pendant cette période, Brunetti délaissa complètement la requête de don Antonin. Paola et lui allèrent dîner un soir chez ses parents, qui devaient partir pour Palerme, et Brunetti se retint de demander à la comtesse si elle avait appris quelque chose. Cette dernière n'aborda pas davantage la question.

Le lendemain, un mardi, c'est sous la pluie que Brunetti arriva à la questure, à huit heures et demie. Avant qu'il ait eu le temps d'entrer, il vit Vianello en surgir au pas de course, sans même avoir fini d'enfiler son veston. « Qu'est-ce qui est arrivé ?

– Je ne sais pas », répondit l'inspecteur en prenant son supérieur par le bras pour l'entraîner vers le quai où Foa, le pilote, se tenait sur le pont de la vedette de police et détachait les amarres. L'homme porta une main à sa casquette, en voyant Brunetti, mais c'est à Vianello qu'il s'adressa : « Où on va, Lorenzo ?

– Du côté du Palazzo Benzon. »

Le pilote tendit la main et les aida à monter, puis se mit à la barre. Une fois dans le Bacino, il vira à droite, mais Brunetti et Vianello étaient déjà descendus dans la cabine pour s'abriter de la pluie.

« Qu'est-ce qui est arrivé ? répéta Brunetti, la voix tendue rien qu'à voir la nervosité de Vianello.

– Quelqu'un a vu un corps flotter dans l'eau.

– Là-bas ?

– Oui.

– Qu'est-ce qui s'est passé ?

– Je ne sais pas. Nous avons reçu un coup de téléphone, il y a quelques minutes. D'un homme de la ligne 1, au moment où le bateau quittait Sant'Angelo. Il se tenait à l'extérieur, et juste avant d'arriver au Palazzo Volpi, il a vu quelque chose flotter dans l'eau, près des marches. Il a eu l'impression que c'était un corps.

– Et il a appelé ici ?

– Non, il a appelé le 911, mais les carabiniers n'avaient aucun bateau disponible et ils nous ont appelés.

– Un autre témoignage ? »

Vianello regarda vers l'extérieur, de son côté. La pluie s'était encore renforcée et crépitait contre les vitres, poussée par les rafales d'un vent venu du nord. « Il a dit qu'il se tenait dehors. » Il ne prit pas la peine d'ajouter que rares étaient ceux qui choisiraient de rester sur le pont par un temps pareil.

« Je vois, dit Brunetti. Les carabiniers, hein ?

– Ils enverront un bateau dès qu'ils en auront un. »

Brunetti, soudain pris de claustrophobie, se leva et alla ouvrir la porte, se tenant sur le seuil pour rester au moins partiellement à l'abri de la pluie. Ils passèrent devant le Palazzo Moncenigo, doublèrent l'embarcadère de Sant'Angelo, et arrivèrent à hauteur des marches descendant dans l'eau, à gauche du Palazzo Benzon.

Brunetti se dit qu'il serait peut-être bon d'arrêter le moteur mais, avant qu'il ait ouvert la bouche, Foa l'avait déjà coupé, laissant la vedette dériver vers le bord. Le silence ne dura que quelques secondes car le pilote passa la marche arrière pour mettre le bateau à l'arrêt, à quelques mètres des marches.

Foa passa sur le côté tribord du bateau et se pencha. Au bout d'un instant, il tendit un bras en direction de l'eau. Brunetti et Vianello s'avancèrent sous la pluie pour rejoindre Foa et regarder ce qu'il leur indiquait.

Ils virent une forme indistincte et fluide, ondulant comme des algues, qui flottait dans l'eau à environ un mètre des marches, un peu sur la gauche. La pluie tombant sur l'eau brouillait leur vision, mais il y avait bel et bien quelque chose. Un sac plastique ? Un journal ? Juste à côté, il distingua nettement autre chose. Un pied.

Un petit pied, une cheville.

« Fais-nous descendre Calle Traghetto, dit Brunetti, on y retournera à pied. »

En silence, le pilote s'éloigna des marches, pénétra dans le canal et alla s'arrêter au pied de l'escalier, à l'autre bout de la ruelle. La marée était basse et des paquets d'algues recouvraient les deux marches conduisant à la chaussée. Brunetti pouvait soit sauter directement sur la chaussée, rendue elle-même peu sûre par la pluie, soit se tenir au bras de Vianello et emprunter les marches. Il choisit cette seconde solution et eut un moment de panique, lorsqu'il sentit son pied droit glisser sur les algues, puis heurter la contremarche. Il tomba en avant, mais Vianello le rattrapa et l'empêcha de dégringoler jusque dans l'eau. Brunetti essaya de se retenir à la marche supérieure de sa main libre, mais celle-ci glissa à son tour dans les algues et alla se cogner à la contremarche. Il sentit la pluie lui marteler le dos alors qu'il gagnait enfin la chaussée où il se tint un instant immobile, le temps que disparaisse le tremblement de ses genoux.

Il entendit le bruit sourd du bateau qui heurtait le quai, poussé par une vague. Il se tourna pour aider à son tour Vianello à débarquer, mais l'inspecteur put gravir les marches sans glisser.

Les deux hommes remontèrent le quai jusqu'au premier croisement, tournèrent à droite deux fois pour retrouver l'eau. Le temps d'y arriver, les épaules de leur veston étaient trempées. Foa était déjà de retour, à quelques mètres d'eux, dans le Grand Canal.

Brunetti s'avança au bord du quai, le long de la maison, pour regarder dans l'eau. La masse flottante s'y trouvait toujours, sur sa droite, à environ un mètre de la dernière des marches submergées. À sa portée, à condition que Vianello le retienne quand il se pencherait. Il mit un premier pied hésitant dans l'eau, puis descendit d'une marche. Il avait de l'eau jusqu'aux genoux quand il arriva à la dernière. Vianello se trouva soudain à ses côtés, le retenant par le poignet gauche. Brunetti se pencha alors en avant, sur sa droite, et tenta de saisir l'ombre légère qui flottait juste sous la surface de l'eau. Il sentit le côté droit de son veston s'enfoncer dans l'eau, une eau glaciale qui remontait aussi le long de ses cuisses.

De la soie. Il avait l'impression de toucher de la soie. Il enroula les mèches autour de ses doigts et tira délicatement. Il ne sentit pratiquement aucune résistance et il se redressa, tirant sans effort. Il recula d'une marche et la masse flotta vers lui, l'écheveau de soie se déployant puis venant s'enrouler autour de son poignet. Un bateau passa, chargé de caisses de fruits, en direction du Rialto. L'homme à la barre ne prêta aucune attention aux deux policiers qui s'agitaient, les pieds dans l'eau.

Brunetti se tourna vers Vianello, qui le relâcha et vint le rejoindre sur la même marche. Brunetti tira encore un peu, doucement, et ils virent un pied qui se mit à osciller lorsque arrivèrent les vagues laissées par le sillage du bateau. La masse se rapprocha encore d'eux, lentement.

« Mon Dieu, aidez-moi », murmura Vianello. Il descendit jusqu'à sur la dernière marche, se pencha, saisit la petite cheville et tira. Il regarda Brunetti, le visage ruisselant de pluie. « Je m'en occupe », dit-il.

Brunetti lâcha les mèches soyeuses mais resta à côté de son ami, prêt à le rattraper si jamais il glissait sur les algues. Vianello se pencha, passa les deux bras sous le corps qu'il souleva ensuite hors de l'eau. Un grand pan de tissu qui retombait des jambes vint s'enrouler autour du pantalon de l'inspecteur. Tenant fermement le corps, il recula d'une marche, puis d'une autre, et regagna enfin le quai. Les deux hommes ruisselaient.

Vianello mit alors un genou au sol, puis l'autre, et déposa sa charge avec précaution devant lui. La jupe se détacha de son pantalon et retomba sur le corps de la fillette. L'un de ses pieds était chaussé d'une sandale en plastique rose de mauvaise qualité ; l'autre était nu, mais Brunetti vit la peau d'un rose plus clair à l'emplacement de l'attache. Elle avait un cardigan encore boutonné jusqu'au cou, mais elle n'avait plus besoin de sa chaleur.

Elle était menue, blonde. Brunetti étudia un instant son visage, retourna à ses pieds, puis examina ses mains – et accepta finalement l'idée qu'il avait affaire à une enfant.

Vianello se remit debout ; il paraissait avoir vingt ans de plus. Il y eut soudain un bruit de moteur, puis de nouveau, on n'entendit plus que le crépitement de la pluie sur l'eau. Ils levèrent tous les deux les yeux et virent la vedette dont le bord oscillait à quelques centimètres du quai à peine.

« Appelle Bocchese », lança Brunetti à Foa. À sa surprise, il avait parlé d'une voix normale. « Fais venir une équipe. Et un médecin. »

D'un geste de la main, Foa indiqua qu'il avait compris et tendit la main vers son micro. « Il devrait peut-être retourner les chercher, suggéra Vianello. Ici, il n'a rien à faire. »

Pendant que Brunetti donnait ses ordres au pilote, pas un instant il n'envisagea, pas plus que Vianello, de repartir avec le bateau. Lorsque Foa se fut éloigné, ils laissèrent le corps où ils l'avaient déposé et allèrent trouver refuge dans un pas-de-porte d'où ils surveillèrent la ruelle pour empêcher quiconque d'approcher. Des passants se présentaient parfois au coin de la rue, allant au Campo San Beneto ou en repartant, peut-être à la recherche du musée Fortuny éternellement fermé. La pluie, cependant, suffisait à décourager les touristes d'aller jusqu'au bout de la *calle* pour admirer les eaux du Grand Canal.

Au bout de vingt minutes, Vianello se mit à frissonner de manière incontrôlable, mais refusa d'aller prendre un café Calle della Mandola, comme le lui suggérait Brunetti. Irrité par son entêtement, il dit : « Moi, je vais en prendre un », et s'éloigna sans un mot de plus. La pluie ne changeait plus rien ; les bruits de succion de ses chaussures lui tinrent compagnie jusqu'au premier bar qu'il trouva dans la rue.

Le barman ouvrit un œil rond en le voyant et fit un commentaire sur la pluie, mais Brunetti l'ignora et commanda un *caffè corretto* à prendre sur place et un autre à emporter. Le barman les lui servit ensemble, et Brunetti mit trois sucres dans chacun. Il but rapidement le sien et paya. Comme il repartait, le barman lui dit d'emprunter le parapluie marron qui se trouvait près de la porte, qu'il pourrait le rapporter quand il voudrait.

Content d'avoir le parapluie, Brunetti retourna vers le Grand Canal. Il tendit son café à Vianello sans rien dire. L'inspecteur enleva le couvercle du gobelet de plastique et descendit son café comme si c'était un médicament – c'était le cas, dans une certaine mesure. Il était sur le point de parler lorsqu'il fut interrompu par un bruit de moteur.

Un instant plus tard, les deux hommes virent arriver la vedette de la police, Foa toujours à la barre ; on apercevait plusieurs silhouettes d'hommes à l'intérieur de la cabine. Foa fit débarquer tout le monde Calle Traghetto. Brunetti et Vianello ne quittèrent leur abri que lorsque les premiers techniciens se présentèrent au coin de la rue, portant une caisse métallique ; ils étaient suivis de près par leur patron, Bocchese, et par Rizzardi, le médecin légiste. Deux techniciens en combinaison fermaient la marche, portant les instruments indispensables à leur sinistre tâche. Tous avaient enfilé de hautes bottes de caoutchouc.

Brunetti n'eut même pas le temps de demander à Rizzardi comment il se faisait qu'il ait mis si peu de temps : le médecin lui dit d'emblée que Bocchese l'avait appelé pour lui proposer de le prendre au passage à la Salute. Sur quoi il passa devant Brunetti pour s'approcher du petit corps étendu sur la chaussée. Mais son pas ralentit soudain, et il dit entre ses dents serrées : « Je déteste les enfants. » Personne n'eut besoin de traduire. Tout le monde détestait ça, quand il s'agissait d'enfants.

Brunetti se rendit compte alors que personne d'autre n'avait de parapluie – et que la pluie avait cessé. Sans doute devait-il faire aussi plus chaud, mais il ne parvenait pas à le ressentir, sous ses habits trempés et glacés qui lui collaient au corps. Il jeta un coup d'œil à Vianello ; l'inspecteur ne tremblait plus.

« C'est Vianello qui l'a sortie, indiqua Brunetti alors qu'ils approchaient du corps, mais elle n'est pas forcément tombée ici. » Et si cela avait été le cas, ils avaient tellement piétiné les marches, l'inspecteur et lui, que toute trace aurait été effacée.

Bocchese, Rizzardi et le premier technicien s'agenouillèrent autour du corps ; par il ne savait quel tour d'esprit pervers, Brunetti pensa aux Rois mages et aux innombrables peintures qu'il avait vues de trois hommes agenouillés autour d'un enfant. Il chassa ce souvenir et s'approcha à son tour.

« Dix ans ? » hasarda Rizzardi en regardant le visage de la fillette. Brunetti ne parvint pas à retrouver une image de sa propre fille à cet âge.

Les yeux de la petite étaient fermés, mais elle n'avait nullement l'air endormie. D'où sortait donc ce mythe, songea Brunetti, selon lequel les morts ont l'air de dormir ? Mauvais peintres, fiction sentimentale, illusion bien compréhensible. Mais les morts avaient l'air morts ; ils étaient d'une immobilité minérale qu'aucun vivant ne pouvait simuler.

Rizzardi prit l'une des mains de la fillette et chercha le pouls, formalité absurde que Brunetti trouva étrangement touchante. Puis le médecin reposa la main sur le sol, consulta sa montre et souleva l'une des paupières de la petite morte. Brunetti vit un instant du bleu ou du vert, il n'aurait su dire, car Rizzardi la referma aussitôt d'un geste délicat. Se servant de ses deux mains, il écarta ensuite les mâchoires, jeta un coup d'œil à l'intérieur de la bouche, puis il appuya d'une main sur la poitrine étroite. Aucune eau ne ressortit des poumons.

Il continua son examen en faisant remonter une partie de la longue jupe imbibée d'eau jusqu'au-dessus d'un des genoux. Le reste du tissu était pris sous le petit corps et il n'y toucha pas. Il roula ensuite les manches du chandail un peu au-dessus des poignets, mais ceux-ci ne présentaient pas la moindre marque ou cicatrice. Les paumes de ses mains, en revanche, étaient déchirées et abîmées, comme si la fillette avait été traînée sur une surface rugueuse. Rizzardi se pencha un peu plus pour examiner les ongles, puis reposa les deux petites mains sur le sol.

Sans un mot, Bocchese tendit deux sacs en plastique transparent à Rizzardi, qui les glissa sur les menottes et les attacha. « Nous a-t-on signalé la disparition d'une petite fille ? demanda le médecin.

– Pas hier, en tout cas, pour autant que je sache », répondit Brunetti. Il jeta un coup d'œil à Vianello, lequel secoua négativement la tête.

« Il pourrait s'agir de la fille d'un touriste, dit Rizzardi. Plutôt du Nord. Elle a les cheveux très clairs. Les yeux aussi. »

Comme Paola, songea Brunetti, mais il ne dit rien.

Le médecin se remit debout, et juste à cet instant, le soleil apparut au milieu des nuages en train de se dissiper et vint éclairer le petit groupe : des hommes debout autour du corps d'un enfant. Lorsque Bocchese se rendit compte que son ombre tombait sur le visage de la fillette, il recula vivement d'un pas.

« Je ne pourrai rien affirmer avec certitude avant l'autopsie », déclara Rizzardi. Le médecin légiste avait évité les expressions habituelles, « Tant que je n'aurai pas ouvert », ou « Tant que je n'aurai pas jeté un coup d'œil ».

« Pas une petite idée, tout de même ? » ne put s'empêcher de demander Brunetti.

Rizzardi secoua la tête. « Il n'y a aucun signe de violence, sauf sur les mains. »

Vianello émit un bruit vaguement interrogatif.

« Les éraflures, expliqua le médecin. Elles pourraient nous aider à comprendre où elle était avant. » Il se tourna vers Bocchese. « J'espère trouver quelque chose sur quoi tu pourras travailler. »

Le technicien, déjà peu bavard de nature, n'avait pas lâché un mot depuis son arrivée. L'interpellation parut le faire sortir d'une transe ; il regarda autour de lui, puis demanda à Brunetti : « Vous avez terminé ?

– Oui. »

Il se tourna vers ses assistants. « Prenons les photos. »

13

« Les gens ne perdent pas leurs enfants, déclara Paola ce soir-là, une fois que Brunetti lui eut décrit les événements de la journée. On ne sait plus où on a mis ses clefs ou son portable, on perd son portefeuille ou on se le fait voler, mais on ne perd pas un enfant, surtout s'il n'a que dix ans. » Elle se tut, abandonnant un instant l'oignon sur la planche à découper. « Je trouve ça incompréhensible. À moins que ce soit comme dans ce passage de la Bible, où les parents de Jésus vont à Jérusalem et le perdent sur le chemin du retour. »

Nom de nom, cette femme était capable de lire n'importe quoi.

« Quand ils finirent par le retrouver, reprit-elle en entreprenant de peler et couper l'oignon, il était retourné au Temple et faisait la leçon aux anciens.

– Et tu crois que c'est ce qui est arrivé à cette petite ?

– Non. » Elle reposa son couteau et se tourna vers lui. « Je crois que je préfère ne pas imaginer les autres possibilités.

– Par exemple qu'elle a été tuée ? »

Paola se pencha pour prendre une grande poêle dans le placard du bas. « Si ça ne t'ennuie pas, Guido, je préfère ne pas en parler. Au moins pour le moment.

– Veux-tu que je te donne un coup de main ? demanda-t-il, espérant qu'elle répondrait non.

– Sers-moi un verre de vin et va donc lire quelque chose. » Ce qu'il fit.

Quelques mois auparavant, poussé par les violentes diatribes de sa femme contre le théâtre et le cinéma contemporains, traités de détritus bons pour la poubelle, Brunetti avait décidé de relire les dramaturges grecs. Ils étaient après tout les pères du théâtre, ce qui en faisait les grands-pères du cinéma, même si c'était une accusation que Brunetti répugnait à porter contre eux.

Il avait commencé par Aristophane et *Lysistrata* – avec l'enthousiaste approbation de Paola – puis enchaîné sur l'*Orestie*, qui l'avait laissé perplexe. Deux mille cinq cents ans auparavant, les Grecs n'avaient pas été capables, apparemment, de déterminer le sens du mot « justice ». Il était revenu à Aristophane avec *Les Nuées* et sa jubilatoire parodie de Socrate, et en était maintenant aux *Troyennes*, où il n'était plus question de plaisanter.

Ils s'y connaissaient tout de même dans certains domaines, ces Grecs. La clémence, par exemple, mais surtout la vengeance. Ils savaient aussi que la fortune est une danseuse folle et aveugle qui saute de-ci de-là. Et que personne ne l'a jamais constamment à ses côtés.

Le livre retomba sur sa poitrine et il regarda, par la fenêtre, la nuit qui tombait. Il ne pouvait pas se forcer à lire la mort du jeune Astyanax, pas ce soir. Il ferma les yeux et, dans cette obscurité encore plus grande, revint l'image de la petite morte, la sensation de ses cheveux soyeux autour de son poignet.

La porte d'entrée s'ouvrit alors bruyamment, et Chiara fit une entrée fracassante dans l'appartement. Comment une jeune fille d'aspect aussi délicat pouvait-elle faire tant de vacarme ? Elle se cognait aux objets, tournait les pages des livres avec un bruit de scooter, et s'arrangeait pour heurter régulièrement son assiette avec ses couverts.

Il entendit qu'elle s'arrêtait à la porte.

« *Ciao, angelo mio* », lui lança-t-il.

La main de Chiara tapa plusieurs fois contre la cloison et le lampadaire d'angle s'alluma. « *Ciao*, papa. Tu te caches de maman ? » Il la vit dans l'encadrement de la porte, réplique de sa mère, en plus petit – mais plus tellement. Comment se faisait-il qu'il n'ait pas remarqué plus tôt ces quelques centimètres de plus ?

« Non, je lisais, répondit-il.

– Dans le noir ? C'est pas banal.

– En fait, expliqua Brunetti, je lisais, puis je suis resté assis à réfléchir sur ce que je venais de lire pendant que la nuit tombait.

– Comme on nous dit de faire à l'école ? » demanda-t-elle innocemment. Elle se laissa tomber à côté de lui sur le canapé.

« Je suppose que c'est une question bidon, hein ? » dit-il en se penchant sur elle pour lui faire la bise.

Elle gloussa. « Bien sûr, qu'elle est bidon. Pourquoi lirait-on, si c'était pas pour penser à ce qu'on a lu ? » Elle s'enfonça dans le canapé et posa les pieds sur la table basse, à côté de ceux de Brunetti, les agitant comme des marionnettes. « C'est pourtant ce que les profs nous disent tout le temps : "Réfléchissez à ce que vous avez lu. Les livres doivent vous servir d'exemple, de leçon, ils sont là pour enrichir votre vie et pour l'améliorer." » Sa voix s'était faite plus grave, et toute trace d'accent vénitien avait disparu, remplacé par un accent toscan que Dante lui-même n'aurait pas renié.

« Oui, et alors ?

– Explique-moi comment mon manuel de math va enrichir et améliorer ma vie, et je te promets de ne plus jamais mettre les pieds sur la table.

– Je crois que tes professeurs parlaient d'une manière plus générale.

– C'est ce que tu dis toujours quand tu essaies de les défendre.

– En particulier lorsqu'ils disent quelque chose de stupide ?

– Oui.

– Et ils disent beaucoup de choses stupides ? »

Il lui fallut un certain temps pour répondre à cette question. « Non, je ne crois pas. La pire, c'est Manfredi. » Manfredi était sa prof d'histoire et ses propos faisaient l'objet de nombreux commentaires à la table de Brunetti. « Mais tout le monde sait qu'elle est à la Lega, et que tout ce qu'elle veut, c'est qu'une fois adultes, on vote pour se séparer du reste de l'Italie et pour virer tous les étrangers.

– Et est-ce qu'il y en a qui paraissent s'intéresser à ce qu'elle raconte ?

– Non, même pas ceux dont les parents votent pour la Lega. » Chiara resta quelques instants songeuse. « Piero Riffardi l'a vue un jour avec son mari. Ils étaient dans un magasin et voulaient acheter un costume pour lui. C'est une espèce de petit bonhomme qui a l'air d'un rat, avec sa moustache, et il se plaignait que tout ce qu'on lui montrait était trop cher. Piero se trouvait dans la cabine d'essayage voisine, et lorsqu'il a compris qui c'était, ou plutôt qui était avec lui, il a décidé d'y rester et d'écouter. » Brunetti n'eut aucune peine à imaginer le plaisir que pouvait ressentir un élève à espionner un professeur, surtout un professeur comme Manfredi, la redoutable Némésis de la classe de Chiara.

Elle se tourna vers lui et demanda : « Tu ne vas pas me dire que ce sont des choses qui ne se font pas, hein ?

– Tu le sais parfaitement, répondit-il d'un ton calme, mais dans de telles circonstances, ça devait être irrésistible. »

Il y eut un long silence, ponctué par les bruits en provenance de la cuisine. « Comment se fait-il, reprit soudain Chiara, que toi et maman, vous ne nous expliquez jamais ce qui est bien et mal ? »

Brunetti n'aurait su dire, à son ton, si elle avait posé sérieusement ou non la question. Finalement, il répondit : « Il me semble que si, Chiara.

– Moi, il me semble pas. La seule fois où j'en ai parlé à maman, elle n'a rien trouvé de mieux que de citer ce livre stupide, *Bleak House*. » D'une voix qui ressemblait fort à celle de sa mère, elle ajouta : « "… il sait qu'un balai est un balai, et qu'il est mal de dire des mensonges." Qu'est-ce que ça veut dire, au juste ? »

Peut-on imaginer ce que signifie d'être marié à une femme qui tire sa morale de romans anglais ? Il préféra épargner cette question à sa fille. « Si je comprends bien, ça veut dire qu'il faut faire son travail et ne pas mentir.

– D'accord, mais qu'est-ce que tu fais de tous ces trucs, tu ne tueras point, tu ne convoiteras pas la femme de ton voisin, etc. ? »

Il s'installa un peu plus confortablement dans le canapé tout en réfléchissant à la question. « Eh bien, répondit-il au bout d'un certain temps, on peut estimer que les dix commandements sont en quelque sorte des exemples précis d'une règle plus générale.

– Tu veux dire la règle d'or de Dickens ? demanda Chiara en éclatant de rire.

– Tu peux l'appeler comme ça, si tu veux, admit Brunetti. Si tu fais ton travail, il y a moins de chance que tu veuilles tuer ton voisin et dans ton cas, je doute que tu perdrais ton temps à convoiter sa femme.

– Est-ce qu'il t'arrive d'être sérieux, papa ?

– Jamais quand j'ai faim », répondit Brunetti en se levant.

14

Le lendemain, Brunetti commença sa journée de travail en lisant dans les journaux les comptes rendus de la découverte du corps de la petite fille. *Il Gazzettino* n'avait pas eu l'information à temps pour la mettre en première page, mais celle-ci s'était glissée dans la seconde section, dont la première page hurlait en lettres rouges que c'était UN MYSTÈRE. L'article se trompait sur l'heure de la découverte et était accompagné de photos de marches qui n'étaient pas celles où on avait découvert le corps ; il donnait en outre cinq ans à la fillette, là où les journaux nationaux parlaient de neuf ans pour l'un, douze pour l'autre. L'autopsie, lisait-on, devait avoir lieu aujourd'hui. Et pour couronner le tout, la police demandait à quiconque pouvant avoir des informations sur l'éventuelle identité d'une « petite fille brune aux yeux marron » de la contacter.

Son téléphone sonna.

« Ah, Guido, dit sa belle-mère. Je pense à t'appeler depuis que nous sommes revenus des territoires occupés, mais j'ai vraiment été débordée, et ensuite Chiara et Raffi sont venus déjeuner et on s'est tellement amusés que j'ai bien peur d'avoir oublié de t'appeler, alors que ça aurait dû me faire penser à le faire, non ?

– Je croyais que vous étiez à Palerme », s'étonna Brunetti, soulagé que la comtesse n'ait pas encore lu les journaux. Comment les parents de Paola avaient-ils eu le temps de faire un autre voyage alors qu'ils étaient à peine rentrés de Sicile ?

Elle avait un rire musical avec quelque chose de très gai qu'on ne retrouvait pas dans sa voix, un rire tout à fait séduisant. « Oh, je suis désolée, Guido, de t'avoir induit en erreur. J'aurais dû t'avertir. Orazio a pris l'habitude d'utiliser ce terme pour désigner la Sicile et la Calabre. Étant donné que ces régions appartiennent à la Mafia et que le gouvernement n'a aucun contrôle réel dessus, il pense qu'il est linguistiquement correct d'en parler comme des territoires occupés. » Elle se tut un instant. « Et si on y pense, ce n'est pas si loin de la vérité, non ?

– Cette expression est-elle destinée à n'être employée qu'en petit comité, ou l'utilise-t-il en public ? demanda Brunetti, préférant éviter de donner son opinion sur la justesse de la métaphore choisie par le comte ou sur ses convictions politiques.

– Oh, je ne suis que bien rarement avec lui en public, alors je ne sais pas. Mais tu sais combien Orazio est discret par nature ; peut-être qu'il ne l'utilise qu'avec moi. Mais tu es au courant, maintenant. » Sur quoi elle ajouta, un ton plus bas : « Il serait peut-être sage de laisser Orazio décider du champ d'application de ce terme, tu ne crois pas ? »

Jamais Brunetti n'avait entendu d'invitation plus courtoise à la discrétion. « Bien entendu, répondit-il. À quel sujet me téléphones-tu ?

– C'est à propos de ce religieux.

– Leonardo Mutti ?

– Oui. Et aussi de l'autre, Antonin Scallon », ajouta-t-elle, à la surprise du commissaire.

Brunetti repensa à sa conversation précédente avec la comtesse : il était sûr de ne pas avoir mentionné le nom d'Antonin, de n'avoir parlé de lui que comme d'un vieil ami de son frère. Le seul nom qu'il avait prononcé était, lui semblait-il, celui de frère Leonardo.

« Oui ? Et qu'est-ce que tu as entendu dire ? demanda-t-il, décidant de laisser cette question de côté pour le moment.

– Il semble qu'une de mes amies ait été attirée par l'enseignement de frère Leonardo, ou plutôt qu'elle soit tombée sous son influence, comme il est d'usage de dire. » Brunetti, ici aussi, se garda de faire un commentaire.

« Et il semble que padre Antonin ait eu vent... comment dire ? de son enthousiasme pour frère Leonardo. » Elle n'attendit pas la réaction de Brunetti pour ajouter : « C'est un ami de la famille, cet Antonin ; pendant qu'il était en Afrique, il leur expédiait ces affreuses circulaires tous les ans à Noël, et j'imagine qu'ils lui envoyaient de l'argent, mais je n'en suis pas certaine. De toute façon, quand j'ai fait allusion à frère Leonardo, elle m'a dit qu'elle avait été très surprise quand padre Antonin lui avait parlé de lui.

– Et que lui a-t-il dit ?

– Pas grand-chose, en réalité, dit la comtesse. Il l'aurait mise en garde contre le frère, mais de manière très voilée et indirecte, l'air de ne pas y toucher.

– Et a-t-elle l'intention de suivre ses conseils ?

– Bien sûr que non, Guido. Tu devrais savoir qu'il ne sert à rien d'essayer de persuader les gens de mon âge de renoncer à... à leurs enthousiasmes. »

La formule le fit sourire ; il la trouvait charitable de réserver ce genre d'entêtement aux personnages âgées. « Sais-tu s'il a dit quelque chose de précis sur frère Leonardo ? » demanda Brunetti.

De nouveau, son rire fusa en cascade. « Rien qui aille au-delà des limites de la solidarité entre religieux et du bon goût. Il a strictement respecté la consigne d'Orazio : ne jamais dire de mal d'un collègue. » Puis d'une voix plus sérieuse : « Pour que tu arrêtes de te demander comment il se fait que je connaisse ton intérêt pour padre Antonin, Guido, je dois t'expliquer que Paola m'a dit qu'il était venu à l'enterrement de ta mère et qu'il était aussi allé te voir.

– Merci, répondit simplement Brunetti. Et qu'est-ce qu'a dit ton amie à propos de frère Leonardo ? »

La comtesse mit un certain temps à répondre. « Elle a perdu un petit-fils, il y a deux ans, et elle prend du réconfort là où elle le trouve, j'en ai peur. Alors, si ce que lui dit ce frère Leonardo peut soulager un peu son chagrin, il n'y a rien à y redire.

– La question de l'argent a-t-elle été soulevée ?

– Tu veux dire, par frère Leonardo ? Avec mon amie ?

– Oui.

– Elle n'en a pas parlé, et ce n'est certainement pas une question que je lui poserai. »

Sensible aussi bien au reproche qu'à l'avertissement dans la voix de la comtesse, Brunetti se contenta de répondre : « Si tu apprends quoi que ce soit d'autre…

– Bien entendu, le coupa-t-elle avant qu'il ait terminé. S'il te plaît, embrasse Paola et les enfants pour moi, tu veux bien ?

– Oui, bien sûr. »

Voici donc que lui étaient rappelés Antonin et sa requête. Sa longue expérience lui avait appris à se méfier des protestations de bonne volonté désintéressée. Dans cette affaire, pour autant qu'il sache tout, il y avait en jeu l'argent que le fils de Patrizia donnait à frère Leonardo. Brunetti contempla pendant quelques instants la façade de San Lorenzo. Il avait décidément du mal à croire qu'Antonin se souciait simplement du bien-être de ce jeune homme ; d'ailleurs, Antonin était-il capable de se soucier du bien-être de qui que ce soit ?

C'est alors que lui revinrent les paroles de la comtesse : il est difficile de persuader les personnes de son âge de renoncer – quel mot avait-elle choisi, déjà ? –... à leurs *enthousiasmes*. Il remplaça « enthousiasmes » par « préjugés » et s'appliqua à lui-même la remarque. Il le méritait bien.

Comme il n'avait pu trouver un chrétien pratiquant parmi ses amis, Brunetti descendit consulter la signorina Elettra.

« Un chrétien ? » demanda-t-elle, surprise. Elle n'avait fait aucune allusion aux articles de journaux sur la petite noyée, et Brunetti fut soulagé de ne pas avoir à en parler avec elle.

« Oui. Un chrétien ayant la foi, qui va à la messe. »

Elle jeta un coup d'œil au bouquet de fleurs posé sur le rebord de la fenêtre, peut-être pour mieux réfléchir, et resta quelques instants silencieuse. « Puis-je savoir ce que cela concerne, monsieur ?

– Je voudrais en apprendre un peu plus sur un membre du clergé. » Comme elle se taisait toujours, il ajouta : « C'est une question privée.

– Ah.

– Ce qui veut dire ? » demanda-t-il avec un sourire.

Elle répondit au sourire, puis à la question. « Que je ne suis pas certaine que c'est à des croyants qu'il convient de poser des questions sur le clergé. Notamment si vous voulez apprendre la vérité.

– Pensez-vous à quelqu'un en particulier ? »

Elle resta un moment le menton appuyé sur la paume de sa main. Elle avait les lèvres pincées, signe évident de réflexion. Elle releva finalement la tête en souriant. « J'en vois deux. Dont l'un a une mauvaise opinion du clergé. L'autre moins, sans doute parce qu'il n'est pas aussi bien informé.

– Puis-je vous demander qui sont ces deux personnes ?

– Deux prêtres, dont un défroqué.

– Et puis-je savoir lequel des deux a la plus mauvaise opinion du clergé ? »

Elle se redressa sur son siège, comme pour essayer de voir la question sous le même angle que lui. « Je suppose que ce serait beaucoup moins intéressant et beaucoup plus banal si je vous répondais que c'est le défroqué, n'est-ce pas ?

– C'est ce qui paraît le plus prévisible », admit Brunetti.

Elle hocha la tête. « Et cependant, ce n'est pas le cas. C'est celui qui est toujours prêtre qui a... qui a, disons, la position la plus critique vis-à-vis de ses collègues. » Elle tira machinalement sur sa manche, faisant disparaître sa montre. « Oui, et je pense qu'il pourrait avoir des informations plus pertinentes.

– Quel genre d'informations ?

– Il peut accéder aux dossiers de la Curie romaine, aussi bien ici qu'à Rome. Je suppose que ces dossiers sont l'équivalent des dossiers du personnel que nous avons à la police, bien que nous nous intéressions moins à la vie privée de nos employés que l'Église,

146

apparemment. Du moins, d'après ce qu'il m'a dit. Je n'ai jamais vu moi-même ces dossiers.

– Vous a-t-il parlé de ce qu'ils contiennent ?

– Dans une certaine mesure, oui, mais sans jamais donner de noms. » Elle eut un sourire malicieux. « Seulement les grades, de l'auteur du rapport comme de celui sur qui était établi le rapport : cardinal, évêque, enfant de chœur. »

Brunetti n'en revenait pas. « Puis-je vous demander, signorina, ce qui vous intéressait autant là-dedans ? » demanda-t-il. Il avait toujours du mal à évaluer jusqu'où pouvait aller la curiosité de la secrétaire, comme les raisons de cette curiosité.

« C'est comme les dossiers de la Stasi ! Après la chute du Mur, de simples citoyens pouvaient aller consulter leur dossier et découvrir qui les avait surveillés, qui les avait dénoncés. De temps en temps, un de ces noms était jeté en pâture au public. À l'époque où les gens se souciaient encore de ce genre de chose. »

Elle le regarda comme si ces explications étaient suffisantes, mais il secoua la tête et elle continua. « C'est pour cela que j'aime bien savoir ce que contiennent les dossiers du clergé : pas pour découvrir ce qu'ils font, les pauvres diables, mais pour savoir *qui* donne ces informations. C'est beaucoup plus intéressant, à mon avis.

– Je n'en doute pas », dit Brunetti, pensant à certaines informations enfouies dans les dossiers de la police et à ceux qui pouvaient en être à l'origine.

Brunetti s'obligea à revenir à l'objet initial de sa visite. « Je m'intéresse à deux hommes, dit-il. L'un d'eux, Leonardo Mutti, serait originaire de l'Ombrie. Il serait aussi membre du clergé, mais je n'en suis pas

147

certain. Il habite à Venise et dirige une sorte d'organisation religieuse qui porte comme nom Les Enfants de Jésus-Christ. »

Les lèvres de la signorina Elettra se plissèrent à l'énoncé de ce nom, mais elle le prit en note.

« Le second est Antonin Scallon, un Vénitien, chapelain à l'hôpital civil. Il habite chez les dominicains de SS Giovanni e Paolo. Il a été missionnaire au Congo pendant une vingtaine d'années.

– Voulez-vous savoir quelque chose de précis sur eux ?

– Non, avoua Brunetti. Tout ce qui peut présenter de l'intérêt.

– Je vois. Si l'un d'eux est prêtre, il aura un dossier.

– Et l'autre ? S'il n'est pas prêtre ?

– S'il dirige une organisation avec un nom pareil, répondit-elle en tapotant ses notes d'un ongle incarnat, il devrait être facile à trouver.

– Acceptez-vous de demander à votre ami de jeter un coup d'œil ?

– J'en serais ravie. »

Brunetti essaya de chasser les interrogations qui se bousculaient dans sa tête. Pas question de lui demander qui était son indicateur ou ce qu'elle avait pu découvrir sur d'autres prêtres de Venise. Et surtout, pas question de lui demander ce qu'elle avait donné en échange de ces informations. Il se contenta de dire : « Est-ce qu'il possède des dossiers sur tout le monde, prêtres, évêques, archevêques ?

– En principe, il y a des restrictions d'accès aux dossiers des prélats.

– En principe ?

– En principe. »

Brunetti résista à la tentation. « Vous lui demanderez ?

– Rien de plus facile, répondit-elle, tout en faisant pivoter son fauteuil et en commençant à pianoter sur son ordinateur.

– Qu'est-ce que vous faites ?

– Je lui envoie un courriel, pardi !

– Ce n'est pas un peu… risqué ? »

Un instant, elle ne parut pas comprendre, puis son visage s'éclaira. « Oh, vous voulez dire, en termes de sécurité ?

– Oui.

– Nous croyons tous que nos courriels sont conservés quelque part, dit-elle calmement, en continuant à taper.

– Qu'est-ce que vous lui demandez ?

– Un rendez-vous.

– Comme ça ?

– Comme ça.

– Et personne ne trouvera ça bizarre ? Vous envoyez un courriel à un prêtre pour lui demander un rendez-vous, et les soupçons de ceux chargés de surveiller les messages ne seront pas éveillés ? Un courriel émanant de la questure ?

– Bien sûr que non, répondit la signorina Elettra d'un ton ferme. Surtout que j'utilise mon compte personnel. » À son sourire malicieux, il comprit qu'elle n'avait pas terminé. « Et voyez-vous, j'ai les meilleures raisons du monde de vouloir le voir. C'est mon confesseur. »

15

Brunetti aurait dû être amusé d'apprendre les relations qu'entretenait la signorina Elettra avec le clergé, mais le souvenir de la fillette, qu'on n'avait toujours pas identifiée, l'en empêchait. Les morts d'enfants équivalaient au vol de dizaines d'années, à la suppression de générations entières. Chaque fois qu'il apprenait le meurtre d'un enfant, que ce soit lors d'un crime ou d'une guerre, d'une de ces guerres futiles qui les détruisaient par centaines ou par milliers, il comptait les années qui le séparaient de l'âge de soixante-dix ans et les ajoutaient au lot des années pillées. Son propre État avait ainsi volé des siècles ; d'autres avaient volé des millénaires, avaient piétiné les joies que ces enfants auraient pu connaître. Même s'ils avaient vécu une vie de misère et de souffrance, ils auraient eu une vie, non pas ce néant qui, pour Brunetti, se profilait derrière la mort.

Il retourna dans son bureau et, pour passer le temps en attendant les résultats de l'autopsie, relut plus attentivement les trois journaux qu'il avait pris avec lui. Quand il eut tourné la dernière page du troisième, tout ce qui lui restait était l'idée de ces soixante années de vie volées à la fillette que Vianello avait retirée des eaux du Grand Canal.

Brunetti replia le journal et le posa sur les autres, sur son bureau. Du bout du doigt, il fit glisser quelques grains de poussière sur le bord et les laissa tomber, invisibles, sur le sol. Peut-être avait-elle trébuché et était-elle tombée dans l'eau ; ne sachant pas nager, elle s'était simplement noyée. Mais même ainsi, comme s Il ne s'agissait pas d'une comédie de boulevard avec un bébé abandonné dans une valise en cuir gare Victoria. Il s'agissait d'une fillette disparue que personne ne réclamait.

Le téléphone sonna. Il reconnut la voix de Rizzardi.

« Je me suis dit que j'allais t'appeler. J'ai envoyé mon rapport écrit, mais j'ai pensé que tu voudrais être mis au courant tout de suite.

– Merci, répondit Brunetti, qui ne put s'empêcher d'ajouter : Je n'arrive pas à l'oublier. »

Le légiste se limita à émettre un petit bruit en signe d'assentiment. Pas moyen de savoir s'il ressentait la même chose. Brunetti prit une feuille de papier.

« Je dirais qu'elle doit avoir entre dix et onze ans, reprit Rizzardi, s'arrêtant un instant pour s'éclaircir la gorge. Elle est morte par noyade. Elle a dû rester environ huit heures dans l'eau. » Ce qui voulait dire, calcula Brunetti, qu'elle y était tombée vers minuit.

« Ou peut-être un peu plus longtemps. L'eau n'est pas à la même température que l'air, ce qui peut changer l'heure de la *rigor mortis*. J'ai envoyé un de mes hommes vérifier la température de l'eau, et je pourrais peut-être alors faire un calcul plus précis. » Rizzardi se tut un instant. « Ce genre de détail ne t'intéresse pas trop, hein, Guido ?

– Non, pas vraiment.

– Disons autour de minuit, donc. Ou si tu préfères, entre une heure avant et une heure après. Je ne peux pas faire mieux.

– Très bien. »

Il sentait dans les paroles de Rizzardi une répugnance à continuer. Il aurait dû poser une question au légiste, l'encourager à poursuivre, mais il n'arrivait pas à s'y résoudre. Mieux valait peut-être le laisser trouver tout seul le moyen de dire ce qu'il avait à dire.

« J'ai découvert des indices probants, reprit le légiste après s'être de nouveau éclairci la gorge, des indices probants d'activité sexuelle. »

Brunetti ne sut pas comment réagir, quelle question poser.

« Non, il ne s'agit pas d'un viol, ou en tout cas, s'il y a eu viol, il n'est pas récent. Cette enfant a eu des relations sexuelles, mais pas peu de temps avant sa mort. Ni la veille, ni même pendant les quelques jours la précédant. »

Brunetti formula la première hypothèse tolérable. « Se pourrait-il qu'elle soit plus âgée ?

– C'est possible, mais tout au plus de un an, je dirais.

– Ah », dit Brunetti, attendant que Rizzardi continue. Comme celui-ci ne disait rien, Brunetti demanda s'il y avait autre chose.

« Oui, les éraflures sur les mains. Elles contenaient des fragments d'un matériau rougeâtre. Il y en avait aussi sous les ongles. Deux étaient cassés, dont l'un presque entièrement arraché. Et les orteils de son pied gauche, dessous, étaient aussi sérieusement écorchés.

– Et ses genoux ? » demanda Brunetti. Il essaya de se souvenir du petit corps, ne se rappela que d'un genou, celui sous le tissu qui s'était collé à lui.

« L'un d'eux était égratigné, également. La même chose : un matériau granuleux et rougeâtre. Avec quelques fragments plus gros.

– Et l'autre ?

– Il a dû être protégé par la jupe. Il y a un endroit où le tissu est déchiré.

– Rien d'autre ?

– Si. Elle avait une montre dans une poche cousue à sa petite culotte. » Brunetti avait entendu parler de ce genre de choses, mais, sur le moment, l'idée ne lui était pas venue de soulever les jupons collés au petit cadavre. Au bout d'un certain temps, Rizzardi ajouta : « Et elle avait une bague dans le vagin. »

Brunetti avait aussi entendu parler de cette méthode pour dissimuler de petits objets, sans vraiment y croire.

« On dirait bien une alliance, reprit le médecin d'un ton neutre. La montre est une montre de gousset. En or. »

Il y eut un silence prolongé tandis que Brunetti révisait rapidement ses premières conclusions sur l'identité possible de la fillette : il avait été induit en erreur par ses cheveux blonds et ses yeux clairs. Il n'avait pas tenu compte de la jupe longue ni du fait que la peau, sous l'attache de sa chaussure, était encore assez mate.

« Une Gitane ?

– On les appelle maintenant des Roms, Guido. »

Brunetti se sentit devenir agressif : peu importait le nom qu'on leur donnait, personne n'avait le droit de les jeter à l'eau, bonté divine ! « Parle-moi de la bague et de la montre, se força-t-il à dire d'un ton calme.

– L'alliance comporte des initiales et une date, et la montre paraît ancienne. Un modèle avec couvercle.

– Quelque chose, à l'intérieur du couvercle ?

– Je ne l'ai pas ouverte. Je l'ai directement placée dans un sachet, avec la bague. Tu sais bien que c'est la procédure, Guido.

« – Oui, je sais, je sais. Désolé, Ettore. » Brunetti calma ce qui restait de sa colère et demanda : « D'après toi, comment s'est-elle écorché les mains ?

– Tirer des conclusions n'est pas mon boulot. Ça aussi, tu le sais. »

Mais Brunetti s'entêta et répéta sa question.

Rizzardi y répondit sans hésiter. « Les indices laissent à penser qu'elle a glissé sur une certaine distance, probablement sur une surface en terre cuite. Le tissu de son cardigan a souffert ; sur le devant, deux des boutons manquent. Et il y a une déchirure à sa jupe.

– Elle aurait donc glissé sur le ventre ?

– C'est ce qui semblerait. On peut imaginer qu'elle a dérapé sur un toit et a essayé de s'accrocher aux tuiles pour interrompre sa chute : la réaction est normale. C'est comme ça qu'elle s'est écorché les mains et arraché un ongle. »

Brunetti préférait s'attarder sur cette question plutôt que sur le reste.

« Qu'est-ce qui a pu se passer ?

– Autre question à laquelle je ne suis pas censé répondre, Guido, protesta Rizzardi.

– Je sais. Mais fais-le tout de même. S'il te plaît. »

Un instant, Brunetti crut qu'il avait été trop loin et que le médecin légiste allait raccrocher.

« On peut penser, mais ce n'est qu'une hypothèse, qu'elle a été surprise en pleine action : quelqu'un est entré et l'a vue. Elle a essayé de s'enfuir, mais si elle a eu affaire à un adulte, elle ne pouvait peut-être pas s'échapper par l'entrée – si elle était arrivée par là. Si bien qu'il ne lui restait plus qu'une fenêtre donnant sur un toit, ou quelque chose comme ça. »

Dans son esprit, Brunetti avait échafaudé le même scénario. Les bandes de voleurs en maraude dans la ville s'attaquaient de préférence aux portes cochères non surveillées. Comme ils étaient mineurs, on ne pouvait rien leur faire ; s'ils étaient arrêtés, ils étaient rapidement restitués à leurs parents, ou du moins aux gens donnant la preuve qu'ils étaient leurs parents. Et tout aussi rapidement, les enfants étaient remis au boulot.

L'outil le plus courant pour forcer les portes d'immeuble était le tournevis ; qui irait poursuivre un mineur pour possession d'un tournevis ? Une fois entrés, ils se rendaient dans les appartements dont les volets étaient fermés, ou desquels ne filtrait pas de lumière le soir. Rien ne pouvait les arrêter, sinon une porte blindée ; une fois à l'intérieur, ils prenaient en général l'argent liquide et les objets en or. Alliances et montres, par exemple.

Presque machinalement, Brunetti s'était mis à dresser la liste de ce qu'il fallait faire : vérifier les dossiers pour voir si une fillette dont la description correspondait à la petite noyée avait été arrêtée ; montrer sa photo au personnel de la questure et aux carabiniers ; faire vérifier par Foa les horaires des marées pour avoir une idée du trajet du corps dans le Grand Canal pendant les huit heures précédant sa découverte. Il serait en revanche probablement inutile de vérifier si une plainte pour vol avait été déposée la nuit de sa mort : la plupart des citoyens de Venise ne prenaient pas cette peine, et si quelqu'un l'avait surprise à voler et l'avait vue tomber dans l'eau, on pouvait être sûr qu'il n'en avait pas informé la police. La meilleure façon de procéder était donc de commencer par l'alliance et la montre.

Rizzardi s'était tu, ce que Brunetti n'avait pas remarqué tout de suite. S'en voulant soudain d'avoir évité jusqu'ici la question qu'il fallait pourtant aborder, il demanda : « Tu dis que tu as vu des indices d'activité sexuelle. Cela pourrait-il... pourrait-il être dû à la bague ?

– Une bague ne donne pas une gonorrhée, répondit le médecin d'un ton égal qui avait quelque chose d'un peu inquiétant. Le labo n'a pas eu le temps de confirmer les prélèvements. Je n'aurai les résultats que dans quelques jours, mais là, je suis sûr de ce que je dis.

– Et y aurait-il une autre façon dont elle aurait pu... ? » Brunetti ne sut pas comment achever sa phrase.

« Non, aucune. L'infection est bien installée. Elle n'a pu la contracter que d'une seule façon.

– Peux-tu me dire quand... ? demanda à contrecœur Brunetti.

– Non, le coupa sèchement Rizzardi.

– Alors, merci de m'avoir appelé, Ettore.

– Fais-moi savoir si quelque chose...

– Oui, bien entendu. »

Le commissaire composa aussitôt le numéro de la salle des officiers. C'est Pucetti qui répondit. « Va voir Rizzardi à l'hôpital et demande-lui de te donner l'alliance et la montre qu'il a mises dans un sachet pour pièces à conviction. N'oublie pas de signer le reçu. Rapporte-les à Bocchese pour qu'il regarde ce qu'il peut trouver, empreintes ou autre. Ensuite, monte-les-moi.

– Bien, monsieur.

– Ah, avant d'aller à l'hôpital, descends voir Bocchese pour lui demander de m'envoyer les photos de la petite noyée. Le visage seulement. Et tu diras au dottor Rizzardi que j'aimerais voir les photos qu'il a pu prendre de son côté. C'est tout.

– Bien monsieur », répéta Pucetti avant de raccrocher.

Une scène des *Troyennes* revint soudain à l'esprit de Brunetti, celle où l'un des Grecs – comment s'appelait-il, déjà, Tal... quelque chose ? – rapporte le corps sans vie d'Astyanax à sa grand-mère Hécube. Tal-quelque chose lui dit que lorsqu'ils ont franchi la rivière Scamandre, les soldats ont baigné le corps du garçon pour laver ses plaies et qu'elle n'aura donc pas à le faire. Que lui répond-elle, déjà ? « Vous en venez à redouter un petit enfant ! Je désapprouve une crainte qui s'émeut sans le contrôle de la raison[1]. »

Pris d'impatience, il descendit lui-même chercher les photos chez Bocchese.

Avant de remonter avec les documents, Brunetti s'arrêta pour demander à Vianello de l'accompagner, et lui raconta en chemin ce qu'il avait appris de Rizzardi, lui disant ensuite ce qu'il comptait faire. De retour dans son bureau, le commissaire ouvrit le dossier que lui avait donné le technicien et se trouva de nouveau face au visage de la fillette morte.

Sur l'ensemble des photos, plus d'une vingtaine, elle ressemblait à une princesse de conte de fées, à la tête entourée d'un halo de cheveux dorés. Mais ce n'était qu'une impression fugitive, car on remarquait vite les dalles du sol sur lequel était allongée la princesse, le cardigan élimé en coton décoloré remonté en plis autour de sa gorge. Sur une photo apparaissait la pointe d'une botte de caoutchouc noire ; sur une autre, une marche couverte de mousse, un paquet de cigarettes écrasé dans un coin. Aucun prince à l'horizon.

« Elle avait des yeux clairs, n'est-ce pas ? demanda Vianello.

---

1. Traduction d'Yves Florenn, Club français du livre, 1962. « Tal » est Talthybios.

– Il me semble.

– On aurait dû s'en rendre compte, ne serait-ce qu'à cause de la jupe longue », dit l'inspecteur. Il se tint bras croisés, regardant les photos alignées sur le bureau de Brunetti. « Il n'y a aucun moyen de savoir si c'en est une ou pas, ajouta-t-il.

– Une quoi ?

– Une Gitane », répondit Vianello.

Brunetti réagit avec dans la voix des traces de la colère qu'il avait ressentie lorsque le médecin légiste l'avait repris. « D'après Rizzardi, on doit dire maintenant des "Roms".

– Oh. Très politiquement correct. »

Regrettant sa remarque, Brunetti changea de sujet. « Étant donné que personne n'est venu déclarer de cambriolage (ce qui lui avait été confirmé dans la salle des officiers), soit ceux qui en ont été victimes ne s'en sont pas encore aperçu, soit ils ont préféré ne pas porter plainte. »

Vianello n'attendit pas que son supérieur évoque une autre possibilité. « Plus personne ne porte plainte pour vol, aujourd'hui. » Les deux hommes avaient fait toute leur carrière dans la police ; cela faisait longtemps qu'ils connaissaient cette loi souveraine à propos des statistiques criminelles : plus il devient compliqué et long de porter plainte, plus le nombre de crimes et délits faisant l'objet d'une plainte diminue.

Brunetti ignora la remarque de Vianello et évoqua la troisième possibilité : « Ou bien ils l'ont surprise, ils lui ont fait peur et ils l'ont vue tomber. »

Vianello tourna la tête vers la fenêtre.

« Eh bien ? » demanda Brunetti. Le fait que cette idée soit désagréable n'enlevait rien à sa vraisemblance.

« Il n'y avait aucune marque sur son corps ? demanda l'inspecteur.

– Non. Rizzardi n'en a pas parlé. »

Vianello réfléchit un long moment avant de demander : « Tu vas le dire, ou c'est moi ? »

Brunetti haussa les épaules. Il était le supérieur de Vianello et, en tant que tel, il lui revenait probablement d'évoquer la dernière possibilité. « Ou ils lui sont tombés dessus et ils l'ont poussée du toit. »

Vianello hocha la tête. « Dans les deux derniers cas, jamais ils ne nous appelleront. Et donc, qu'est-ce que nous faisons ?

– Nous tâchons de retrouver l'identité du propriétaire de la bague et de la montre et nous allons lui parler.

– Je vais aller demander les horaires des marées à Foa », répondit Vianello.

16

Vianello revint rapidement : Foa, dit-il, n'avait pas eu besoin de consulter une carte. Si la fillette s'était noyée autour de minuit et avait été retrouvée à hauteur du Palazzo Benzon avant neuf heures, c'est qu'elle était tombée à l'eau Rio de Cá Corner ou Rio di San Luca, ou, plus vraisemblablement, Rio di Cá Michiel, le canal qui donnait dans le Grand Canal à côté du *palazzo*. Les marées avaient été très faibles la veille, si bien que le corps n'avait pas dû aller très loin pendant ces quelques heures. Le pilote avait également expliqué que le corps paraissant intact, il était peu probable qu'il ait flotté au milieu du trafic intense du Grand Canal, et donc impossible qu'il ait traversé depuis le côté de San Polo.

Vianello avait à peine fini de donner ces explications lorsque Pucetti arriva, portant une série d'autres photos dans un classeur et une petite enveloppe contenant l'alliance et la montre. Il tendit le tout à Brunetti. « Bocchese m'a dit qu'il n'a trouvé que des empreintes brouillées appartenant sans doute à la petite. Rien d'autre. »

Brunetti ouvrit le classeur et constata avec soulagement qu'il n'y avait que des photos de la tête de la fillette. On lui avait brossé les cheveux et, sur l'un des clichés, elle avait les yeux ouverts. Des yeux d'un vert émeraude profond. On lui avait volé non seulement des années de vie, mais une grande beauté.

Il ouvrit l'enveloppe et fit glisser l'alliance et la montre de gousset sur son bureau. À en juger par la taille, l'alliance appartenait à un homme ; elle était large et comportait un motif crénelé sur les bords. « Fabriquée à la main, je dirais », observa Vianello.

Il la présenta à la lumière et regarda à l'intérieur de l'anneau. « GF-OV, vingt-cinq, dix, quatre-vingt-quatre.

– Comment s'ouvre-t-elle ? » demanda Pucetti avec un mouvement du menton vers la montre, sans la toucher. Quelques grains noirs de la poudre de Bocchese étaient tombés sur le bureau.

Brunetti la prit et appuya sur le bouton qui en dépassait. Rien ne se produisit. Il la retourna et vit alors une minuscule saillie sur le côté ; il l'ouvrit avec son ongle. En lettres italiques délicates était gravé : « *Per Giorgio, con amore, Orsola.* » La date était le 25/10/94.

« Eh bien, le mariage aura tenu au moins dix ans, observa Vianello.

– Espérons qu'il a été célébré à Venise », dit Brunetti en tirant le téléphone à lui.

C'était le cas. Giorgio Fornari avait épousé Orsola Vivarini le 25 octobre 1984.

Vianello trouva rapidement un Giorgio Fornari dans l'annuaire, mais l'adresse était à Dorsoduro. Levant les yeux, il dit : « Quoi qu'il se soit passé, ça n'est pas arrivé là, n'est-ce pas ? » Il n'attendit pas de réponse et feuilleta l'annuaire jusqu'aux *V.* « Rien.

– Pucetti ? Prends les photos et va voir en bas si quelqu'un la reconnaît, dit Brunetti. Apporte-les ensuite chez les carabiniers pour voir s'ils peuvent en tirer quelque chose. »

On tirait le portrait des enfants pris en flagrant délit de vol, mais le règlement exigeait que ces documents soient envoyés au ministère de l'Intérieur ; la police locale n'en gardait donc aucune trace. Seule la mémoire de ses membres permettait d'identifier les récidivistes.

« Je crois que nous devrions aller à Dorsoduro, dit Brunetti quand le jeune policier fut parti, voir comment le signor Fornari a perdu son alliance et sa montre. » Il jeta un coup d'œil à celle qu'il avait au poignet. En prenant le *traghetto* à Saint-Marc, ils pourraient arriver là-bas avant l'heure du déjeuner. Brunetti prit soin de consulter *Calli, Campielli e Canali* au préalable, pour repérer le bâtiment, qui se trouvait à l'extrémité de Fondamenta Venier.

Au Ponte del Vin, ils se retrouvèrent pris dans le flot des gens se dirigeant vers la Piazza ou en revenant. Depuis le sommet du pont, Vianello parcourut des yeux la mer de têtes et d'épaules qu'il s'apprêtait à affronter. « Je peux pas », murmura-t-il. Brunetti fit demi-tour et l'entraîna jusqu'à l'embarcadère pour prendre le vaporetto ; ils descendraient à San Zaccaria.

Le changement de direction n'y fit rien ; impossible d'éviter la marée humaine. À l'embarcadère, la queue s'allongeait jusque sur la berge. Sans hésiter, les deux hommes enjambèrent la chaîne qui interdisait le passage. Une blonde au visage taillé à la serpe, moulée dans un jean si serré qu'il devait lui couper la respiration, se précipita aussitôt vers eux.

« C'est la sortie ! cria-t-elle d'une voix suraiguë, agitant les mains devant elle dans un geste d'exaspération. Vous allez bloquer les gens qui doivent descendre !

– Oui, et ça, c'est un insigne de police, répliqua Vianello. Et vous, vous *bloquez* la police dans l'exercice de ses fonctions. » Elle ne voulut pas reconnaître sa défaite, mais sa réponse fut noyée dans le bruit de moteur du vaporetto qui, à l'approche, venait de s'inverser. Elle fit demi-tour et se tint campée devant eux, mains sur les hanches, comme si elle craignait qu'ils veuillent se glisser sur le bateau avant que ses passagers en aient débarqué.

Les deux policiers attendirent patiemment, et quand le bateau se fut vidé, ils montèrent à bord avec les premiers.

Alors qu'ils s'éloignaient de l'embarcadère, Brunetti donna un coup de coude à Vianello. « Rébellion face à un officier de police dans l'exercice de ses fonctions, dit-il. Trois années avec sursis pour une première fois.

– Je lui en colleraiss cinq, répondit Vianello. Ne serait-ce que pour le jean.

– Ah, soupira théâtralement le commissaire, il est bien fini, le temps béni où on pouvait intimider n'importe qui. »

Vianello éclata de rire. « Je crois que c'est le fait d'avoir autant de monde autour de moi en permanence qui me met de mauvaise humeur.

– Alors, il faut t'y habituer.

– À quoi ?

– À être de mauvaise humeur, pardi, parce que ça ne fera qu'empirer. L'an dernier, seize millions. Cette année, vingt. Dieu seul sait combien il y en aura l'année prochaine. »

Cet éternel sujet de conversation leur fit passer le temps jusqu'à l'arrêt de San Zaccaria. Comme il n'était pas encore midi, ils décidèrent d'essayer de voir Fornari avant le déjeuner.

C'était une belle journée ; marcher le long des Zattere était comme s'avancer dans la lumière et la beauté. Vianello, qui paraissait ne pas s'être encore libéré du poids de tous ces touristes, demanda : « Et qu'est-ce qu'on va faire, quand les Chinois vont commencer à débarquer ?

– C'est déjà fait, je crois.

– Il y a dans les vingt millions de touristes ? » Brunetti acquiesça. « Dans ce cas, que ferons-nous quand ils seront eux-mêmes vingt millions, plus les autres ?

– Aucune idée, répondit Brunetti, les yeux perdus sur la glorieuse façade du Redentore, de l'autre côté du Canal. Demander notre transfert, peut-être.

– Tu pourrais vivre ailleurs, toi ? »

En guise de réponse, Brunetti montra l'église d'un mouvement de la tête. « Pas plus que toi, Lorenzo. »

Ils coupèrent à gauche avant l'ancien consulat de Suisse et prirent la Calle de Mezo. Ils étaient arrivés. Mais si les Fornari étaient bien les propriétaires de l'appartement du troisième étage, ils n'y habitaient pas. C'est du moins ce que leur apprit la femme qui logeait au premier.

L'appartement était occupé par des Français, les informa-t-elle, comme si le signor Fornari l'avait loué à une meute de Wisigoths. Lui et son épouse habitaient dans l'appartement de la mère de madame depuis qu'il avait fallu placer la vieille signora dans la Casa di Dio, six années auparavant. Des gens absolument charmants, oui, signora Orsola et signor Giorgio ; lui vendait des cuisines tout équipées, elle dirigeait l'entreprise familiale de sucre. « Et ils ont des enfants tellement charmants, Matteo et Ludovica, si beaux tous les deux et… »

Avant qu'elle puisse entonner les louanges de la génération suivante, Brunetti lui demanda si, par hasard, elle avait les coordonnées de signor Fornari. La femme était à sa fenêtre et les deux policiers dans la ruelle, si bien que la conversation pouvait profiter à quiconque alentour. À aucun moment, la femme ne s'enquit de l'identité de son interlocuteur, qui s'exprimait en vénitien, et c'est sans hésitation qu'elle lui donna l'adresse et le numéro de téléphone de Giorgio Fornari et de son épouse.

« À Saint-Marc ! » répéta Vianello, tandis qu'ils s'éloignaient. Impatient, l'inspecteur téléphona à Pucetti pour qu'il vérifie l'adresse. En attendant que le jeune policier l'ait localisée, les deux hommes se dirigèrent vers la Cantinone Storico, ayant décidé que c'était le plus commode pour déjeuner.

Vianello s'arrêta soudain. Il appuya plus fort le téléphone à son oreille, marmonna quelque chose que Brunetti ne comprit pas, puis remercia Pucetti et referma le portable. « Il semblerait que le bâtiment donne Rio di Cá Michiel. »

Comme ils étaient pressés, ils décidèrent de ne pas prendre de pâtes et de s'en tenir à une assiette de crevettes aux légumes et à la coriandre. Ils se partagèrent une bouteille de pinot noir Gottardi, sautèrent le dessert et prirent un café. Se sentant suffisamment repus mais pas tout à fait satisfaits, les deux hommes repartirent en direction de l'Accademia et franchirent le pont tout en discutant d'autres sujets que celui qui les préoccupait : ce qu'ils risquaient de trouver à l'adresse vers laquelle ils se dirigeaient. Dans un accord tacite, ils ignorèrent les rangées de *vu comprá* installés sur les escaliers de chaque côté du pont, se contentant de commenter le mauvais état des marches, dont certaines auraient eu bien besoin d'être remplacées.

« À ton avis, est-ce qu'ils choisissent exprès un matériau qui va s'user vite ? demanda Vianello en montrant un creux, devant eux.

– Rien qu'avec l'humidité et le frottement de millions de pieds, il y a de quoi les user », répondit Brunetti, tout en sachant que cela n'excluait pas l'hypothèse formulée par Vianello.

À la terrasse de Paolin, les clients dégustaient les premières glaces du printemps. Brunetti et Vianello tournèrent à gauche et revinrent vers le Grand Canal. Au bout d'une ruelle qui débouchait sur le canal, ils sonnèrent chez les Fornari.

« *Si ?* fit une voix féminine dans l'interphone.

– Je suis bien au domicile de Giorgio Fornari ? demanda Brunetti en italien.

– Oui, en effet. Que voulez-vous ?

– Je suis le commissaire Guido Brunetti, de la police, signora. J'aimerais parler au signor Fornari. »

Elle retint son souffle un instant. Brunetti reconnut cette respiration caractéristique, qu'il avait si souvent entendu lorsqu'il se présentait à quelqu'un.

« Qu'est-ce qui se passe ?

– Rien de grave, signora. J'aimerais simplement avoir un entretien avec le signor Fornari.

– Il n'est pas ici.

– Si je puis me permettre, madame, qui êtes-vous ?

– Sa femme.

– Alors je pourrais peut-être vous parler ?

– C'est à quel sujet ? s'enquit-elle, manifestant une impatience grandissante.

– D'objets qui ont disparu. »

Il y eut quelques instants de silence. « Je ne comprends pas.

– Je pourrais peut-être monter pour vous expliquer tout cela, signora, suggéra Brunetti.

– Très bien. » La serrure de la porte cliqueta. « Prenez l'ascenseur. Dernier étage. »

La cabine était une minuscule caisse de bois qui aurait pu contenir une troisième personne à condition qu'elle soit particulièrement mince. Au milieu du trajet, il y eut une brusque secousse, et Brunetti eut un mouvement de surprise. Dans le miroir, il aperçut le reflet de deux hommes au visage fermé, l'air inquiet, et son regard croisa celui de Vianello.

Sur le seuil de l'appartement se tenait une femme de taille et de corpulence moyennes, aux cheveux mi-longs à la couleur indéterminée, entre roux et brun.

« Je suis Orsola Vivarini », dit-elle sans tendre la main ni sourire.

Brunetti sortit le premier de la boîte, suivi de Vianello. « Guido Brunetti, répéta-t-il, avant de donner le nom de Vianello.

– Allons dans le bureau. » Elle les précéda dans un couloir éclairé par une grande fenêtre, à l'autre extrémité, de laquelle on voyait des bâtiments et des toits situés de l'autre côté du Grand Canal. Le bureau était une pièce longue et étroite, dont deux des murs étaient couverts de rayonnages de livres montant pratiquement jusqu'au plafond. Il y avait trois fenêtres, mais si proches du bâtiment d'en face qu'elles laissaient passer moins de lumière que celle du couloir.

Elle les conduisit jusqu'à deux canapés disposés de part et d'autre d'une table basse en noyer marquée par les années. Un livre était abandonné, ouvert, sur celui que choisit la femme ; avant de s'asseoir sur l'autre, Brunetti referma une revue qu'il posa sur la table. Vianello s'installa à côté de lui.

Elle les étudia calmement, sans sourire. « J'ai bien peur de ne pas comprendre les raisons de votre venue, commissaire », dit-elle.

Il y avait dans sa voix des intonations vénitiennes et, en d'autres circonstances, Vianello lui aurait répondu dans cette langue ; mais elle s'était exprimée en italien et il préféra conserver un certain formalisme pour cet entretien. « Il s'agit de deux objets appartenant à votre mari, et que nous avons retrouvés.

– Et il est nécessaire de nous envoyer un commissaire pour nous les rendre ?

– Non, signora, répondit Brunetti. Il est possible qu'ils soient liés à une enquête plus importante. » Pour une fois, cette remarque, un mensonge commode souvent utilisé par les inspecteurs, était vraie.

La signora Vivarini leva les deux mains : « Pour le coup, je n'y comprends plus rien. » Elle essaya vainement de sourire. « Vous pourriez peut-être m'expliquer ce qu'il en est ? »

Sans un mot, Brunetti lui tendit l'enveloppe de papier kraft.

« Pouvez-vous me dire si ces objets appartiennent bien à votre mari, signora ? »

Elle défit la mince ficelle rouge qui retenait le rabat et fit tomber le contenu de l'enveloppe dans sa main gauche. Elle eut un hoquet de surprise et porta machinalement sa main droite à sa bouche, froissant ainsi l'enveloppe contre ses lèvres.

« Où les avez-vous trouvées ?

– Donc vous les reconnaissez ?

– Bien sûr, je les reconnais ! répliqua-t-elle d'un ton sec. Il s'agit de l'alliance et de la montre de gousset de mon mari. » Comme pour le confirmer, elle ouvrit la montre et, après voir lu l'inscription, la tendit à

Brunetti. « Regardez vous-même. Nos noms sont ins-crits dessus. » Elle posa la montre sur la table, tendit l'alliance à la lumière, puis la passa à Brunetti. « Et là, il y a nos initiales. » Comme le policier ne disait tou-jours rien, elle se fit insistante : « Où les avez-vous trouvées ?

– Pouvez-vous me dire quand vous avez vu ces deux objets pour la dernière fois, signora ? »

Un instant, il crut qu'elle allait protester. « Je ne sais pas…, répondit-elle finalement. J'ai vu l'alliance la semaine dernière, lorsque Giorgio est rentré de chez le médecin. »

Brunetti ne voyait pas le rapport, mais ne fit aucune remarque.

« Le dermatologue, expliqua la signora Vivarini. Giorgio a une affection cutanée à la main gauche et le dermatologue pense que c'est une allergie au cuivre. (Elle montra l'anneau dans la main de Brunetti.) Vous voyez comme elle est rouge. C'est l'alliage de cuivre. C'est ce que pense le médecin, en tout cas. Il a conseillé à Giorgio de ne pas la porter pendant une semaine pour voir si l'irritation disparaissait.

– Et elle a disparu ?

– Oui, je crois. Je ne sais pas si elle a disparu com-plètement, mais ça s'était bien amélioré quand il est parti.

– Parti ? »

Elle parut surprise, à croire que le policier aurait dû savoir que son mari n'était pas à Venise. « Oui. Il est en Russie. Pour affaires, ajouta-t-elle aussitôt, précé-dant la question. Sa société vend des cuisines et il est là-bas pour signer un contrat.

– Depuis combien de temps est-il parti, signora ?

– Une semaine.

– Et quand doit-il revenir ?

– Vers le milieu de la semaine prochaine. » Sur quoi elle ajouta, incapable de dissimuler son impatience et son écœurement : « Sauf s'il doit rester plus longtemps pour soudoyer encore d'autres personnes.

– Oui, j'ai entendu dire que c'était difficile. Savez-vous s'il a retiré sa montre au même moment ?

– Je crois. Le fermoir ne tenait plus depuis un certain temps, et c'était risqué qu'il la garde sur lui. Il avait peur de se la faire voler. Avant de partir, il a essayé de trouver un réparateur, mais le joaillier qui a fabriqué la chaîne a fermé boutique et il n'a pas eu le temps d'en chercher un autre. Je lui avais dit que j'essaierais de trouver quelqu'un, mais j'ai bien peur d'avoir oublié.

– Où vous l'avez vue pour la dernière fois ? » demanda Brunetti.

Le regard de la signora Vivarini fit un aller et retour entre les deux hommes, comme si elle avait pu lire sur leurs visages une explication à leur curiosité. Puis elle ferma un instant les yeux, les rouvrit et dit : « Non. Je suis désolée, je ne m'en souviens pas. Je ne me rappelle pas avoir vu Giorgio la posant sur la commode. Il m'a peut-être dit qu'il l'avait fait, mais je n'ai aucun souvenir de l'avoir vue là.

– Et l'alliance ? Quand l'avez-vous vue pour la dernière fois ? »

Après un nouveau coup d'œil en quête d'une explication, elle dut se résigner. « Il l'a rapportée à la maison dans son gousset et c'est là qu'il m'a dit qu'il n'allait pas la porter pendant un certain temps. Je ne vois pas où il aurait pu la mettre, mais je n'arrive pas à me rappeler l'avoir vue sur la commode. » Elle essaya de sourire, les bonnes manières prenant le dessus sur son irritation. « Je crains de devoir vous demander ce que cela signifie, commissaire. »

Brunetti pouvait au moins lui répondre d'une façon générale. « Ces objets ont été trouvés sur une personne que nous pensons impliquée dans un certain nombre d'autres délits. À présent que nous sommes certains qu'ils appartiennent à votre mari, nous devons savoir comment ils se sont retrouvés entre les mains de cette personne.

– Quelle personne ? »

Brunetti sentit Vianello changer de position sur le canapé, à côté de lui. « C'est une information que je ne peux pas vous communiquer pour le moment, signora. C'est trop tôt dans l'enquête.

– Mais bien assez, pourtant, pour que vous veniez ici », rétorqua-t-elle. Elle ajouta : « Avez-vous arrêté quelqu'un ? »

Brunetti répondit du ton le plus neutre possible. « Je crains de ne pas avoir la liberté de vous éclairer là-dessus non plus, signora. »

C'est d'un ton beaucoup plus sec qu'elle demanda alors : « Et quand vous l'aurez, cette liberté, nous avertirez-vous, mon mari et moi ?

– Bien entendu. » Il lui demanda alors l'adresse de l'hôtel de son mari, que Vianello nota. Pour ne pas l'irriter davantage, Brunetti s'abstint de lui demander le numéro de téléphone.

« Pouvez-vous me dire qui habite ici avec vous, signora ? »

Ils en étaient au stade où les gens commencent habituellement à renâcler, voire refusent de répondre.

Mais c'est sans hésiter qu'elle le fit. « Seulement mes deux enfants. Ils ont dix-huit et seize ans. »

Brunetti regarda autour de lui dans la pièce d'une manière qu'il espéra appréciative. « Est-ce que quelqu'un vous aide pour le ménage, signora ?

– Margherita.

– Nom de famille ?

– Carputti, répondit-elle. Elle travaille pour nous depuis dix, non, treize ans. Jamais elle ne volerait quoi que ce soit ici. Sans compter qu'elle est de Naples : si elle avait décidé de nous voler, elle s'y serait prise d'une manière beaucoup plus astucieuse qu'en subtilisant des objets qui traînent. » Brunetti se promit de garder cette explication à l'esprit, si jamais il devait défendre à l'avenir la probité d'un de ses amis méridionaux.

« Vos enfants amènent-ils des amis ici, signora ? »

Elle le regarda comme s'il ne lui était jamais venu à l'esprit que ses enfants puissent avoir des amis. « Oui, je suppose. Ils font leurs devoirs ensemble, et tout ce que font les enfants de leur âge. »

Ce que font des jeunes gens ensemble chez les uns ou les autres, Brunetti en avait une idée bien précise – mais ce n'était pas la même selon qu'il se plaçait du point de vue du père de famille ou du policier.

Il se leva, imité par Vianello et la signora Vivarini, dans un mouvement brusque.

« Pourriez-vous avoir l'amabilité de me montrer l'endroit où vous avez vu ces objets pour la dernière fois, signora ? demanda Brunetti.

– Mais… c'est dans notre chambre », protesta-t-elle, ce qui plut au policier. Il adressa un coup d'œil à Vianello et l'inspecteur se rassit.

Pour quelque raison, cela parut satisfaire la signora Vivarini. Elle précéda Brunetti dans le couloir et pénétra dans la pièce en face de la bibliothèque, laissant la porte ouverte quand Brunetti fut entré.

Il s'en dégageait la même impression de confort agréable que dans la bibliothèque. À côté d'un grand lit double, Brunetti vit un vieux tapis de Tabriz que sa trop longue exposition à la lumière venant de l'ouest avait décoloré ; un des coins était élimé jusqu'à la trame. Des rideaux en lin gris encadraient les fenêtres du mur opposé ; au-delà, on voyait les maisons alignées de l'autre côté du Grand Canal. D'autres rayonnages étaient placés entre les fenêtres, remplis de livres, certains posés horizontalement au-dessus des autres.

La dernière ouverture était une porte-fenêtre donnant sur une terrasse juste assez grande pour contenir les deux chaises que Brunetti y vit. « Ce doit être merveilleux d'y lire le soir », dit Brunetti avec un geste de la main.

Pour la première fois, elle sourit, et son visage cessa d'être ordinaire. « Oui. Giorgio et moi, nous y passons beaucoup de temps. Êtes-vous lecteur, vous-même ?

– Quand j'ai le temps, oui, j'essaie de lire. »

En Italie, il n'était plus possible de demander à quelqu'un pour qui il votait ; dans ce pays très majoritairement catholique, il n'était guère nécessaire de s'enquérir des convictions religieuses des gens ; les questions sur le sexe étaient déplacées, et c'était surtout de nourriture qu'on parlait pendant les repas. La lecture était peut-être le seul sujet personnel que l'on pouvait encore aborder. Aussi tentant qu'il fût de poursuivre dans cette voie, Brunetti préféra demander où s'étaient trouvées l'alliance et la montre.

Elle lui montra du doigt une commode en noyer, comportant quatre grands tiroirs qui paraissaient être difficiles à ouvrir. En s'approchant, Brunetti vit une photo de mariage encadrée. Même avec vingt ans de moins et vêtue d'une robe de mariée, elle avait un air quelconque. Mais l'homme qui se tenait à ses côtés, rayonnant de bonheur, était magnifique. À droite de la photo, il y avait un plateau de porcelaine orné en son centre d'un motif de danse paysanne aux couleurs éclatantes. « Il a appartenu à ma mère », dit-elle comme pour justifier cet art naïf et ces couleurs. Dessus étaient posés deux clefs séparées, des ciseaux à ongle, des petits coquillages et un carnet de tickets de vaporetto.

La signora Vivarini resta un moment en contemplation devant les objets du plateau. Puis elle se détourna pour parcourir la chambre des yeux, s'attarda un instant sur la terrasse et revint au plateau. D'un doigt léger, elle repoussa le carnet de tickets, puis retourna deux coquillages. « Il y avait aussi une bague avec un petit grenat et une paire de boutons de manchette avec des éclats de lapis-lazuli ; eux aussi ont disparu.

– Ces objets avaient-ils de la valeur ? »

Elle secoua la tête. « Non. Ce n'était même pas un vrai grenat, mais un bout de verre. Mais je l'aimais bien. Les boutons de manchette étaient en argent. »

Brunetti hocha la tête. Il lui aurait été impossible de dire, à brûle-pourpoint, ce qui se trouvait sur la commode de leur chambre, à Paola et lui. L'émeraude montée en bague offerte par son père quand elle avait fini ses études universitaires, probablement, tout comme sa montre IWC, mais quand avait-il vu ces objets pour la dernière fois ?

« Il ne manque rien d'autre ? demanda-t-il.

– Je ne crois pas. »

Brunetti s'avança jusqu'à la porte-fenêtre et regarda la maison qui se trouvait en face. Pour voir le canal, il lui aurait fallu se pencher depuis le balcon. Il remercia la signora Vivarini et regagna le couloir. Quand elle le rejoignit, il lui demanda si elle se souvenait où elle se trouvait, mercredi soir dernier.

« Mercredi…

– Oui.

– À l'opéra, avec mon fils, ma sœur et mon beau-frère. Ensuite, nous avons dîné ensemble.

– Puis-je savoir où ?

– Chez eux. Mon mari aussi avait été invité, mais il a dû faire ce voyage, et Matteo a pris sa place. » Elle ajouta, comme pour se faire pardonner, que Matteo aimait l'opéra. Brunetti hocha la tête, sachant que rien ne serait plus facile à vérifier.

On aurait pu penser qu'elle lisait dans l'esprit du policier, car elle crut bon d'ajouter, d'une voix soudain plus forte, que son beau-frère s'appelait Arturo Benini. « Ils habitent à Castello. »

Puis : « Nous sommes restés chez eux jusque vers une heure du matin. » Et avec une certaine impatience : « Ma fille dormait quand nous sommes arrivés, et j'ai bien peur que personne ne puisse vous confirmer l'heure à laquelle nous sommes rentrés. » À sa voix, Brunetti comprit qu'elle avait de plus en plus de mal à contrôler la colère qui montait en elle.

« Merci, signora. »

À cet instant, une porte s'ouvrit à l'extrémité du couloir, et la Vénus de Botticelli fit son apparition.

17

Époux depuis plus de vingt ans d'une femme qu'il trouvait belle, père d'une adolescente en passe de l'être aussi, Brunetti vivait en outre dans un pays peuplé de femmes ravissantes, que l'on pouvait admirer aussi bien sur les affiches que dans la rue. Son cœur avait même battu la chamade la première fois qu'il avait vu l'une des policières récemment affectées au poste de Cannaregio. L'officier Dorigo était en fait une râleuse qui faisait sans cesse des histoires, et Brunetti en était venu à se comporter avec elle comme un passant qui fait du lèche-vitrines sans jamais pousser la porte du magasin : il évitait d'avoir affaire à elle.

Et pourtant, l'apparition de la jeune fille le prit au dépourvu. Elle ferma la porte derrière elle et se dirigea vers eux, souriante. « *Ciao, mamma.* » Elle embrassa sa mère, tendit la main à Brunetti d'un geste qui imitait les bonnes manières adultes d'une façon que le policier trouva charmante et dit : « Bonjour, Ludovica Fornari. »

De plus près et malgré les longs cheveux blonds, la ressemblance avec la Vénus de Botticelli était superficielle. Ses yeux d'un bleu translucide étaient plus espacés, dans un visage plus rectangulaire. Il lui serra la main en donnant son nom mais pas son titre.

Elle sourit de nouveau ; elle avait une incisive légèrement ébréchée. Il se demanda pourquoi elle n'avait pas été réparée. Une famille habitant un tel appartement devait avoir les moyens d'en faire la dépense. Son instinct protecteur lui fit se demander un instant s'il ne devait pas en toucher deux mots à la mère. Mais son bon sens reprit le dessus, et il se tourna vers la signora Vivarini : « Merci d'avoir répondu à mes questions. Je vais chercher l'inspecteur Vianello. »

La jeune fille émit un petit bruit, porta la main à sa bouche et se mit à tousser. Quand il se retourna, il la vit penchée en avant, mains sur les genoux, tandis que sa mère lui tapotait le dos. Il hésita, ne sachant ce qu'il devait faire, puis il la vit qui reprenait peu à peu le contrôle d'elle-même et se redressait.

« Désolée, murmura-t-elle à l'intention de Brunetti d'une voix encore étranglée, souriante, des larmes dans les yeux. Une fausse route ! » Après une nouvelle quinte, elle leva la main, sourit et, la voix rauque, dit à sa mère : « Tout va bien maintenant, maman. »

Rassuré, Brunetti entra dans la bibliothèque. Vianello parcourait la revue qu'ils avaient trouvée sur le canapé en arrivant. Une fois dans le couloir, il vit l'adolescente, qui lui sourit sans lui tendre la main. Sur le palier, les deux hommes se gardèrent bien de prendre l'ascenseur, pourtant resté à l'étage, porte ouverte.

Dès qu'ils furent dehors, Vianello demanda : « La fille ?

– Oui.

– Une beauté. »

Sans répondre, Brunetti alla jusqu'au bord du canal, fit demi-tour et examina la façade du bâtiment qu'ils venaient de quitter. Regardant dans la même direction, Vianello lui demanda ce qu'il cherchait.

« J'essaie d'estimer l'angle que fait le toit », répondit Brunetti en s'abritant les yeux de la lumière. Mais d'où ils se tenaient, ils ne voyaient que le dessous de la gouttière, et ils ne pouvaient pas reculer.

« Leur chambre est derrière, dit Brunetti avec un geste de la main. Il y avait deux autres portes du même côté du couloir.

– Oui, et alors ?

– Et alors, rien, j'en ai peur. » Brunetti commença à remonter la *calle*. Vianello lui emboîta le pas. « Elle m'a expliqué qu'elle était à l'opéra avec son fils et qu'elle était ensuite allée dîner chez sa sœur et son beau-frère. On commencera par vérifier ça.

– Et ensuite ?

– Si cette version est confirmée, nous essaierons de trouver quelque chose sur la fille. »

Vianello eut un instant d'hésitation avant de demander, d'un ton prudent : « La petite Gitane ?

– Oui, bien entendu », répondit Brunetti. Ralentissant le pas un instant, il adressa un regard intrigué à son subordonné.

Vianello détourna un instant les yeux avant de demander : « Est-ce que Rizzardi a vraiment dit ça ? À propos de la gonorrhée ?

– Oui. »

Ils arrivèrent Campo Santo Stefano et, d'un commun accord, prirent la direction du pont de l'Académie et du vaporetto qui les ramènerait à la questure.

Tandis qu'ils passaient à côté de la statue, Vianello demanda : « Pourquoi je ne peux pas m'empêcher de penser que c'est pire parce qu'elle était si jeune ? »

Ils longèrent la façade de l'église et tournèrent en direction du pont. « Parce que c'est pire », répondit Brunetti.

Pucetti vint faire son rapport peu de temps après leur retour à la questure. Brunetti avait trouvé les coordonnées du beau-frère de la signora Fornari ; il confirma son récit, ajoutant même qu'il avait raccompagné sa belle-sœur et son neveu jusqu'à l'embarcadère du vaporetto de 01 h 07.

Pucetti avait scrupuleusement respecté les instructions qu'on lui avait données et montré les photos de la petite morte à tous ses collègues. Il avait laissé des copies au poste des carabiniers de San Zaccaria, en leur demandant de les faire circuler. À la fin de son compte rendu, il posa le dossier contenant les dernières photos sur le bureau de son supérieur.

« Autrement dit, pour l'instant, personne ne l'a identifiée ?

– Ici, personne. Pas encore. J'ai punaisé deux photos sur le tableau, répondit Pucetti. L'un des carabiniers a eu l'impression qu'ils l'avaient arrêtée, il y a environ un mois, mais il n'en était pas sûr. Il m'a dit qu'il allait consulter les archives et en parler à celui qui a fait le rapport.

– Espérons qu'il le fera, intervint Vianello, qui avait une certaine expérience des carabiniers.

– Je pense que oui, protesta Pucetti. Le fait que c'était une enfant a paru le toucher. En fait, on dirait que ça touche tout le monde. »

Les trois hommes échangèrent des regards.

« Vous allez parler à son fils ? demanda alors Vianello, rappelant à Brunetti qu'il lui restait à interroger le jeune homme.

– Elle n'aurait pas pris ce risque, répondit Brunetti, sans savoir d'où lui venait cette certitude.

– Commissaire ? dit Pucetti d'un ton hésitant, me permettez-vous de vous poser une question ? » Brunetti acquiesça d'un signe de la tête. « À la manière dont vous en parlez, on pourrait croire que cette signora Vivarini est coupable de quelque chose, ou qu'elle essaie de cacher quelque chose. »

Brunetti s'interdit de sourire. « La signora Vivarini m'a dit qu'elle n'avait pas remarqué la disparition de ces objets. Une alliance, une montre de gousset, une paire de boutons de manchette et une bague. »

Pucetti écoutait avec attention.

« Je crois que la surprise qu'elle a manifestée en nous voyant était réelle. Comme elle l'aurait été chez n'importe qui », continua Brunetti. Pucetti hocha la tête.

Brunetti envisagea un instant de demander à Pucetti de lui dire ce qu'il en pensait, mais il résista à la tentation. « Et pourtant, à aucun moment, pendant notre conversation, alors que Vianello et moi, nous sommes restés chez elle une bonne demi-heure, elle ne m'a posé la moindre question sur la fillette qui s'était noyée juste en bas de chez elle.

– Et à cause de ça, vous croyez que c'est elle la coupable ? demanda Pucetti, incapable de dissimuler son étonnement.

– Non. Mais elle n'a rien demandé sur l'enfant, alors qu'on venait de lui apprendre qu'on avait trouvé les objets sur une personne sur laquelle une enquête était menée. Voilà ce que je trouve suspect. »

Brunetti déchiffra de la répugnance sur le visage du jeune policier, et il fut étonné de s'en trouver si offensé. Puis Pucetti secoua la tête, regarda ses pieds un instant, puis releva la tête en souriant. « Elle aurait dû, hein ? »

Brunetti fut soulagé de constater que Vianello souriait lui aussi. L'inspecteur prit la parole : « Une gosse se noie devant ta maison, puis la police débarque pour t'interroger sur des objets qui ont disparu de chez toi. Il me semble qu'en une demi-heure, elle aurait dû avoir le temps de se demander s'il n'y avait pas un rapport entre les deux événements. Ça n'arrive pas tous les jours que des gens se noient devant chez toi, que je sache.

– Mais quel lien y a-t-il entre la noyade et cette dame ? » demanda Pucetti.

Brunetti haussa les sourcils et inclina la tête de côté, suggérant que les possibilités étaient infinies. « Il pourrait s'agir d'une simple coïncidence. Notre avantage, c'est que nous savons que la gosse était en possession de l'alliance et de la montre, et donc qu'elle a pénétré dans la maison. La signora Vivarini ne savait pas forcément que son domicile avait été cambriolé, elle n'avait peut-être pas fait le rapprochement. Mais c'est tout de même bizarre qu'elle ne nous en ait pas parlé.

– C'est tout ? dit Pucetti.

– Pour le moment, oui. »

18

Un peu plus tard, Brunetti, assis à son bureau, le dossier contenant les clichés soigneusement mis de côté, comme si cela pouvait l'aider à oublier l'affaire, entendit presque avec soulagement qu'on frappait à sa porte. « *Avanti.* »

C'était la signorina Elettra.

« Vous auriez une minute ?

– Bien sûr, bien sûr », répondit-il en lui indiquant une chaise.

Elle s'assit et croisa les jambes. Elle n'avait pas pris de calepin, mais la manière dont elle s'était installée laissait à penser qu'elle en avait pour un certain temps.

« Oui, signorina ? dit Brunetti avec un sourire aimable.

– J'ai fait ce que vous m'avez demandé, dottore. La recherche sur le prêtre.

– Lequel ?

– Ah, il n'y en a qu'un : padre Antonin. L'autre, Leonardo Mutti, ne fait partie d'aucun ordre religieux, en tout cas d'aucun reconnu par le Vatican.

– Puis-je vous demander comment vous l'avez découvert ?

– Je n'ai pas eu de mal à trouver ses date et lieu de naissance : il est résident de Venise, je n'ai eu

183

qu'à entrer dans les archives de la commune. » Un geste minimaliste de la main droite vint souligner l'aisance avec laquelle cela avait été fait. « Avec ces informations et son nom, mon ami a fait une recherche dans leurs archives… Une merveille : elles conservent tout. »

Brunetti hocha la tête.

« Aucune trace d'un dénommé Leonardo Mutti, que ce soit dans le clergé séculier ou dans le clergé régulier – en tout cas, dans les ordres qu'il reconnaît.

– Que le Vatican reconnaît ?

– D'après mon ami, ils ont des dossiers sur tous les ordres officiellement reconnus, c'est-à-dire ceux qu'ils contrôlent, ainsi que sur certains groupes marginaux, comme les cinglés de monseigneur Lefebvre et les gens comme ça. Mais le nom de Mutti n'apparaît nulle part.

– Avez-vous procédé vous-même à la recherche dans ces archives ?

– Ah, non, répondit-elle, levant une main comme si la chose n'était même pas pensable. Ils sont trop bons pour moi. Je vous l'ai dit : leur système est une merveille. Il est presque impossible de le pénétrer, sauf si vous avez une autorisation en bonne et due forme.

– Je vois, dit-il, même s'il ne voyait rien du tout. Et padre Antonin ? Qu'est-ce que votre ami a trouvé sur lui ?

– Qu'il avait été suspendu de ses fonctions en Afrique, il y a quatre ans, et avait été envoyé dans un petit patelin des Abruzzes. Il a tiré quelques ficelles pour en sortir et il a échoué ici, comme chapelain de l'hôpital.

– Quel genre de ficelles ?

– Je ne sais pas. Mon ami n'a rien trouvé. Ce qui est sûr, c'est que padre Antonin s'est retrouvé pendant un an en exil interne, si l'on peut dire, avant d'être transféré ici. » Comme Brunetti gardait le silence, elle ajouta : « D'habitude, lorsqu'ils sont renvoyés comme ça, discrètement, ils restent là où on les a envoyés bien plus longtemps et souvent, même, jusqu'à la fin de leur carrière.

– Et pourquoi a-t-il été suspendu de ses fonctions ?

– Il a été accusé d'escroquerie, répondit-elle. J'aurais dû commencer par ça.

– Quel genre d'escroquerie ?

– La combine habituelle que beaucoup de missions utilisent en Afrique et d'une manière générale dans le tiers-monde : les prêtres envoient des lettres dans leur pays d'origine, racontant qu'ils ont désespérément besoin d'aide, qu'ils manquent absolument de tout et que ces gens sont terriblement pauvres. »

Les lettres d'Antonin à Sergio…

« Mais la mission de padre Antonin a adopté les techniques de l'ère moderne, continua la signorina Elettra avec une pointe d'admiration dans la voix. Il a créé un site Web avec des photos de sa paroisse au fond de la jungle, de ses ouailles tout sourire, se bousculant dans l'église pour la messe du dimanche, de l'école bâtie avec l'argent des dons. » Elle inclina la tête de côté. « Quand vous étiez enfant, commissaire, est-ce qu'il ne vous arrivait pas de rançonner les plus petits ?

– Les rançonner ?

– Vous savez bien, avec ces petites boîtes de collecte en carton dans laquelle vous mettiez votre argent de poche, et l'argent était supposé servir à la conversion des petits païens à Jésus ?

– Il me semble en avoir vu à l'école, mais mon père ne m'aurait jamais permis de leur donner le moindre sou.

– Nous aussi, nous en avions », reprit-elle, sans préciser si elle-même avait contribué à sauver les âmes des petits païens. Elle lui cachait quelque chose ; quoi, il n'en avait aucune idée, mais la connaissant, il allait bientôt le savoir. « Le padre Antonin a utilisé la même technique sur son site. Il suffisait d'envoyer une certaine somme sur un compte bancaire, censée payer la scolarité d'un enfant pour toute une année. »

Brunetti, qui bénéficiait lui-même de quelques réductions fiscales pour le parrainage d'orphelins indiens, se sentait de plus en plus mal à l'aise.

« Il était question d'éducation et de formation professionnelle, pas de religion, en tout cas, pas sur le site. Il devait se dire que les gens étaient plus intéressés par l'éducation que par la religion.

– C'est possible, admit Brunetti. Et ensuite, qu'est-ce qui s'est passé ?

– Ensuite, toute sa belle construction s'est effondrée lorsque quelqu'un s'est aperçu que les photos des joyeuses ouailles de padre Antonin étaient les mêmes que celles figurant sur le site d'une école dirigée par un évêque au Kenya. Non seulement les photos, mais aussi les édifiantes histoires d'espoir et de foi. » Elle sourit. « J'imagine qu'il n'a pas pensé au risque d'un contrôle ecclésiastique de ce genre... Sans compter que tous les Noirs se ressemblent, pas vrai ? » ajouta-t-elle avec son cynisme habituel.

Brunetti ignora cette provocation. « Et la suite de l'histoire ?

– La personne qui a tiré la sonnette d'alarme était un journaliste qui préparait un article sur ces groupes de missionnaires.

– Un journaliste qui les voyait d'un œil critique, ou avec sympathie ?

– Avec sympathie. Heureusement pour Antonin.

– Et donc ?

– Et donc le journaliste en a fait part à une autorité au Vatican, laquelle a eu un entretien avec l'évêque de padre Antonin, et du jour au lendemain, le padre Antonin s'est retrouvé dans les Abruzzes.

– Et l'argent ?

– C'est là que ça devient intéressant. Antonin ne touchait rien : l'argent allait sur le compte personnel de son évêque, plus une fraction à l'évêque kenyan qui se servait des photos. Padre Antonin n'a jamais connu le montant des sommes qu'il collectait : il s'en moquait. Pour lui, ce qui comptait, c'était d'en avoir assez pour faire tourner son école et nourrir les enfants. » Elle sourit en pensant à la naïveté du personnage.

« Il a en quelque sorte joué le rôle d'homme de paille. Il était européen, il avait des contacts en Italie, il connaissait des gens capables de créer un site Web, et il savait faire appel à la générosité. » Son sourire se fit plus froid. « Sans ce journaliste, il serait probablement encore là-bas, occupé à sauver des âmes pour Jésus. »

Indigné, autant pour Antonin que par ce que cette affaire révélait de ses propres préjugés, Brunetti demanda : « Il n'a pas protesté ? Il était innocent, en fin de compte ! »

– Pauvreté. Chasteté. Obéissance. Apparemment, le padre Antonin prenait ça au sérieux. Il a donc obéi à l'ordre venu de Rome et il est revenu en Italie, dans les Abruzzes, pour faire ce qu'on lui demandait. Il semble cependant que quelqu'un ait découvert ce qui s'était vraiment passé – le journaliste a dû raconter cette histoire à d'autres personnes – et on a envoyé Antonin ici.

– Lui-même a-t-il dit la vérité à quelqu'un ? »

Elle haussa les épaules. « Il fait son boulot, rend visite aux malades de l'hôpital, enterre les morts.

– Et il essaie d'empêcher que les gens soient victimes du même genre d'escroquerie ? risqua Brunetti.

– C'est l'impression que ça donne », dit-elle un peu à contrecœur, préférant, en dépit des preuves qu'elle détenait, conserver les préventions qu'elle nourrissait contre le clergé. Elle décroisa les jambes, s'apprêtant à se lever. « Voulez-vous que je continue les recherches sur Leonardo Mutti ? »

Instinctivement, Brunetti sentait qu'il aurait dû ne pas passer davantage de temps sur cette affaire, mais il avait aussi l'impression de devoir une faveur à Antonin. « Oui, s'il vous plaît. Antonin avait l'air de penser que l'homme était originaire de l'Ombrie ; vous pourriez peut-être commencer par là.

– Oui, commissaire. Vianello m'a parlé de la petite fille. C'est affreux. »

Parlait-elle de la noyade, de ses relations sexuelles précoces, du fait qu'elle était morte alors qu'elle cambriolait un appartement, ou de celui que personne n'avait réclamé son corps ? Brunetti préféra ne pas s'en enquérir.

« Je n'arrive pas à me débarrasser de son image.

– Vianello m'a dit la même chose, monsieur. Cela devrait aller mieux quand l'affaire sera terminée.

– Oui, peut-être. »

Trois jours plus tard, on passa à Brunetti un appel des carabiniers de San Zaccaria.

« C'est vous qui êtes à la recherche de la Gitane ?
demanda une voix d'homme.

– Oui.

– On m'a dit de vous appeler.

– Et vous êtes ?

– Le maréchal des logis Steiner. »

Origine allemande, songea Brunetti, d'où l'accent.
« Merci d'appeler, sergent-chef, dit Brunetti avec courtoisie, même s'il doutait que cela permettrait de rompre
la glace.

– Padrini m'a montré les photos qu'a laissées votre
gars. Il paraît que vous vous intéressez à elle.

– Oui, c'est exact.

– Mes gars l'ont coincée à deux ou trois reprises.
Les trucs habituels : on appelle un policier femme, on
attend qu'elle arrive, puis on fouille la gosse. Et ceux
qui sont avec elle aussi, bien sûr. C'est arrivé deux
fois, en fait. Ensuite, on entre en contact avec les
parents. » Il y eut un silence, et Steiner ajouta : « Ou
avec les gens qui se disent leurs parents. Et on attend
que les parents viennent. S'ils ne le font pas, on
ramène les gosses dans leur camp et on leur rend. C'est
la procédure. Pas de remontrances, pas de mise en
accusation, pas même une petite tape sur la main pour
leur dire de ne pas recommencer. » Les paroles de Steiner se voulaient sarcastiques, mais son ton était plutôt
celui de la résignation fatiguée.

« Pouvez-vous me dire qui, exactement, l'a recon-
nue ? demanda Brunetti.

– Deux de mes hommes, comme je vous l'ai dit.
Une jolie fille. Elle n'avait pas l'air d'une Gitane.
C'est pourquoi ils s'en souvenaient.

– Est-ce que je pourrais venir leur parler ?

– Pourquoi ? C'est vous qui allez traiter cette affaire ? »

Sur ses gardes, Brunetti, qui souhaitait avant tout éviter un conflit d'attribution, répondit de son ton le plus aimable : « Oh, vous savez, sergent, on ne peut guère parler d'une affaire. Tout ce que je voudrais, c'est pouvoir mettre un nom sur cette petite, avoir une adresse pour notre fichier et la faire identifier par ses parents… » Brunetti se tut un instant avant d'ajouter, sur un ton de camaraderie complice : « … ou ceux qui se disent ses parents. »

Brunetti n'eut droit qu'à un grognement étouffé de la part de Steiner – assentiment, appréciation, il n'aurait su dire. Il continua. « Dès que nous aurons ça, on pourra leur rendre le corps et classer l'affaire.

– Comment est-elle morte ? demanda le carabinier.

– Noyée. Exactement comme ils ont dit dans les journaux, répondit Brunetti. Pour une fois. » Le bref grognement fut d'approbation. « Aucun signe de violence. Nous supposons qu'elle est tombée dans le canal. Elle ne devait pas savoir nager. » Il ne songea pas à ajouter, *la pauvre petite*.

« Ouais, sont pas le genre à passer des journées à la plage, hein ? » Ce fut au tour de Brunetti de marmonner quelque chose ressemblant à un assentiment.

« Vous tenez toujours à venir ici ? Parce que je peux vous donner toutes ces informations par téléphone.

– Non, ça fera mieux dans mon rapport si je note que je suis allé vous voir pour vous en parler, répondit Brunetti, comme s'il se confiait à un vieil ami. Je pourrais parler à vos hommes, aussi ?

– Attendez une minute, je vais voir qui est ici. » Steiner posa le téléphone et ne le reprit qu'au bout d'un

190

long moment. « Non, tous les deux sont de repos, aujourd'hui. Désolé.

– Serez-vous en mesure de me donner vous-même ces informations, sergent ?

– Oui, je serai là. »

Brunetti le remercia, avertit qu'il en avait pour dix minutes et reposa le combiné.

Pressé, il ne dit à personne où il se rendait. De toute façon, il était plus judicieux d'aller voir Steiner seul, ne serait-ce que pour montrer que la police ne s'intéressait à la mort de la fillette que parce qu'il lui tardait de classer l'affaire. Brunetti n'avait aucune raison particulière de ne pas partager toutes ses informations avec les carabiniers : son sens compulsif du secret n'était pas d'ordre rationnel.

En chemin, il se fit mentalement un portrait de Steiner en surhomme tyrolien : grand, blond, l'œil bleu, le menton carré et volontaire. Il trouva, dans le bureau où on l'introduisit, un individu de petite taille et de teint si brun qu'on devait souvent le prendre pour un Sarde ou un Sicilien. Il avait une chevelure noire épaisse et bouclée, un vrai cauchemar pour les coiffeurs. Ses yeux gris clair semblaient incongrus au milieu de son visage à la peau mate.

« Steiner », dit-il quand Brunetti entra. Les deux hommes se serrèrent la main et le commissaire, après avoir refusé l'offre rituelle d'un café, demanda au maréchal des logis de lui dire tout ce qu'il savait sur la fillette et sa famille.

« Le dossier est là », répondit-il en tirant à lui une chemise en papier kraft, avant de chausser des lunettes aux verres épais. Il agita le dossier en l'air. « Ce sont des gens très remuants. » Il reposa le document. « Tout est là-dedans : nos rapports, ceux de l'escadron de Dolo, ceux des services sociaux. »

Sur quoi il ouvrit le dossier, prit les premières feuilles et commença à lire. « Ariana Rocich, fille de Bogdan Rocich et de Ghena Michailovich. » Le carabinier jeta un coup d'œil à Brunetti par-dessus ses lunettes et, voyant que celui-ci prenait des notes, ajouta : « Ce n'est pas la peine. C'est pour vous. J'ai tout fait photocopier.

– Merci, sergent », répondit Brunetti en remettant son carnet de notes dans sa poche.

Steiner reprit comme s'il ne s'était pas interrompu : « Ou du moins, ce sont les noms qui figurent sur leurs papiers. Ce qui ne signifie pas grand-chose.

– Des faux ?

– Allez savoir. La plupart de ceux qui sont installés ici viennent de l'ex-Yougoslavie : ils sont arrivés avec le statut de réfugiés de l'ONU, ou bien leurs documents proviennent de pays qui n'existent plus. » D'un doigt étonnamment long et délicat, il poussa la chemise devant lui. « Certains d'entre eux sont ici depuis si longtemps qu'ils ont réussi à obtenir un passeport italien. Cette bande-là, elle, débarque du Kosovo. C'est du moins ce qu'ils disent. Aucun moyen de savoir. Ce qui ne change sans doute pas grand-chose. Une fois qu'ils sont sur place, impossible de se débarrasser d'eux, n'est-ce pas ? »

Brunetti marmonna quelque chose avant de demander : « Vous m'avez dit que vos hommes avaient ramené d'autres enfants avec elle. (Steiner hocha la tête.) Mêmes parents ? Ce sont aussi des Rocich ? »

Steiner feuilleta rapidement le dossier et posa plusieurs feuilles de côté, à l'envers. Finalement, il en tira une et la parcourut quelques instants. « Ils étaient trois, en fait. Ariana et deux autres. » Il leva les yeux. « Vous savez que nous n'avons pas le droit de consti- tuer de dossiers sur les enfants, j'ai donc posé des questions autour de moi. » Brunetti hocha la tête. « Mes gars m'ont dit qu'ils l'avaient attrapée deux fois, chaque fois au cours d'un cambriolage. »

La police ne pouvait pas arrêter un enfant de moins de quatorze ans ; elle devait simplement le garder sous surveillance jusqu'à ce qu'on l'ait remis à ses parents ou à l'adulte qui en était responsable. Aucun dossier n'était ouvert, mais garder les faits en mémoire n'était pas encore illégal.

« Les deux autres gosses appartiennent à la même famille, ou en tout cas, ils ont le même nom de famille sur leurs papiers, mais avec eux, on ne sait jamais vrai- ment qui est le père.

– Habitent-ils tous au même endroit ?

– Vous ne voulez pas parler d'une maison, j'ima- gine, commissaire ?

– Bien sûr que non. D'un campement. Habitent-ils tous dans le même campement ?

– C'est ce qui semble. À la périphérie de Dolo. Il existe depuis quinze ans, environ. Depuis que la Yougo- slavie s'est effondrée.

– Combien de personnes y vivent ?

– Vous voulez dire dans ce campement, ou en général ?

– Les deux.

– C'est impossible de répondre à cette question, en réalité, répondit Steiner en retirant ses lunettes pour les jeter sur la chemise ouverte. Dans celui de Dolo, ils sont entre cinquante et cent, mais parfois plus, à l'occasion d'un mariage ou d'une fête quelconque. Notre seule solution est de compter les caravanes et de multiplier par quatre. Personne ne sait pourquoi par quatre plutôt que par cinq ou six, mais c'est comme ça.

– Et en tout ? Je veux dire, en Italie ?

– C'est une estimation faite au petit bonheur la chance. Le gouvernement parle de quarante mille, et il y en a peut-être quarante mille. Mais ce pourrait tout aussi bien être cent mille. Personne ne le sait vraiment.

– Personne n'en tient la comptabilité ? »

Steiner le regarda. « Je croyais que vous alliez me demander si quelqu'un se souciait sérieusement du problème. »

Brunetti se sentit soudain plus proche de cet homme.

« En tout cas, personne ne les compte, c'est certain, reprit le carabinier. D'accord, il y a ce prétendu comptage dans les campements dont je vous ai parlé ; après quoi on compte le nombre de campements dans le pays et on multiplie. Le problème, c'est que les chiffres changent tous les jours. Ils se déplacent beaucoup, si bien que certains sont comptés plusieurs fois, d'autres jamais. Parfois, ils fichent le camp quand ça commence à devenir dangereux pour eux. » Le carabinier adressa un long regard appuyé à Brunetti. « Et si vous m'autorisez à dire quelque chose que je ne devrais pas dire, j'ajouterai que les personnes qui les voient, ou qui voudraient qu'ils soient vus, comme un danger pour la société, ont tendance à en compter davantage.

– Pourquoi ? demanda Brunetti, bien qu'ayant une idée assez précise de la réponse.

– Les voisins en ont marre de se faire piquer leurs voitures, ou de se faire cambrioler, ou de voir leurs enfants battus à l'école par les gosses des campements. Ceux, du moins, qui vont à l'école. Du coup, des groupes se constituent, ou plutôt des bandes, dans les environs de ces campements, et si le nombre de nomades est élevé, ces groupes estiment avoir le droit de s'en débarrasser. Et ils commencent à leur mener la vie dure. »

Voyant que Brunetti suivait, Steiner ne rentra pas dans les détails et poursuivit : « Si bien qu'un matin, il y a moins de caravanes et moins de Mercedes. Et pendant un moment, les cambriolages cessent, les enfants qui vont à l'école se comportent mieux. » Nouveau regard appuyé. « Vous voulez que je vous parle franchement ?

– C'est ce que je désire le plus, sergent.

– Une autre chose qui les pousse à disparaître, c'est quand nous commençons à leur ramener un peu trop souvent leurs gosses, après les avoir surpris dans des maisons, ou sortant des maisons, ou se baladant avec des tournevis coincés dans leurs chaussettes ou dans la ceinture de leur jupe. Après cinq ou six fois, ils s'en vont.

– Juste comme ça ? »

Steiner haussa les épaules. « Ils font leur baluchon, vont ailleurs et continuent à vivre comme ils ont toujours vécu. Ce n'est pas comme s'ils avaient un loyer à payer ou un emprunt à rembourser, un boulot pour gagner leur vie, comme nous.

– Vous ne paraissez pas éprouver beaucoup de sympathie pour eux », se risqua à dire Brunetti.

Steiner haussa de nouveau les épaules. « Non, ce n'est pas ça, commissaire. Mais voilà des années que j'arrête ces gosses et que je les ramène à leurs parents, je ne me fais plus d'illusions.

– Et vous croyez que les gens s'en font ?

– Certains, oui. Ceux qui parlent d'égalité et de respect des cultures et des traditions. »

Brunetti ne décela pas la moindre trace de sarcasme ou d'ironie dans les propos du maréchal des logis.

« Sans compter la culpabilité à cause de ce qui leur est arrivé pendant la guerre, poursuivit le carabinier. C'est bien compréhensible. La conséquence, c'est qu'on les traite différemment.

– Ce qui veut dire ?

– Ce qui veut dire par exemple que si vous ou moi, nous retirions nos enfants de l'école pour les envoyer cambrioler des maisons, on nous les enlèverait rapidement.

– Et ce n'est pas le cas pour eux ?

– Je me demande vraiment pourquoi vous me posez la question, commissaire. » Steiner avait répondu avec une certaine aigreur. Il se passa la main dans les cheveux et changea de sujet de conversation. « À présent que vous connaissez son identité, que prévoyez-vous de faire ?

– Il faut informer ses parents. »

Steiner acquiesça, sans faire de commentaire.

« C'est moi qui ai trouvé le corps, je suppose donc que c'est à moi d'y aller. »

Steiner étudia Brunetti un moment avant de répondre que oui.

« Est-ce que quelqu'un les connaît, au sein des services sociaux ?

– Ils sont plusieurs, oui.

– Je préférerais que ce soit une femme, dit Brunetti. Pour informer la mère. »

Brunetti eut l'impression de voir le maréchal des logis grimacer, mais l'homme se leva à ce moment-là, prit le dossier, fit le tour de son bureau et le lui tendit. « Vous avez là-dedans certains des rapports des travailleurs sociaux. »

Steiner agita le document. « J'ai besoin d'une cigarette, mais je dois sortir pour fumer. Lisez-le pendant ce temps et quand je reviendrai, vous me direz ce que vous souhaitez faire, d'accord ? »

Brunetti prit enfin le dossier et Steiner sortit de la pièce en refermant doucement la porte derrière lui.

19

Quel était le titre de ce livre dont Paola parlait chaque fois qu'elle faisait un cours sur Dickens ? Il y était question de Londres, en tout cas. Brunetti avait été quelque peu choqué la première fois qu'elle lui en avait lu des passages, non seulement à cause du texte, mais aussi du plaisir apparent avec laquelle elle le lisait. Quand il lui avait demandé de lui épargner la poursuite de ces récits mettant en scène des personnes habitant par dizaines dans des pièces sans fenêtre, des petits enfants récupérant des aliments à revendre dans des cours d'eau chargés de matières fécales, elle l'avait traité de *lily-livered*, une expression anglaise qu'il ne connaissait pas mais qu'il soupçonnait de vouloir dire « chochotte ». Lorsqu'il avait refusé de croire les descriptions d'actes sexuels précoces et avait pâli devant la liste des occupations auxquelles se livraient les enfants, Paola l'avait accusé de se voiler la face.

Il repensait à ce livre tandis qu'il lisait le rapport des travailleurs sociaux qui avaient visité le campement des Roms, à la périphérie de Dolo, là où habitaient les Rocich. Le domicile familial était une caravane de 1979 qui n'avait jamais été déclarée. Apparemment, elle ne comportait aucun système de chauffage.

Comme l'avait suggéré Steiner, en parler comme du domicile familial était faire un abus de langage et imposer les codes d'une société aux membres d'une autre. La voiture garée à côté de la caravane appartenait officiellement à Bogdan Rocich, détenteur d'une pièce d'identité et du statut de réfugié de l'ONU. La femme qui partageait la caravane avec lui, en possession des mêmes papiers, s'appelait Ghena Michailovich. Trois enfants, Ariana, Dusan et Xenia, figuraient sur le document de la femme, dont le nom, ainsi que celui de Bogdan Rocich, apparaissait sur les certificats de naissance.

Bogdan Rocich, également connu sous toute une liste d'autres noms par les autorités, avait un casier judiciaire chargé, ouvert seize ans auparavant, sans doute au moment où il était arrivé en Italie. Les crimes et délits pour lesquels il avait été arrêté incluaient le vol, l'agression, la vente de drogues, la possession d'armes interdites, le viol et l'ivresse publique. Il n'avait été condamné que pour la possession d'armes. Les témoins de ses autres crimes, ses victimes pour la plupart, avaient tous retiré leur plainte avant le procès. L'un d'eux avait disparu.

La femme, Ghena Michailovich, née dans ce qui était actuellement la Bosnie, avait été arrêtée à de nombreuses reprises, elle aussi, mais pour des délits mineurs : vol à l'étalage, vol à la tire. Elle avait été condamnée par deux fois, mais sa condamnation avait chaque fois été commuée en assignation à résidence, à cause de ses trois enfants. Elle aussi était connue sous d'autres noms.

Brunetti lut attentivement les rapports sur les arrestations des parents, puis en vint aux documents concernant les enfants. Les trois étaient connus des services sociaux. Comme ils étaient nés en Italie, il n'y avait aucun doute sur leur âge. L'aînée, Xenia, avait treize ans ; le garçon, Dusan, douze ans. Ariana, la dernière, avait onze ans au moment où elle était morte.

Brunetti reposa les papiers sur le bureau et se tourna pour regarder par la fenêtre qui donnait sur la cour, au milieu du poste des carabiniers. Un pin se dressait dans l'un des angles opposés ; devant lui, un arbre fruitier quelconque. Brunetti vit le vert tendre des feuilles qui commençaient à peine à se déplier se détacher sur le fond vert foncé des aiguilles de pin. En dessous, l'herbe nouvelle était d'un vert éclatant ; le long du mur de pierre, on voyait pointer les tiges de ce qui allait sans doute être des tulipes. Un oiseau vint se poser en haut du pin, pour en repartir quelques secondes plus tard, et revenir peu après. Brunetti étudia son manège pendant quelques minutes. Il construisait son nid.

Les trois enfants étaient inscrits dans deux des écoles de Dolo, mais ils étaient si souvent absents que le terme « inscrits » ne signifiait plus grand-chose.

Les documents fournis par les écoles ne donnaient aucune indication sur leurs résultats scolaires, se contentant d'établir la liste des journées où les enfants n'étaient pas venus à l'école et les examens de fin d'année auxquels ils ne s'étaient pas présentés. Dusan avait été renvoyé par deux fois chez lui pour s'être bagarré, mais on ne trouvait aucune explication sur le rôle qu'il avait joué pendant ces bagarres. Xenia avait agressé l'un des garçons de sa classe et lui avait cassé le nez. On ne signalait rien sur Ariana.

La porte s'ouvrit derrière lui et Steiner entra, tenant deux petits gobelets en plastique. « Il n'y a qu'un sucre, dit-il en posant l'un des cafés devant Brunetti.

– Merci », répondit Brunetti. Il referma la chemise. Le café était amer. Il s'en fichait.

Steiner alla reprendre sa place, derrière le bureau. Il finit son café, écrasa le gobelet et le jeta dans la corbeille à papier. « Avez-vous envie de me parler de ce que vous avez trouvé ? » demanda-t-il à Brunetti. Comme pour souligner sa question, il se pencha en avant, bras tendus, mains posées sur le dossier.

« La fille était en possession d'une alliance et d'une montre, répondit Brunetti, sans préciser où Rizzardi avait trouvé l'alliance. Ces objets appartiennent à un certain Giorgio Fornari, qui habite dans le quartier San Marco, près de là où on a trouvé le corps. J'ai parlé à l'épouse de Fornari, je suis allé la voir, et elle a été surprise de voir ce que je lui rapportais. Quand elle m'a montré où s'étaient trouvés les deux objets, elle s'est rendu compte qu'une autre bague et une paire de boutons de manchette manquaient aussi. J'ai eu l'impression que sa surprise était authentique quand elle a appris qu'elle avait été cambriolée.

– N'y avait-il rien d'autre à voler dans l'appartement ?

– Rien de ce que volent les Gitans. Les Roms, je veux dire.

– C'est juste pour les rapports. Vous pouvez les appeler des Gitans devant moi. »

Brunetti acquiesça.

« Qui d'autre habite l'appartement ?

– Son mari est en déplacement pour affaires en Russie, si j'ai bien compris, et ne devrait pas tarder à rentrer. Il y a un fils de dix-huit ans qui était à l'opéra avec sa mère ce soir-là. (Steiner souleva un sourcil, mais Brunetti n'en tint pas compte.) Et une fille de seize ans. Elle est arrivée quand nous étions sur place.

– Personne d'autre ?

– Si, une femme de ménage, mais elle ne loge pas dans l'appartement. »

Steiner s'enfonça de nouveau dans son fauteuil et, d'un geste qui parut familier à Brunetti, ouvrit du pied le tiroir du bas, sur l'un des côtés du bureau, et croisa les chevilles dessus. Il croisa aussi les bras et renversa la tête contre son dossier.

Finalement, il se décida à faire un commentaire. « Soit quelqu'un l'a surprise, ou pas. Soit elle est tombée toute seule, soit on l'a aidée à tomber. On ne peut avoir aucune certitude là-dessus, au moins pour le moment. Mais il y a une chose dont on peut être sûr.

– Elle n'était pas seule ?

– Exactement. Les deux autres avaient déjà été arrêtés avec elle deux ou trois fois. »

Steiner se mit à se frotter vigoureusement la tête. « Je crois que c'est là qu'il faut s'arrêter un peu pour prendre le temps d'analyser les choses.

– Comme le fait qu'il s'agit de mineurs ? » avança Brunetti. Steiner hocha la tête. « Et le fait qu'il y a un problème de juridiction ? »

De nouveau, le carabinier acquiesça, puis il prit Brunetti par surprise en lui posant une question : « C'est bien Patta votre patron, non ?

– En effet.

– Hmm. J'ai déjà travaillé avec des hommes comme lui. Je suppose que vous avez l'habitude de lui présenter les choses, comment dire, de manière créative ? »

Brunetti acquiesça.

« Vous pensez pouvoir le convaincre de vous laisser travailler là-dessus ? Ce n'est pas qu'il risque d'en sortir grand-chose, mais le fait qu'il s'agit d'un enfant ne me plaît pas.

– Sur les différentes possibilités que vous avez évoquées, y en a-t-il une qui vous paraît la bonne ? demanda Brunetti, se rappelant alors l'entêtement avec lequel il avait interrogé le médecin légiste.

– Comme je l'ai déjà dit, soit elle est tombée toute seule, soit on l'a poussée. Les autres gosses devaient être là et ils savent donc ce qui s'est passé.

– Ils auraient dit quelque chose, non ? » dit Brunetti simplement pour observer la réaction du carabinier.

Steiner laissa échapper un soupir d'étonnement. « Ce ne sont pas des enfants qui vont parler à la police, commissaire. » Après un temps de réflexion, il ajouta : « Je ne suis même pas sûr que ce sont des enfants qui parlent à leurs parents. »

La réaction de Brunetti fut spontanée. « Ils ne peuvent pas être partis à trois et revenus à deux sans que personne ne le remarque et sans qu'on leur pose de questions, tout de même !

– Ça leur arrive probablement tout le temps. Si vous y réfléchissez. Ils voient la police et s'égaillent ; quelqu'un les surprend dans la maison, et ils s'enfuient ; ou on les voit tenter de forcer une porte, on leur crie après et ils partent chacun dans des directions différentes pour être plus difficiles à rattraper. Je suis sûr qu'ils connaissent chaque fois le meilleur moyen de s'enfuir.

– Ça n'a pas été le cas pour la gosse.

– Exact, admit Steiner d'une voix douce. Vraiment pas le cas, hein ?

– C'est tout de même étrange qu'ils ne soient jamais venus nous dire que leur fille avait disparu.

– Pas tant que ça. »

Ils gardèrent un moment le silence, un silence plein d'empathie, révélant un point de vue partagé. C'est Brunetti qui reprit le premier la parole.

« Il faut que j'aille parler à la mère.

– Oui, il faut le faire… Comment comptez-vous vous y prendre ?

– J'aimerais avoir mon assistant avec moi. Vianello.

– Un type bien, dit Steiner, à la surprise de Brunetti.

– J'aimerais que l'un de vous vienne aussi avec moi. Et je préférerais arriver dans l'un de vos véhicules. » Steiner hocha la tête à chaque fois, comme pour signifier que rien ne serait plus facile. « Et, ajouta Brunetti, je pense qu'il serait bon d'avoir également quelqu'un des services sociaux. » Tandis qu'il parlait, il se rendit compte que le maréchal des logis ne figurait pas dans ses plans.

Steiner était d'accord. « Je vais en parler à mon supérieur.

– Et moi, je vais trouver le moyen d'en parler au mien. »

Le carabinier se leva et se dirigea vers la porte. « Il va me falloir une vingtaine de minutes pour organiser tout ça : le bateau, la voiture, quelqu'un des services sociaux. Je passe vous prendre en bateau d'ici, disons… une demi-heure. »

Brunetti lui tendit la main, le remercia et partit en direction de la questure.

20

Brunetti partit à la recherche de Vianello. Il s'arrêta dans la salle commune des officiers, mais l'inspecteur ne s'y trouvait pas, et personne ne savait où il était passé. Le commissaire se rendit alors dans le bureau de la signorina Elettra, au cas où Vianello s'y serait trouvé, ou bien, cas plus improbable encore, aurait été dans le bureau de Patta.

« Vous avez vu Vianello ? » demanda-t-il sans même la saluer.

Elle releva la tête des papiers posés devant elle et, après un silence juste un peu trop long, répondit : « Je pense qu'il vous attend dans votre bureau, monsieur. » Puis elle retourna à ses papiers.

« Merci », dit Brunetti. Elle ne répondit rien.

Ce ne fut que lorsqu'il attaqua les marches qu'il prit conscience du ton sec et froid avec lequel elle l'avait accueilli et lui avait répondu, mais il n'avait pas le temps de faire des ronds de jambe. Il trouva effectivement l'inspecteur dans son bureau, debout près de la fenêtre, contemplant l'autre côté du canal. Sans laisser à Brunetti le temps de parler, il dit : « Steiner m'a appelé. Le bateau vient juste d'arriver, il sera ici dans quelques minutes. »

Brunetti grommela quelque chose et décrocha le téléphone. Patta répondit en donnant son nom.

« Vice-questeur ? Brunetti à l'appareil. Il semble que les carabiniers aient localisé les parents de la fillette qui s'est noyée la semaine dernière… Oui, monsieur, la petite Gitane », répondit Brunetti. Patta lui aurait-il caché d'autres cas de noyade concernant des fillettes la semaine précédente ?

« Les carabiniers veulent que quelqu'un de la questure les accompagne pour les informer », reprit-il, faisant de son mieux pour que son ton manifeste de l'impatience et de l'irritation. Il écouta un moment, puis répondit : « Près de Dolo, monsieur. Non, ils ne m'ont pas dit exactement où. Mais il m'a semblé que c'était à vous d'y aller, en tant que plus haut gradé… »

En réponse à une question de son supérieur, Brunetti ajouta : « Avec le trajet en bateau et l'attente de la voiture Piazzale Roma – ils m'ont dit que pour je ne sais quelle raison, ils n'en auraient pas de disponible avant 15 heures –, je dirais que cela devrait prendre un peu plus de deux heures, monsieur. Peut-être plus, en fonction de la voiture. » Brunetti écouta pendant quelques secondes. « Bien sûr, je comprends, monsieur. Mais il n'y a pas d'autre moyen de les informer. Il n'y a pas de téléphone là-bas, et les carabiniers n'ont aucun numéro de portable. »

Brunetti jeta un coup d'œil à Vianello et écarta le téléphone de son oreille pendant que Patta expliquait son peu d'enthousiasme. L'inspecteur désigna l'entrée du canal et la vedette qui approchait. Brunetti acquiesça et rapprocha l'appareil de son oreille.

« Je comprends cela, vice-questeur, mais je ne suis pas sûr qu'il convient… Bien sûr, je comprends l'importance d'entretenir de bonnes relations avec les carabiniers, c'est pourquoi je pense qu'ils préféreraient un gradé de plus haut rang. »

Brunetti croisa le regard de Vianello et lui fit signe que la conversation risquait de durer. Alors que Vianello se dirigeait vers la porte, Brunetti interrompit son supérieur : « Puisque vous insistez, monsieur. Je vous ferai un rapport détaillé à mon retour. »

Il reposa le téléphone, prit l'enveloppe contenant les photos de la jeune morte et courut pour rattraper Vianello.

Vianello sauta sur le bateau déjà à quai et serra la main de Steiner, puis aida Brunetti à monter à bord. L'inspecteur appelait Steiner par son prénom, Walter, laissant à Brunetti le soin de décider comment s'adresser au carabinier. Il choisit de se couler dans le moule des relations amicales que Vianello paraissait entretenir avec lui et de le tutoyer ; Steiner lui mit alors la main sur l'épaule et lui dit de l'appeler Walter.

Sur le pont, Brunetti expliqua que Patta lui avait demandé d'avertir les parents, et qu'il pensait qu'il valait mieux passer sous silence la manière dont les événements s'étaient déroulés. Steiner resta impassible, se permettant seulement de faire remarquer : « Les meilleurs chefs sont ceux qui savent déléguer.

– En effet », répondit Brunetti. Leur complicité établie par l'adoption du tutoiement se renforçait.

Les trois hommes passèrent dans la cabine tandis que le bateau remontait lentement jusqu'à Piazzale Roma, où une employée des services sociaux devait les rejoindre. Brunetti profita de ce temps mort pour raconter à Steiner comment ils avaient trouvé le corps et quels étaient les résultats de l'autopsie.

Steiner acquiesça. « J'avais entendu dire que leurs femmes cachaient des objets de cette façon, mais c'est le premier cas que je rencontre. » Il secoua la tête à plusieurs reprises, comme s'il se voyait contraint de pousser un peu plus loin sa compréhension des comportements humains. « Elle a onze ans, et elle cache des bijoux dans son vagin… *Dio buono* », murmura-t-il après un court silence.

Le bateau passa sous le pont du Rialto, mais aucun des trois hommes n'y prêta attention. « La femme qui doit nous rejoindre, Cristina Pitteri, travaille avec les Gitans depuis quatre ans », dit Steiner d'une voix neutre. Brunetti et Vianello échangèrent un bref regard.

« Qu'est-ce qu'elle fait ? demanda Vianello.

– Elle a une formation de psychiatre. Elle travaillait autrefois au Palazzo Boldù. Mais elle a demandé à être transférée et elle s'est retrouvée au bureau chargé des relations avec les différents groupes nomades.

– Il y en a d'autres ? demanda Vianello.

– Oui. Les Sinti, par exemple. Ils n'ont pas autant de délinquants que les Gitans, mais ils viennent des mêmes régions et ont un mode de vie très voisin.

– Son travail consiste en quoi ? » s'enquit Brunetti.

Steiner réfléchit à la question alors qu'ils passaient sous le Ponte degli Scalzi et arrivaient en vue de la gare ferroviaire. « Elle est la responsable d'un organisme dit de liaison interethnique.

– Et en bon italien ? » demanda Vianello.

Le visage de Steiner s'adoucit en un sourire qui ne dura pas. « Pour autant que je le sache, cela signifie qu'elle essaie de nous les faire comprendre et de les faire nous comprendre.

– Et ça te paraît possible ? »

Le carabinier poussa la porte de la cabine et se retourna pour lancer par-dessus son épaule : « Il vaut mieux lui poser la question à elle », avant de monter sur le pont.

Le bateau alla se ranger le long d'un des quais réservés aux taxis, à droite de l'embarcadère du 82. Brunetti et Vianello emboîtèrent le pas à Steiner, qui se dirigeait vers une berline noire des carabiniers garée un peu plus loin, le moteur tournant au ralenti. Une femme robuste aux cheveux sombres coupés court, qui ne devait pas avoir tout à fait quarante ans, se tenait près de la voiture, tirant sur une cigarette. Elle portait une jupe et un chandail sous une veste à épaulettes, et des chaussures de marche marron foncé qui avaient l'éclat feutré du vrai cuir. Tous ses traits paraissaient avoir été rassemblés au milieu de son visage rond : ses yeux étaient trop rapprochés, sa lèvre supérieure, beaucoup plus grosse que sa lèvre inférieure, à croire que les organes de son visage avaient été victimes d'une sorte de dérive des continents.

Steiner lui tendit la main. Elle s'immobilisa le temps que tout le monde le remarque, puis serra la main du maréchal des logis.

« Dottoressa, dit-il d'un ton déférent mais neutre, voici le dottor Brunetti et l'ispettore Vianello, son assistant. Ce sont eux qui ont trouvé la petite. »

Elle jeta sa cigarette, étudia brièvement le visage de Brunetti, puis celui de Vianello, avant de tendre la main au premier. Sa poignée de main fut aussi brève que molle ; ils échangèrent leurs titres en guise de salutation. Puis elle adressa un signe de tête à Vianello, se tourna et monta à l'arrière de la voiture. Un Steiner silencieux monta à l'avant, à côté du chauffeur, obligeant les deux derniers – la dottoressa ne paraissant pas manifester l'intention de s'asseoir au milieu – à contourner le véhicule jusqu'à l'autre portière. Brunetti l'ouvrit de quelques centimètres, puis attendit une pause dans la circulation pour monter. Quand il s'installa dans l'inconfortable place du milieu, il prit grand soin d'orienter ses genoux et ses cuisses vers la gauche pour ne pas entrer en contact avec ceux de la femme. Vianello monta à son tour et claqua la portière, contre laquelle il se serra.

Le conducteur, un carabinier en uniforme, dit quelques mots à voix basse à Steiner qui répondit par un simple « Si », après quoi la voiture démarra. « Cela fait un certain temps que la dottoressa Pitteri travaille avec les Roms, commissaire, dit Steiner sans se retourner. Elle connaît les parents de la fille et je suis sûr que sa présence sera d'une grande aide pour nous, quand nous allons leur apprendre la triste nouvelle.

– Et pour les parents aussi, j'espère ! intervint la dottoressa Pitteri. Il me semble que c'est plus important.

– Je n'ai pas cru nécessaire de le préciser, dottoressa », dit Steiner. Il avait parlé sans détourner une seule fois la tête, comme si son devoir était de veiller à l'approche d'un danger éventuel.

Ils s'engagèrent sur la route de la digue et Brunetti ne put s'empêcher de regarder vers la gauche, en direction des usines et des réservoirs de Marghera. D'après le journal du matin, seules les voitures portant un numéro d'immatriculation pair étaient autorisées à circuler aujourd'hui. Cela faisait un mois qu'il n'avait pratiquement pas plu ; Dieu sait ce qui pouvait flotter dans l'air qu'ils respiraient. Brunetti ne pouvait lire le terme « microparticules » sans penser aux produits chimiques que Marghera rejetait dans l'atmosphère depuis trois générations.

Vianello, dont les préoccupations écologiques n'étaient plus depuis longtemps la risée de la questure, comme cela avait été le cas au début, regardait dans la même direction. « Essayez de les faire fermer, dit-il sans autre préambule, avec un mouvement de tête vers les cheminées de la zone industrielle, et ils sont demain dans la rue pour protester. Nos emplois ! » L'inspecteur leva la main vers la gauche, puis la laissa retomber sur sa cuisse, en un geste de frustration et de désespoir que Brunetti trouva un peu mélodramatique.

Ce fut la dottoressa Pitteri qui rompit un silence qui se prolongeait. « Vous préféreriez qu'ils crèvent de faim, inspecteur ? Et leurs enfants ? » Il y avait dans sa voix un mélange d'ironie et de condescendance, et elle parlait en articulant exagérément, comme si elle craignait qu'un individu aussi obtus qu'un policier, fut-il inspecteur, ne soit pas capable de comprendre une question formulée de manière plus complexe.

« Non, dottoressa, répondit Vianello, je voudrais simplement qu'ils arrêtent de rejeter du *Cloruro vinile monomero* dans l'air que respirent nos enfants.

– Ces rejets sont arrêtés depuis l'an dernier, fit observer la dottoressa Pitteri.

– C'est vrai, d'après ce qu'ils disent… et si vous choisissez de les croire sur parole. »

Dans le rétroviseur, Brunetti vit la femme pincer les lèvres et détourner le regard des cheminées mises en cause. Il aurait aimé lui faire dire tout ce qu'elle savait des Gitans, mais à cause de l'évidente antipathie réciproque entre Steiner et elle, il hésitait à l'interroger en présence du carabinier. Du coup, c'est à lui qu'il s'adressa. « Êtes-vous déjà allé là-bas, sergent ? demanda Brunetti en revenant au vouvoiement.

– Oui, deux fois.

– Pour les mêmes, les Rocich ?

– Une fois. L'autre, c'était pour ramener une femme qui avait dévalisé un touriste sur un vaporetto.

– Qu'avez-vous fait ?

– Je l'ai fait monter dans la voiture et je l'ai ramenée ici. » Un instant, Brunetti crut que l'homme n'en dirait pas davantage, mais il continua. « C'était l'histoire habituelle : elle nous a raconté qu'elle était enceinte. Nous manquions de personnel, ce jour-là, et je ne voulais pas perdre mon temps en l'emmenant à l'hôpital pour vérification, après avoir pris la déclaration du touriste et de deux témoins qui avaient assisté à la scène, et en appelant les services sociaux… Alors j'ai décidé de la ramener là où elle disait habiter et de laisser tomber.

– Autrement dit, vous ne vous êtes pas soucié de prendre les dépositions de ces témoins ? demanda soudain la dottoressa Pitteri. Il était évident pour vous qu'elle était coupable ?

– Il n'était pas nécessaire de les prendre.

– Mais je vous demande *pourquoi*, sergent. Est-ce parce que vous considériez qu'en tant que Rom, elle était forcément coupable de ce dont on l'accusait ? En particulier parce que c'était un touriste qui *l'accusait* ?

– Non, pas à cause de ça.

– Alors, *pourquoi* ? Pourquoi était-il si commode de la croire coupable ?

– Parce que l'un des témoins avait arrêté le bras de la femme pendant qu'elle sortait le portefeuille de la poche du touriste, et parce que les deux témoins étaient des religieuses. » Steiner observa un silence théâtral. « J'ai supposé qu'elles ne mentaient pas. »

La dottoressa Pitteri fut un instant prise de court, puis crut avoir trouvé une contre-attaque : « Et vous pensez sincèrement qu'elle aurait pu prendre le risque de faire une chose pareille en présence de religieuses ?

– Elles étaient en civil. »

Brunetti jeta un coup d'œil vers la psychiatre. Elle foudroyait la nuque du carabinier avec une telle intensité que si la tête de celui-ci avait pris feu, le commissaire n'en aurait pas été plus étonné que ça.

Personne ne rompit le silence qui s'était établi. De temps en temps, on entendait la voix du répartiteur crachouiller à la radio, mais le son était trop bas pour qu'on distingue ses paroles depuis l'arrière, et ni Steiner ni le conducteur ne paraissaient concernés par ce qui se disait. Ils prirent la sortie pour l'aéroport. Cela faisait longtemps que Brunetti ne s'y était pas rendu autrement que par la mer, et il fut surpris de voir que des ronds-points avaient remplacé les carrefours. Il conduisait si rarement et si mal qu'il n'aurait su dire si c'était une amélioration, et ne voulut pas rompre le silence en posant la question.

Ils laissèrent l'aéroport sur leur droite et s'arrêtèrent à un feu rouge. Aussitôt, du côté du conducteur, une femme en jupe longue, avec au creux du bras un paquet qui pouvait aussi bien contenir un bébé qu'un ballon de football emmailloté, s'approcha de la fenêtre. Elle tenait un mouchoir contre sa bouche comme pour se protéger des émanations des voitures tournant au ralenti. Elle tendit son autre main en coupe, en un geste suppliant.

Les cinq passagers de la voiture continuèrent à regarder droit devant eux, changés en statues de pierre. Voyant les deux hommes en uniforme à l'avant, la femme s'esquiva et alla renouveler son geste auprès du véhicule suivant.

Le silence devenait de plus en plus pesant. Depuis l'autoroute, on voyait des champs et des arbres et, de temps en temps, une maison isolée ou un petit hameau.

Il y avait quelques arbres en fleurs. En dépit de la tension qui régnait dans la voiture, Brunetti prenait encore plaisir à contempler de vastes étendues où la nature était en éveil. Il se dit qu'ils devraient prendre des vacances dans un endroit verdoyant, l'été prochain, au milieu des champs et des forêts : pas de plage, de sable ni de rochers, et tant pis si les enfants rouspétaient. De longues marches, l'air de la montagne, des torrents, des nuages tout blancs au-dessus des glaciers. Le Haut-Adige, peut-être. Il lui semblait se souvenir que l'oncle de Pucetti accueillait des vacanciers dans sa ferme du côté de Bolzano.

La voiture ralentit. Ils quittèrent l'autoroute, tournèrent à droite au bout de la rampe et se retrouvèrent sur une route ordinaire qui passait entre des bâtiments bas : usines, garage de voitures d'occasion, stations-service, un bar, un parking, un autre parking, puis des rangées de maisons construites en retrait de la chaussée, chacune sur son bout de terrain, et enfin des champs verdoyants.

Puis de nouveau des feux rouges, des maisons, entourées cette fois de grillage. Il y avait des chiens dans beaucoup de jardins. Des gros chiens. Ils roulèrent sur encore un kilomètre, après quoi le chauffeur ralentit, mit son clignotant et tourna à droite.

Ils s'étaient arrêtés devant un portail métallique. Le conducteur donna un coup d'avertisseur, puis un deuxième ; comme rien ne se passait, il descendit de voiture et alla ouvrir lui-même le portail. Une fois celui-ci franchi, sur un mot de Steiner, il redescendit pour aller le refermer.

Devant eux, des voitures étaient rangées dans un demi-cercle très approximatif ; derrière, des caravanes était disposées de façon encore plus anarchique. Certaines étaient en métal, d'autres en bois, plusieurs paraissaient très récentes. L'une d'elles avait un toit en pente d'où dépassait une petite cheminée ; elle faisait penser à un dessin dans un livre d'enfant. Des objets s'empilaient contre les flancs des caravanes et s'entassaient dans les espaces qui les séparaient : cartons, tables pliantes, barbecues, ainsi que d'innombrables sacs en plastique plus ou moins en lambeaux. Derrière le campement, plusieurs sentiers formés par le piétinement s'avançaient au milieu des hautes herbes et des orties, où ils s'interrompaient brusquement. Brunetti vit des objets métalliques dépasser des herbes : un réfrigérateur, une antique machine à laver avec essoreuse manuelle, au moins deux sommiers métalliques et une épave de voiture.

Les véhicules devant les caravanes étaient en bien meilleur état et la plupart paraissaient neufs – c'était du moins ce qu'il semblait à Brunetti, qui n'était pas très bon juge en la matière. Si une disposition aussi désordonnée pouvait avoir un centre, c'était l'endroit où le chauffeur vint garer la voiture. Il coupa le moteur. Brunetti entendit les petits cliquetis du métal qui refroidit, et bientôt le grincement qu'émit la portière de Steiner en s'ouvrant. Puis des chants d'oiseaux, sans doute en provenance des arbres qui entouraient le campement, de l'autre côté du grillage.

Sous ses yeux, une première porte s'ouvrit dans une caravane, puis une deuxième, puis deux autres encore, et des hommes descendirent les quelques marches. Ils ne parlaient pas et ne donnaient pas l'impression de communiquer d'une manière quelconque entre eux, ce qui ne les empêcha pas de venir s'aligner devant la voiture des carabiniers.

Vianello et le chauffeur ouvrirent leur portière et descendirent à leur tour. Lorsque Brunetti leva de nouveau les yeux sur le groupe de Roms, trois autres hommes venaient de s'y joindre. Et les chants d'oiseaux avaient cessé.

21

Les hommes restèrent là, immobiles. Les oiseaux se remirent à chanter. L'air était doux et l'agréable soleil de l'après-midi les enveloppait de leur lumière. Au-delà du grillage, les ondulations des champs vert tendre s'éloignaient en direction d'un bosquet de châtaigniers ; c'était certainement de là que provenaient les chants d'oiseaux. Comme la vie est douce, songea Brunetti.

Face à eux se tenaient à présent neuf hommes. Tous portaient des chapeaux, des fedora crasseux qui avaient sans doute été de couleurs différentes, mais avaient désormais la même nuance marron, terne et poussiéreuse. Aucun n'était rasé de près. Certains Italiens, quel que soit leur âge, arboraient une barbe de plusieurs jours. Pour suivre la tendance, ou pour prouver quelque chose – mais quoi ? Ces hommes, eux, avaient des barbes plus ou moins fournies, inégalement taillées, en tout cas peu soignées, comme si le rasage avait été le cadet de leurs soucis, ou même un signe de faiblesse.

Ils avaient la peau sombre et les yeux noirs, et portaient des pantalons de laine, des chandails, des vestes sombres, certains une chemise, et des chaussures abîmées à semelles épaisses.

Steiner et le chauffeur, en uniforme de carabiniers, attiraient particulièrement les regards. Un bruit sourd fit tressaillir Brunetti. Steiner posa la main sur la crosse de son pistolet.

La dottoressa Pitteri se tenait debout à côté de la voiture, la main encore sur la poignée de la portière qu'elle venait de faire claquer, un petit sourire aux lèvres. « Je ne voulais pas vous faire peur, sergent, dit-elle sur un ton acide. Veuillez me pardonner. »

La réaction instinctive de Steiner n'était pas passée inaperçue. Deux des hommes ne purent s'empêcher de sourire, sans regarder Steiner.

La dottoressa Pitteri s'approcha des Roms. Rien ne laissait deviner qu'ils la connaissaient déjà et encore moins qu'ils avaient plaisir à la voir. Elle s'arrêta à quelques pas d'eux et dit quelque chose que Brunetti ne comprit pas. Comme aucun des hommes n'avait réagi, elle se répéta, un peu plus fort cette fois. Brunetti distingua bien les mots, mais n'en comprit pas le sens. Elle se tenait pieds écartés. Avec ses mollets épais, on aurait dit qu'elle était enracinée dans le sol.

Un des hommes s'adressa à la psychiatre. Elle se tourna vers lui et dit quelques mots ; l'homme réagit en haussant le ton, suffisamment pour que tout le monde entende : « Parlez italien, c'est plus facile de vous comprendre. » Il n'était pas le plus âgé du groupe, mais son attitude était celle d'un chef. S'il avait un accent marqué, il parlait italien avec aisance.

Brunetti eut l'impression que la psychiatre avait enfoncé ses pieds un peu plus profondément dans le sol en terre battue. Ses mains pendaient le long de son corps – elle avait laissé son sac dans la voiture – et il remarqua qu'elle serrait les poings.

« J'aimerais parler avec Bogdan Rocich. »

Son interlocuteur resta impassible, mais deux des hommes échangèrent un regard et un troisième se tourna vers celui qui avait parlé.

« Il n'est pas là, répondit l'homme.

– Sa voiture est ici », répliqua-t-elle. Les yeux de l'homme se tournèrent vers une Mercedes d'un bleu délavé par le soleil, dont l'aile droite était cabossée.

« Il n'est pas ici.

– Sa voiture est ici, répéta-t-elle comme si l'homme n'avait pas entendu.

– Il est parti avec un ami », intervint l'un des autres. Il était sur le point d'ajouter quelque chose, mais il en fut empêché par un regard courroucé du chef. Celui-ci avança soudain vers la femme, et Brunetti fut impressionné de voir qu'elle ne bougea pas d'un pouce, ne tressaillit même pas.

L'homme se tenait maintenant si près d'elle qu'il aurait pu la toucher en tendant la main ; il n'était pas très grand, mais paraissait la dominer. « Qu'est-ce que vous lui voulez ?

– Je voudrais lui parler », répondit-elle calmement. Ses poings s'ouvrirent, et ses doigts se déplièrent.

« Vous pouvez me parler. C'est mon frère.

– Signor Tanovic, dit-elle, vous n'êtes pas son frère, vous n'êtes même pas son cousin. » Elle avait répondu d'une voix calme, détendue, comme si elle bavardait avec quelqu'un qu'elle venait de rencontrer dans un parc. « C'est au signor Rocich que je suis venue parler.

– Je vous ai dit qu'il n'était pas là. » Pendant toute la conversation, son visage resta de marbre.

« Peut-être qu'il est revenu, et que personne ne vous l'a dit. »

Brunetti, tâchant de rester aussi impassible que l'homme, le vit étudier les possibilités qui s'offraient à lui. Il regarda la dottoressa Pitteri, puis les quatre hommes qui lui faisaient face, deux en uniforme, deux en civil mais indubitablement de la police.

« Danis », dit le chef à l'un des hommes alignés à côté de lui. Tout ce que Brunetti put comprendre du reste fut « Bogdan ».

L'homme ainsi interpellé partit en direction de la caravane qui se trouvait derrière la Mercedes bleue. L'un des autres alluma une cigarette et, comme Tanovic ne disait rien, personne, dans leur groupe, ne prit la parole.

Danis monta les marches de la caravane, dont la porte s'ouvrit avant qu'il ait eu le temps de frapper. Un homme, habillé comme les autres, apparut dans l'encadrement ; il y eut un échange de mots, et l'homme suivit Danis. Il avait laissé entrouvert derrière lui et Brunetti vit un instant quelque chose de clair, ce qui lui fit garder les yeux sur la porte pendant que tous les autres regardaient l'homme en train de rejoindre Tanovic et la dottoressa Pitteri.

L'intérieur de la caravane était sombre, mais Brunetti eut l'impression d'apercevoir un visage, ou une silhouette. Oui. Il y eut un mouvement lent de la partie inférieure de la silhouette.

Le nouveau venu s'arrêta non pas à côté de la dottoressa Pitteri, mais près de l'homme qui l'avait fait venir et avait entre-temps reculé d'un demi-pas. Brunetti tendit l'oreille, mais les Roms se parlaient entre eux, dans une langue qui lui était totalement étrangère. Il risqua un coup d'œil et constata que l'attention de tous, autour des deux hommes, était concentrée sur la conversation.

Brunetti vit des doigts s'agripper au battant de la porte et le tirer vers l'intérieur. Puis, juste au-dessus de la main, apparut une tête de femme. Il la distinguait mal, mais il en voyait assez pour estimer qu'il s'agissait d'une vieille femme, peut-être la mère de l'homme qui venait de sortir de la caravane, peut-être la grand-mère d'Ariana.

Elle se pencha, suivant l'homme des yeux, et Brunetti vit à nouveau le balancement de sa jupe.

Quand les Roms donnèrent l'impression d'en avoir terminé entre eux, la dottoressa Pitteri prit la parole : « Bonjour, signor Rocich. »

Plus petit et plus corpulent que les autres, l'homme avait une tignasse aussi noire et dense que celle de Steiner, mais des cheveux plus longs et raides, peignés en arrière et brillants de pommade ou de graisse. Il avait d'énormes sourcils noirs, sous lesquels disparaissaient des yeux sombres dont il était difficile de distinguer la couleur. Il paraissait plus soigné que les autres ; sa barbe était taillée, ses chaussures plus propres et le col de sa chemise, qui dépassait de son chandail, était impeccable.

Il regardait la dottoressa Pitteri avec une expression neutre, au point qu'il aurait été impossible de dire s'il la connaissait ou non. « Qu'est-ce que vous voulez ? finit-il par demander.

– C'est à propos de votre fille. Ariana.

– Quoi Ariana ? » Il avait parlé sans la quitter un instant des yeux.

« J'ai le regret de vous annoncer que votre fille est morte au cours d'un accident, signor Rocich. »

Ses yeux se tournèrent lentement vers la caravane ; les autres suivirent la direction de son regard et la femme battit en retraite à l'intérieur, mais on voyait encore très bien ses quatre doigts agrippés à l'extérieur de la porte.

« Elle morte ? » demanda-t-il. La psychiatre hocha affirmativement la tête. « Comment ? Accident voiture ?

– Non. Elle s'est noyée. »

À son expression, il était clair qu'il ne comprenait pas le mot. La dottoressa Pitteri le répéta, un peu plus fort, puis l'un des autres hommes le lui traduisit. Il regarda ses chaussures, puis la psychiatre, puis les hommes qui se tenaient derrière lui, un côté après l'autre. Personne ne dit rien ; le silence se prolongea longtemps.

C'est finalement la dottoressa Pitteri qui reprit la parole. « J'aimerais parler à votre femme », dit-elle en s'avançant d'un pas en direction de la caravane.

Le bras de Rocich jaillit tel un serpent et sa main la saisit par le haut du bras, l'immobilisant sur place. « J'aime pas, dit-il d'une voix tendue, mais sans hausser le ton. Je dire », ajouta-t-il en lui lâchant le bras. La manche de la psychiatre portait encore l'empreinte de la main de l'homme.

« Elle à moi. » Il avait parlé d'un ton définitif, comme pour mettre un terme à toute discussion. Sur quoi il fit demi-tour et repartit vers la caravane. Sa femme ou sa fille, se demanda Brunetti, sur laquelle voulait-il établir ses prétentions ? Sans doute sur les deux, à voir son attitude.

L'homme revint soudain sur ses pas, s'arrêta devant la dottoressa Pitteri et, d'un ton ouvertement agressif, lui lança : « Comment je sais ? Comment sûr Ariana ? »

La psychiatre se tourna vers le maréchal des logis. « Je crois que la question vous concerne, sergent. » Brunetti vit les regards qu'échangèrent les Roms : qui était cet homme qui permettait qu'une femme l'interpelle ainsi ?

Brunetti s'avança, tirant les photos de sa poche. Il tendit l'enveloppe à Rocich sans rien dire. Le Rom les regarda toutes les trois l'une après l'autre, une première fois, puis une seconde. Puis il les remit dans l'enveloppe et monta les marches de la caravane.

S'adressant aux policiers, la dottoressa Pitteri dit : « Je crois que notre travail ici est terminé. » Elle ne prit pas la peine d'attendre une réponse, dans un sens ou dans l'autre, remonta à l'arrière du véhicule et fit claquer la portière.

Le chef des Roms se détourna. Les autres se dispersèrent.

Parlant encore à voix basse, bien qu'il n'y eût plus personne pour l'entendre, Brunetti demanda à Steiner : « Eh bien ? »

Le carabinier n'eut pas le temps de réagir : une plainte aiguë franchit à cet instant la porte de la caravane de Rocich, restée ouverte. Brunetti regarda dans cette direction, mais son œil fut attiré par un mouvement soudain, au-delà, au sommet de la colline. Le bruit avait effrayé les oiseaux, qui s'étaient envolés et mis à tourner autour du bosquet de châtaigniers, formant un halo sombre et agité. Le gémissement ne semblait jamais vouloir cesser. Brunetti, le regard perdu sur les arbres, pensa à Dante cassant une branche, avant d'entendre le cri d'angoisse du suicidé dont il venait d'aggraver la douleur : « Pourquoi me brises-tu ? N'as-tu aucun sentiment de pitié[1] ? »

D'un accord tacite, les quatre hommes retournèrent vers la voiture. Steiner reprit sa place à l'avant, à côté du chauffeur, et Brunetti s'apprêtait à monter à son

1. Dante, *La Divine Comédie*, *L'Enfer*, Chant XIII, traduction de Lamennais.

tour à l'arrière lorsque la porte de la caravane s'ouvrit avec un claquement si violent qu'on aurait dit un coup de feu.

La femme restée cachée à l'intérieur bondit par la porte et parut survoler les marches ; elle s'arrêta en bas, aveuglée par le soleil. Elle tenait l'enveloppe froissée dans l'une de ses mains et les trois photos dans l'autre – mais délicatement, comme si elle craignait de les abîmer.

Elle paraissait aussi aveugle qu'une taupe surgissant de son trou. Ses gémissements n'avaient pas cessé. Elle jeta l'enveloppe au sol et tomba à genoux, puis, renversant la tête en arrière, se mit à hurler. De sa main libre, elle commença à se griffer les joues. Brunetti, qui était le plus près d'elle, vit des traînées rouges apparaître, comme autant de traces de coups de fouet.

Sans réfléchir, il courut à elle et lui prit la main, l'écartant de son visage. Elle esquissa le geste de lui porter un coup de poing avec l'autre main, mais se rappela à cet instant qu'elle tenait les photos et s'arrêta. Tout en se débattant, elle lui cracha dessus, constellant sa chemise et son pantalon de salive.

« Vous avez tué mon bébé ! hurla-t-elle. Vous avez tué mon bébé ! Dans l'eau ! Vous l'avez tué ! Mon bébé ! » La rage lui déformait le visage. Brunetti comprit alors que ce n'était pas une vieille femme, comme il l'avait cru, mais une femme vieillie avant l'âge. L'absence d'une partie de ses dents avait creusé ses joues et deux des incisives qui lui restaient étaient ébréchées. Elle avait des cheveux desséchés, repoussés à la diable sous un foulard, et sa peau sombre était huileuse et épaisse.

La dottoressa Pitteri apparut, se pencha sur la femme et lui dit quelques mots qu'elle répéta et répéta, comme une litanie. Elle posa la main à côté de celle de Brunetti, sur le bras de la femme agenouillée, puis fit signe au policier de la lâcher.

La femme parut se calmer aussitôt. Ses hurlements cessèrent et elle se pencha en avant, un bras sur l'estomac, l'autre main, écartée, tenant les photos à distance. Les gémissements avaient pris la suite des hurlements et elle murmurait quelque chose que Brunetti ne pouvait pas comprendre. La dottoressa Pitteri prit un mouchoir dans sa poche et le pressa sur la joue de la femme.

Des mains vigoureuses agrippèrent alors Brunetti et il fut brusquement poussé sur le côté. Il fit demi-tour et s'accroupit en position défensive. C'était le père d'Ariana. Le policier se redressa et le regarda s'approcher des deux femmes. Une fois auprès de la dottoressa Pitteri, il prit celle-ci par les bras et, la soulevant littéralement du sol, la reposa un mètre plus loin.

Puis il revint vers sa femme et lui dit quelque chose. Elle l'ignora ou ne l'entendit pas et continua à gémir, comme un animal qui souffre. Rocich la prit par le bras ; elle était tellement menue qu'il n'eut aucun mal à la remettre sur ses pieds.

Elle ne parut ni le voir ni comprendre ce qui lui arrivait. Il la fit pivoter jusqu'à ce qu'elle soit face à la caravane et, de son autre main, lui donna une forte bourrade dans le milieu du dos. Elle partit en trébuchant, faillit perdre l'équilibre, et tendit instinctivement les deux mains pour le retrouver. Le geste lui fit perdre les trois photos, qui voletèrent jusqu'au sol. Rocich, sans y prêter la moindre attention, suivit sa femme. Il marcha sur l'une des photos, tombée à l'endroit, qui s'enfonça dans la terre boueuse. Les deux autres étaient tombées à l'envers.

Sous leurs yeux, la femme monta l'escalier en se cognant aux marches et disparut dans la caravane. Son mari fit claquer la porte. Le bruit provoqua une fois de plus l'envol des oiseaux, qui se mirent à tourner en désordre en poussant des cris semblables à ceux de la femme.

Brunetti ramassa les photos. Celle que l'homme avait piétinée était définitivement perdue. Il la glissa dans la poche de son veston, s'avança jusqu'à la caravane et posa les deux autres photos sur la marche du haut.

Personne ne rompit le silence pendant tout le trajet du retour.

22

Conformément aux prévisions de Brunetti, ils avaient mis plus de deux heures pour faire l'aller-retour à Dolo. À la questure, Brunetti dit à Vianello de regagner la salle commune des officiers, tandis qu'il se chargeait de rendre compte à Patta de leur expédition de l'après-midi.

La signorina Elettra leva les yeux lorsqu'il entra, et le commissaire comprit qu'elle n'avait pas oublié la brusquerie de ses questions et la manière dont elle-même en avait pris ombrage, puis il se rendit compte qu'elle venait de s'apercevoir de son état, bien que n'ayant aucune idée de la manière dont elle l'avait deviné.

« Qu'est-ce qui ne va pas, dottore ? demanda-t-elle, réellement inquiète.

– Nous sommes allés prévenir les parents de la petite. » Il lui expliqua, aussi brièvement qu'il le put, comment les choses s'étaient passées.

« Ah, la pauvre femme. C'est terrible d'avoir un enfant qui disparaît et ensuite d'apprendre ça.

– C'est ce qui est si bizarre », dit Brunetti. Le silence tendu qui avait régné dans la voiture, pendant le trajet du retour, l'avait empêché de réfléchir sereinement et ce n'était que maintenant qu'il pouvait analyser la réaction des parents.

« Quoi donc ?

– Leur fille disparaît pendant presque une semaine, et ni le père ni la mère ne prennent la peine d'en parler à la police. » Il évoqua un instant les minutes passées dans le campement des nomades. « Et lorsque nous arrivons sur place, leur chef, ou le type qui leur tient lieu de chef, je ne sais pas, commence par refuser de nous laisser rencontrer les parents. »

Comme elle restait silencieuse, il continua. « Pouvez-vous imaginer ce qui se passerait si un enfant disparaissait, chez nous ? Ce serait partout dans les journaux, sur toutes les chaînes de télé. Eh bien ? Ce n'est pas vrai ?

– Je ne suis pas certaine que nous devons nous attendre à ce qu'ils réagissent comme nous.

– Que voulez-vous dire ? »

Il la regarda qui cherchait ses mots. « Je crois que leur attitude vis-à-vis de la loi est plus précautionneuse que la nôtre.

– Plus précautionneuse ? Que voulez-vous dire ? »

Elle repoussa sa chaise. Il lui trouva quelque chose de changé, à cet instant. Est-ce qu'elle avait perdu du poids ou s'était fait couper les cheveux – l'une de ces choses que font les femmes ? « Ce n'est pas comme si leur première idée, quand ils ont un problème, était d'appeler la police, n'est-ce pas, monsieur ? » Brunetti garda le silence. « Ce qui est tout à fait compréhensible, était donné la manière dont sont traités les gens, dans cette communauté.

– Mais personne, à part la mère, n'a montré le moindre chagrin à l'annonce de la mort de la fillette.

– Et vous croyez qu'ils se seraient livrés à des manifestations de ce genre en présence de quatre policiers, monsieur ? »

Agacé de ne pas deviner, il lui demanda : « Comment se fait-il que vous ayez l'air différent, signorina ? »

Elle fut incapable de lui cacher sa stupéfaction. « Vous avez remarqué ?

– Bien entendu », répondit-il, toujours aussi intrigué.

Avec grâce, elle se mit debout, leva les bras de côté, releva les avant-bras, puis s'inclina vers lui avec un balayage du bras droit. « J'ai commencé à prendre des leçons », dit-elle, le laissant toujours aussi perplexe. Yoga ? Karaté ? Danse classique ?

Elle rit, ploya les genoux et prit la position *en garde*, main droite tendue vers lui autour d'une poignée invisible.

« L'escrime ? »

Elle avança de deux pas vers lui dans un mouvement gracieux qui pouvait passer pour une attaque.

La porte du bureau de Patta s'ouvrit soudain et le vice-questeur en émergea, un classeur à la main, image parfaite d'un meneur d'hommes en action. Le temps qu'il se tourne vers sa secrétaire, la rapière avait disparu et elle le regardait. « Ah, vice-questeur, j'allais justement vous prévenir que le commissaire Brunetti souhaitait vous faire son rapport.

– Ah, oui, dit Patta avec un coup d'œil spéculatif en direction de Brunetti, comme s'il ne pouvait se libérer des obligations de sa charge que le temps d'un bref entretien. Très bien, Brunetti, entrez dans mon bureau. »

Patta posa le classeur sur le bureau de la signorina Elettra, ne gardant qu'une feuille à la main, et laissa la porte ouverte derrière lui, invitant ainsi Brunetti à le suivre.

Celui-ci essaya de deviner le temps que Patta lui accorderait. D'ordinaire, lorsque le vice-questeur retournait derrière son bureau, cela signifiait qu'il entendait être à l'aise et qu'il était donc prêt à consacrer davantage que quelques secondes à l'entrevue. Si, en revanche, il allait se poster près de la fenêtre, on pouvait en conclure qu'il était pressé et que son interlocuteur avait intérêt à faire vite.

Cette fois, Patta alla droit à son bureau, sur lequel il posa la feuille. Puis, après un bref coup d'œil à Brunetti, la tourna. Et s'assit sur le bord de la table, ce qui laissa Brunetti dans l'incertitude sur la conduite à tenir : il ne pouvait certainement pas s'asseoir en présence de son supérieur resté (presque) debout, et le fait que Patta pouvait à tout instant s'élancer ailleurs dans la pièce le laissait incertain sur l'endroit où il devait se tenir.

Patta portait un costume gris ardoise dans lequel il paraissait plus grand et plus mince. L'œil de Brunetti fut attiré par une épingle en or – une sorte de croix ? – sur le revers du veston. Refusant de se laisser distraire, il prit la parole. « Je suis allé là-bas, comme vous me l'avez demandé, vice-questeur. »

Patta répondit d'un hochement de tête. Il avait décidé de jouer le rôle, aujourd'hui, du gardien silencieux et attentif de l'ordre public.

« J'étais accompagné d'un maréchal des logis des carabiniers, ainsi que d'une représentante des services sociaux qui travaille avec les Roms. »

Patta acquiesça de nouveau, soit pour montrer qu'il suivait les explications de Brunetti, soit qu'il était sensible à la terminologie politiquement correcte employée par son subordonné.

« Dans un premier temps, l'homme qui paraissait être leur chef a refusé de nous laisser parler aux parents, mais lorsqu'il a compris que nous resterions jusqu'à ce que nous les ayons vus, il a appelé le père et nous lui avons dit, pour l'enfant. » Patta resta silencieux. « Il m'a demandé comment nous pouvions être sûrs de son identité, et je lui ai donné les photos que nous avions prises. Il les a montrées à la mère. Elle était… (il se demanda comment il devait décrire le comportement de la femme de Rocich)… folle de chagrin. » Brunetti ne voyait pas ce qu'il pouvait ajouter.

« Je suis désolé, dit Patta.

– De quoi, monsieur ? » Brunetti se demanda si son supérieur ne regrettait pas de ne pas avoir rempli lui-même cette mission pour pouvoir s'en faire un peu de publicité.

« Pour la douleur de cette femme, répondit sobrement Patta. Personne ne devrait perdre un enfant. » Puis d'un ton soudain plus léger, il demanda : « Et l'autre femme ?

– Vous voulez dire… celle des services sociaux ?

– Non. Celle chez qui vous êtes allé. À qui on avait volé les bijoux.

– La petite devait s'être introduite chez eux. » Comme Patta était sur le point de parler, il ajouta : « Sinon, comment expliquer qu'on ait trouvé l'alliance et la montre sur elle ? Ce que je veux dire, c'est qu'on ne sait pas comment l'expliquer autrement.

– Mais cela ne veut pas dire grand-chose, si ? Il n'y a aucune raison de penser qu'il lui est arrivé quelque chose pendant qu'elle était là-bas, sinon perdre l'équilibre et tomber. C'est vrai, les gens tombent tout le temps des toits. »

Brunetti avait bien entendu parler d'un cas, au cours des dix dernières années, mais il trouva plus prudent de ne pas discuter cette affirmation. Les toits étaient peut-être plus dangereux dans la ville natale de Patta, Palerme. La plupart des choses l'étaient.

« En règle générale, ils agissent en groupe, monsieur, continua Brunetti.

– Je sais, je sais, dit Patta avec un geste de la main, comme si son subordonné était une mouche particulièrement agaçante. Mais cela ne signifie rien non plus. »

Les antennes de Brunetti perçurent un étrange bourdonnement dans la pièce, qui émanait de Patta ; soit à cause de son regard, soit de son ton, soit encore à la manière dont sa main droite s'avançait de temps en temps, machinalement, vers la feuille de papier posée à l'envers, pour revenir brusquement à son côté.

Brunetti fit mine de réfléchir. « Je suppose que vous avez raison, monsieur. Il pourrait cependant être utile de leur parler.

– À qui ?

– Aux autres enfants.

– Hors de question ! » Comme s'il partageait la surprise de Brunetti devant sa véhémence, le vice-questeur continua sur un ton moins virulent : « Ce que je veux dire, c'est que c'est trop compliqué : il vous faudrait un mandat du juge du tribunal pour enfants, il faudrait vous faire accompagner par un représentant des services sociaux pour qu'il assiste aux entretiens, et vous auriez évidemment besoin d'un interprète. » Patta avait parlé au conditionnel pour bien marquer que, pour lui, l'affaire était réglée. Pour enfoncer le clou, il ajouta au bout d'un silence soigneusement mesuré : « Sans compter que vous ne pourriez jamais être sûr que ce sont les bons enfants. » Il secoua la tête devant l'incapacité de Brunetti à tenir un tel raisonnement.

« Je vois ce que vous voulez dire, monsieur », dit Brunetti avec un haussement d'épaules résigné, s'interdisant toute manifestation d'ironie ou de sarcasme. Cette affaire concernait la classe moyenne prospère de la ville, et pour cette raison, le vice-questeur avait décidé qu'il valait mieux renoncer à enquêter plus avant.

Brunetti choisit de se retirer dans sa coquille, tel un escargot. « Je n'avais pas envisagé tout cela, monsieur, admit-il à contrecœur. Et de toute façon, nous n'avons aucune chance de pouvoir faire témoigner ces enfants, n'est-ce pas ?

– Non, aucune », admit Patta. Il s'écarta du bureau et alla s'installer dans son fauteuil. « Voyez toutefois s'il est possible de faire quelque chose pour la mère. » Brunetti s'en réjouit : pour cela, il faudrait aller la voir et lui parler, n'est-ce pas ?

« Je vous laisse travailler, monsieur », dit Brunetti.

Patta était déjà trop occupé pour répondre.

La signorina Elettra leva les yeux lorsqu'il émergea du bureau de Patta. « Le vice-questeur, lui dit Brunetti, qui avait pris soin de laisser la porte entrouverte derrière lui, pense qu'il est inutile de poursuivre l'enquête sur cette affaire. »

Après un coup d'œil à la porte, la secrétaire lui donna la réplique attendue : « Et vous êtes d'accord avec lui, commissaire ?

– Oui, je crois. La pauvre petite est tombée du toit et s'est noyée. » Il se rappela soudain qu'aucune disposition n'avait été prise pour le corps. À présent que l'enquête avait été effectivement close par Patta, on pouvait le rendre à la famille, même si, dans le cadre d'une mort accidentelle, Brunetti ne savait pas à qui incombait la tâche.

« Voulez-vous appeler le dottor Rizzardi et voir quand nous pourrons restituer le corps ? » demanda-t-il.

Un moment, Brunetti envisagea d'accompagner les restes de la fillette, mais il n'était pas préparé à ça. « Il y a une psychiatre des services sociaux, signorina, la dottoressa Pitteri – j'ai oublié son prénom – qui travaille avec les Roms depuis un certain temps. Elle pourrait avoir une idée de... de ce qu'ils souhaiteront faire, peut-être.

– Pour la petite, vous voulez dire ?

– Oui.

– Très bien. Je vais l'appeler, commissaire. Je vous tiendrai au courant.

– Merci. »

23

Tandis qu'il remontait dans son bureau, Brunetti fut soudain envahi d'un désir compulsif de faire demi-tour, de quitter la questure et, comme il l'avait fait écolier, de prendre le premier vaporetto jusqu'au Lido pour aller marcher sur la plage. Qui le saurait ? Pis, qui s'en soucierait ? Patta devait se féliciter d'avoir protégé les nantis d'une enquête gênante, tandis que la signorina Elettra s'attelait à la tâche peu réjouissante de trouver un moyen de restituer le corps d'une enfant à sa famille.

Dès qu'il fut dans son antre, il appela le bureau de la signorina Elettra.

« Quand Patta est sorti de son bureau, il tenait une feuille de papier à la main. Avez-vous une idée de ce que c'était ?

– Non, monsieur, répondit-elle, on ne peut plus laconiquement.

– Pensez-vous que vous pourriez y jeter un coup d'œil ?

– Un instant, je vais demander au lieutenant Scarpa. »

Brunetti l'entendit demander, la voix affaiblie par l'éloignement du combiné : « Savez-vous ce qui coince avec la photocopieuse du troisième, lieutenant ? » Puis, d'une voix plus forte, comme si elle parlait à quelqu'un qui s'éloignait : « Je crois qu'il s'agit simplement d'un bourrage papier, lieutenant. Cela vous ennuierait-il d'aller y jeter un coup d'œil ? »

« Vous devriez éviter de le provoquer, vous savez, intervint Brunetti.

– Je ne mange pas de chocolat, répliqua-t-elle vivement. Provoquer le lieutenant me procure le même plaisir, sans risque de prendre des kilos. » Dans son cas, le risque était peu élevé, mais chacun ses plaisirs. Tout de même, il paraissait bien plus dangereux d'asticoter sans cesse l'adjoint de Patta comme elle le faisait que de croquer une ou deux truffes au chocolat.

« Ce n'est pas mon problème, dit-il en riant. Je dois dire cependant que j'admire votre courage.

– C'est un tigre de papier, commissaire. Comme ils le sont tous.

– Tous qui ?

– Les hommes dans son genre, qui ont pour habitude de jouer les durs à cuire et les taiseux, et de faire planer une ombre menaçante sur votre bureau. Tout ce qu'ils cherchent, c'est à vous donner l'impression qu'ils sont prêts à vous mettre en pièces pour vous bouffer tout cru et à se servir d'un bout de vos os pour se curer les dents après. » Brunetti se demanda ce qu'elle aurait pensé des Gitans qu'il venait de voir. « Ne vous en faites pas, commissaire.

– Je crois tout de même qu'il vaudrait mieux éviter de toujours le prendre à rebrousse-poil.

– Si jamais le vice-questeur devait choisir, il se débarrasserait de lui sans hésiter.

– Qu'est-ce qui vous fait croire ça ? » Le lieutenant Scarpa était le fidèle porte-flingue du vice-questeur depuis plus de dix ans, son compatriote sicilien, un individu qui se régalait des miettes tombant de la table du pouvoir, un personnage sans scrupule qui paraissait prêt à tout pour aider Patta dans sa carrière.

« Le fait que le vice-questeur a totalement confiance en lui, répondit-elle, ne faisant qu'ajouter à la confusion de Brunetti.

– Là, je ne comprends plus rien.

– Il peut avoir confiance en Scarpa, du coup il peut se séparer de lui sans danger ; il suffirait de lui donner de l'avancement. Mais il n'est pas sûr de pouvoir me faire confiance, alors il aura toujours peur de se débarrasser de moi. » Sa voix était dépourvue de son habituel ton persifleur.

« Et pour compléter ma réponse, la seule personne qui soit entrée dans le bureau du vice-questeur aujourd'hui, à part vous, c'est le lieutenant Scarpa. Il y est resté environ une heure, ce matin. »

Brunetti la remercia et raccrocha. Il tira une feuille de papier à lui et entreprit d'établir une liste de noms. Tout d'abord, le propriétaire de l'alliance et de la montre. Le nom de Fornari lui était familier. La signora Vivarini lui avait dit que son mari était en Russie. Qu'est-ce qu'il vendait déjà, du matériel de cuisine ? Non, des cuisines clés en main, qu'il cherchait à exporter. Oui, il y était : exportations, licences, Guardia di Finanza, usines. Il y avait une histoire d'argent, un conflit avec une entreprise étrangère… décidément, ça ne voulait pas lui revenir ; il laissa tomber.

Il écrivit les noms de sa femme, de sa fille et de son fils, et même celui de la femme de ménage. C'était les seules personnes qui avaient pu être dans l'appartement la nuit de la mort de la fillette. Il y ajouta les mots *Tsigane*, *Gitan*, *Zingaro*, *Romanichel*, *Rom*, *Sinti* et *nomade*. L'image de la fillette morte l'envahit et il repoussa ses notes.

La femme de Rocich avait eu l'air assez âgée pour être la grand-mère de l'enfant, mais le visage aux joues creuses, sillonné de plis profonds, était celui de la mère d'une fillette de onze ans. Les trois enfants avaient moins de quatorze ans, ce qui voulait dire qu'aucun ne pouvait être arrêté. Au camp, il n'avait aperçu aucun enfant ; plus étrange encore, il n'avait vu aucun signe de la présence d'enfants, tricycles, jouets ou poupées abandonnées au milieu des détritus. Les petits Italiens auraient été à l'école, en milieu de journée ; l'absence des petits Gitans laissait plutôt à penser qu'ils étaient au travail – ce qui passait pour du travail pour eux.

Aucun doute que les enfants de Fornari auraient été en cours à cette heure de la journée. Si la fille avait bien seize ans, elle devait être en terminale ; le fils était peut-être déjà à la fac. Il prit le téléphone et composa à nouveau le numéro de la signorina Elettra. « J'ai encore une faveur à vous demander, lui dit-il. Avez-vous accès aux dossiers des écoles de la ville ?

– Ah, le département de l'instruction publique. Un jeu d'enfant.

– Bien. La fille des Fornari, Ludovica, seize ans. Et son frère, Matteo, dix-huit ans. J'aimerais savoir s'il y a quelque chose d'intéressant les concernant. »

C'était plutôt vague, comme indication, mais elle se contenta de demander les noms complets des parents.

« Giorgio Fornari et Orsola Vivarini.

– Mon Dieu, mon Dieu…

– Vous les connaissez ?

– Non, pas du tout. Mais j'aimerais bien rencontrer une femme affublée du prénom d'Orsola sans que cela l'empêche d'appeler sa fille Ludovica.

– Ma mère avait une amie qui s'appelait Italia. Et j'ai connu pas mal de Benito, deux ou trois Vittoria et même un Addis Ababa.

– Autres temps, autres mœurs. Et une conception différente des choses : on donnait un prénom comme un titre de gloire.

– En effet, dit-il, pensant aux Tiffany, aux Denis ou aux Sharon qu'il avait arrêtés. Ma femme prétend que si un jour apparaît un personnage de feuilleton télévisé s'appelant *Pig-shit*[1], il faudra s'attendre à en voir toute une génération.

– Je crois que ce sont les Brésiliens les plus populaires, commissaire.

– Pardon ?

– Les feuilletons télévisés.

– Oui.

– Je vais voir ce que je peux trouver sur eux. Et je vais appeler la dottoressa Pitteri.

– Merci, signorina. »

Brunetti aurait pu faire une recherche lui-même à partir du nom de Giorgio Fornari, mais il savait que l'information qu'il cherchait ne figurerait pas dans les journaux, les revues ou les rapports du gouvernement. Ce nom était logé dans une partie de sa mémoire où étaient rangés cancans et rumeurs. Il essaya de retrouver dans quelle situation il l'avait entendu pour la première fois. Il avait été question d'argent, mais aussi de la Guardia di Finanza, car c'était en lisant un article sur la politique fiscale, quelques jours auparavant, que le nom de Fornari lui était vaguement revenu.

L'un de ses anciens camarades de classe était actuellement capitaine dans la Guardia di Finanza, et Brunetti

1. « Merde de cochon ».

se souvenait encore avec beaucoup de plaisir de l'après-midi qu'ils avaient passé ensemble sur la lagune – cela devait remonter à trois ans. Le bateau de patrouille, digne d'un *James Bond* avec ses deux moteurs latéraux, avait impressionné Brunetti, habitué aux vedettes de la police et des carabiniers. Il avait dû revoir ce jour-là sa conception de la vitesse en bateau : le pilote leur avait fait emprunter le canal di San Nicolo avant de foncer droit devant lui, à croire qu'il n'allait s'arrêter qu'en vue des premières îles de la côte croate. L'ami de Brunetti avait justifié cette sortie comme « un exercice de liaison avec d'autres forces de l'ordre », mais elle s'était transformée, avec la pleine complicité du pilote, en une partie d'école buissonnière à laquelle il n'avait rien manqué, même pas les cris de joie et les claques dans le dos ; elle ne se serait jamais arrêtée si un appel de la radio ne leur avait demandé de donner leur position.

Sans répondre à l'appel, le pilote avait décrit un grand virage et repris la direction de Venise, passant devant des bateaux de pêche, minuscules îlots d'activité, et bondissant dans le sillage d'un bateau de croisière qui faisait route vers la ville.

Frappé par ce rappel, Brunetti redit à voix haute « bateau de croisière ». Puis il laissa les souvenirs envahir peu à peu sa mémoire. Giorgio Fornari était aussi l'ami du capitaine de la Guardia di Finanza, et avait une fois appelé pour lui raconter quelque chose qu'il tenait du propriétaire d'une boutique de la Via XXI Marzo, lequel s'était retrouvé pris au milieu d'une de ces combines, nombreuses à Venise, motivées par l'appât du gain.

D'après ce qu'on avait raconté à Fornari, on avertissait régulièrement les passagers de ces bateaux de croisière qu'il était risqué d'aller au restaurant ou de faire les boutiques à Venise. Étant donné que la majorité des passagers en question étaient des Américains qui ne se sentaient en sécurité que chez eux, devant leur poste de télévision, ils croyaient volontiers cela et prenaient avec soulagement la liste des « bonnes adresses », celles où ils seraient sûrs de ne pas se faire arnaquer, que leur procurait obligeamment l'équipage. Ces établissements leur accordaient même une remise de dix pour cent, sur présentation de la contremarque de leur croisière.

Avec une excitation croissante, le capitaine avait poursuivi ses explications : toujours soucieux de faire plaisir, l'équipage du bateau proposait aux passagers une sorte de loterie à leur retour à bord. Il leur suffisait de remettre les factures de leurs achats ou de leurs repas ; plus ils avaient dépensé, plus ils avaient de chance de gagner.

« Ils étaient tous très contents, ravis d'avoir économisé dix pour cent », avait dit alors le capitaine avec le sourire du loup dans la bergerie. Le lendemain, l'équipage faisait la tournée des boutiques et des restaurants pour récupérer *ses* dix pour cent, petit sacrifice, pour les commerçants, au regard de l'avantage de figurer sur la liste. Au cas où ces derniers auraient eu l'idée malencontreuse de sous-estimer les dépenses des passagers, l'équipage disposait des factures pour preuve. Imparable.

Giorgio Fornari avait demandé au capitaine de la Guardia di Finanza si l'on pouvait mettre un terme à ces abus. En véritable ami, le capitaine avait conseillé à Fornari de garder bouche cousue, et de répercuter ce conseil auprès des commerçants. Brunetti se souvenait encore de la conclusion du capitaine : « Je crois qu'il s'est senti offensé, parce qu'il estimait que c'était de l'escroquerie. Imagine ça ! »

Certes, l'incident était bien trop mince pour dresser un portrait de Fornari, mais il procurait au moins un instantané. Dans cette situation particulière, il avait réagi en homme honnête. Il s'était montré indigné que des gens qui n'étaient pas vénitiens, ni même italiens – l'équipage du bateau – profitent de cette manière de la ville. Le capitaine lui avait fait remarquer qu'une arnaque de ce genre ne pouvait probablement être organisée ni se perpétuer sans le consentement tacite – sinon intéressé – de certains Vénitiens.

À ce moment-là, ils arrivaient au quai du bout de la Giudecca, la sortie était terminée, et l'histoire de Giorgio Fornari avait été rangée dans la mémoire de Brunetti.

« Imagine ça ! » dit-il à voix haute.

La signorina Elettra le tira de ses réflexions. « J'ai trouvé un certain nombre de choses à propos de ce Mutti, commença-t-elle dès qu'il eut décroché.

Elle avait mis tout le mépris possible dans ce nom. « Trouvé quoi ?

– Comme je vous l'ai déjà dit, monsieur, il n'a jamais officiellement fait partie d'un ordre religieux.

– Oui, je m'en souviens. Mais ?

– Mais padre Antonin avait raison, lorsqu'il parlait de l'Ombrie. Mutti y est resté deux ans, à Assise. Il portait alors l'habit des franciscains.

– Et qu'est-ce qu'il fabriquait, déguisé en franciscain ?

– Il dirigeait une sorte de centre de retraite.

– De centre de retraite ? s'étonna Brunetti, qui découvrait sans cesse de nouvelles facettes de cette époque à laquelle il vivait.

– Oui. Un endroit où les gens aisés pouvaient passer un week-end de… purification.

– Physique ? demanda-t-il, pensant à Abano où la signorina était allée récemment, mais en gardant en tête l'habit de franciscain.

– Et spirituelle.

– Ah, fit seulement Brunetti. Et ?

– Et les autorités sanitaires et la Guardia di Finanza ont été obligées d'intervenir et de faire fermer l'établissement.

– Et Mutti ?

– Il ignorait tout de la gestion financière du centre, bien entendu. Il n'était là qu'en tant que consultant spirituel.

– Mais les livres de comptes ?

– Il n'y en avait pas.

– Comment l'affaire s'est-elle terminée ?

– Il a été condamné pour escroquerie. Il a payé une amende et on l'a relâché dans la nature.

– Et ?

– Et apparemment, il est venu exercer ses talents à Venise.

– Effectivement, dit Brunetti, prenant une décision soudaine. Vous allez appeler la Guardia di Finanza. Vous demanderez le capitaine Zeccardi. De ma part. Vous lui répéterez ce que vous venez de m'expliquer, et lui direz qu'il pourrait peut-être aller regarder d'un peu plus près les agissements de ce Mutti.

– Ce sera tout, commissaire ?

– Oui. Ou plutôt non. Dites au capitaine que c'est pour le remercier de la balade dans la lagune. Il comprendra. »

Au cours du dîner, il se montra peut-être un peu moins bavard que d'habitude, mais personne ne parut s'en apercevoir : sa femme et ses enfants étaient plongés dans une discussion sur la guérilla urbaine qui semblait prendre de l'ampleur à Naples.

« Il y en a eu deux d'abattus aujourd'hui, dit Raffi, tendant la main vers le bol de *ruote* à la *melanzana* et à la *ricotta*. C'est vraiment le Far West, là-bas. Tu sors de chez toi pour aller acheter un kilo de riz à l'épicerie du coin, et pan ! un type te fait sauter la cervelle. »

Du ton qu'elle employait pour calmer l'enthousiasme de la jeunesse, Paola répliqua : « À Naples, j'ai bien peur que ce soit plutôt un kilo de cocaïne que les gens vont acheter à l'épicerie du coin. Encore un peu de pâtes, Chiara ? demanda-t-elle dans le même souffle.

– Ils ne sont tout de même pas tous comme ça, si ? s'enquit Chiara auprès de son père, tout en répondant à sa mère d'un hochement de tête.

– Non, en effet, répondit Brunetti, digne source d'informations policières. Ta mère exagère, une fois de plus.

– Nos profs nous expliquent que le gouvernement et la police luttent contre la Mafia. » Brunetti eut l'impression qu'elle ne faisait que répéter une leçon.

« Et d'après toi, depuis combien de temps dure cette lutte ? demanda sa mère. Pose-leur la question, la prochaine fois qu'il y en aura un d'assez stupide pour répéter cette ânerie. » Une fois de plus, elle faisait de son mieux pour consolider la confiance de ses enfants dans leurs enseignants, sans parler du gouvernement.

Brunetti fut sur le point de protester, mais elle lui coupa la parole d'une question : « Connais-tu une guerre qui a duré soixante ans ? En Europe ? Nous les avons sur le dos depuis que la vraie guerre est terminée, depuis que les Américains ont amené la Mafia dans leurs bagages, soi-disant pour lutter contre la menace (sa voix prit une intonation onctueuse, comme chaque fois qu'elle dénonçait quelque chose qu'elle avait en horreur) du communisme international. Résultat : la Mafia s'est installée, elle est toujours là, et elle sera là jusqu'à la fin des temps.

– Il y a eu la guerre de Cent Ans, en France, dit Raffi d'une petite voix.

– Tu sais bien qu'elle n'a pas duré vraiment cent ans, qu'elle a été entrecoupée de longues périodes de paix. Et nous ne sommes plus au Moyen Âge. »

En tant que représentant des forces de l'ordre, Brunetti aurait dû intervenir pour dénoncer cette nouvelle exagération et rappeler que, sous la direction énergique du gouvernement actuel, la police et les autres organes de l'État faisaient de grands progrès dans la lutte contre la Mafia. Mais il préféra demander ce qu'il y avait pour dessert.

24

Un jour passa, que Brunetti consacra à compiler un rapport sur la criminalité en Vénétie : Patta avait besoin de ces informations pour une communication qu'il devait faire lors d'une conférence à Rome, deux mois plus tard. Plutôt que de se débarrasser de cette tâche en la confiant à la signorina Elettra ou à un des hommes qu'il avait sous ses ordres, Brunetti avait décidé de s'y atteler lui-même, et il passa donc des heures à lire des rapports de police venus de toute la Vénétie et à chercher les chiffres disponibles pour les autres provinces et pays.

Dans les dernières statistiques, quatre termes revenaient régulièrement : Tsiganes, Roms, Sintis, nomades. La majorité des personnes arrêtées pour certains crimes et délits appartenaient à ces groupes. Vols à la tire, vols à la roulotte, vols avec effraction, cambriolages : trop souvent, les coupables étaient des nomades d'un genre ou d'un autre. Même sans disposer de chiffres sur les arrestations d'enfants, un lecteur attentif n'avait pas besoin d'être un grand spécialiste du jargon de la police pour interpréter l'explication qui revenait sans cesse pour justifier l'utilisation des véhicules de police sur le continent : « Restituer des enfants à leur responsable légal », « Restituer des mineurs à leurs parents ».

Un des dossiers concernait un jeune homme qui avait été arrêté de nombreuses fois ; mais il avait déclaré n'avoir que treize ans, et on n'avait pas pu le placer en détention : trop jeune. En l'absence de pièce d'identité, le magistrat avait ordonné une radiographie complète du jeune homme pour déterminer son âge par son développement osseux.

Au cours des siècles passés, les nomades avaient réussi à se tenir à l'écart des sociétés au milieu desquelles ils se déplaçaient. Ils étaient alors marchands et dresseurs de chevaux, chaudronniers-étameurs, voire négociants en pierres précieuses, des activités désormais disparues. Ils avaient néanmoins conservé leur mode de vie à l'écart de ceux qu'ils appelaient les *gadje*, estimant que les voler n'était qu'une autre façon de commercer avec eux. Au cours de la dernière guerre, ils avaient payé très cher leur différence, et ils étaient morts dans des proportions effrayantes dans les camps de concentration nazis.

Lorsqu'il commença à compiler les statistiques des autres régions, Brunetti s'aperçut que la tendance se confirmait : vols avec effraction, vols à la tire, vols à la roulotte, partout dans le pays, les représentants des groupes nomades étaient nombreux à être arrêtés pour ces infractions, et avec une fréquence disproportionnée. Il y avait en outre des cas – un, particulièrement ignoble, à Rome – de prostitution organisée, de location d'enfants par des membres des clans à des hommes intéressés par leurs services. Brunetti pensa au rapport d'autopsie.

Le souvenir du visage de la petite noyée et des photos qu'il avait laissées sur les marches de la caravane lui revenait aux moments les plus inattendus. Tâchant de le repousser, il se contraignit à poursuivre l'analyse et la comparaison des chiffres ; mais devant un problème épineux, un équivalent vénitien des vols de voitures, il abandonna temporairement sa tâche.

Patta lui avait enjoint de « voir ce qu'il pourrait faire pour la mère ». Brunetti n'avait aucune idée de ce que l'on pouvait faire pour la maman d'une fillette de onze ans qui venait de se noyer, et il soupçonna que le vice-questeur n'en avait pas non plus. Mais il avait reçu un ordre et il était décidé à obéir.

Cette fois-ci, la voiture appartenait à la *squadra mobile*, et le conducteur reconnut tout de suite le nom du campement. « Il vaudrait mieux qu'on ait une ligne de bus, commissaire. » L'homme, âgé d'une quarantaine d'années, avait répondu en dialecte dès qu'il avait entendu Brunetti parler. Grand, la peau claire, il était d'un abord ouvert et avait des manières détendues.

« Et pourquoi donc ? demanda Brunetti.

– Parce que nous n'arrêtons pas d'y aller. C'est un vrai service de taxi que nous tenons, pour leurs gosses.

– C'est comme ça, hein ? » Brunetti remarqua que les arbres étaient plus feuillus et d'un vert plus soutenu, aujourd'hui. « C'est un peu raide, vous ne trouvez pas ?

– Ce n'est pas à moi de dire si c'est bien ou mal. Mais au bout d'un moment, ça commence à faire un drôle d'effet.

– Pourquoi ?

– Tout se passe comme si les lois étaient différentes pour eux. » Il risqua un coup d'œil en coulisse et, sentant que Brunetti écoutait et paraissait intéressé, il continua. « J'ai deux gosses, qui ont neuf et six ans. Pouvez-vous imaginer ce qui arriverait si je refusais de les envoyer à l'école et si on les ramenait chez moi parce qu'on les aurait pris à voler ? Six fois ? Dix fois ?

– Qu'est-ce qu'il y aurait de différent ? demanda Brunetti, même s'il avait une idée assez précise de la réponse.

– Pour commencer, ils seraient envoyés au trou pendant une semaine, répondit le chauffeur avec un sourire qui montrait clairement que dans ce cas, le trou, c'était une réprimande sévère et la privation de télévision pendant un mois. Et je perdrais mon boulot. Ça, c'est garanti. Ou bien ce serait trop dur pour moi de rester, et je partirais. »

Brunetti pensa que le chauffeur exagérait un peu, puis il se souvint de cas d'arrestations d'enfants de policiers, et des conséquences désastreuses que cela avait eu sur la carrière de leurs pères.

« Mais que faudrait-il faire ?

– Eh bien, au bout d'un moment, je suppose que les services sociaux pourraient s'en mêler et leur retirer les enfants, pour les placer dans une famille d'accueil, peut-être.

– Vous pensez que cela serait juste ? »

Le chauffeur changea de voie en douceur et resta sans parler un certain temps, absorbé par sa manœuvre. « Eh bien, en ce qui me concerne, monsieur, je veux dire s'il s'agissait de ma propre famille, je trouverais que c'est trop. Vraiment. Je trouverais un moyen de les arrêter. » Il réfléchit quelques instants. « Bon, d'accord, ça ne plairait pas à ces gens, sans doute, qu'on leur enlève leurs enfants, maintenant que j'y pense. » Il y eut un autre long silence avant qu'il ne reprenne. « Nous ne sommes pas obligés de tous aimer nos enfants de la même manière, hein ?

– Non, je suppose, admit Brunetti.

– Et les enfants, qu'est-ce qu'ils savent des choses ?

– Je ne vous suis pas très bien.

– La vie qu'ils mènent est normale, normale pour eux, non ? Tout ce que les gosses savent de ce qu'est une famille, c'est ce qu'ils voient autour d'eux. Pour eux, c'est ça qui est normal. » Il laissa Brunetti réfléchir sur sa remarque, puis ajouta : « Quand je les ramène, c'est évident que les gosses aiment leurs parents.

– Et les parents, eux ?

– Oh, ils aiment leurs enfants ; les mères, au moins. C'est évident, ça aussi.

– Même si c'est la police qui les leur ramène ? »

Le chauffeur laissa échapper un rire étonné. « Oh, ça n'a aucune importance pour eux ; ils sont contents, leurs enfants aussi. » Il jeta un coup d'œil à Brunetti dans le rétroviseur. « Je suppose que des parents sont toujours contents de retrouver leurs enfants, monsieur, non ?

– Je l'imagine aussi. N'empêche, si c'était la police qui vous ramenait vos enfants…

– D'abord, ça ne risque pas d'arriver, monsieur. Mes enfants sont à l'école, et s'ils n'y étaient pas, nous le saurions. Je n'ai pas été bien longtemps à l'école, monsieur. Et du coup, je suis chauffeur dans la police pour gagner ma vie.

– Ce travail ne vous plaît pas ? demanda Brunetti, décontenancé par le changement de sujet.

– Ce n'est pas tellement la question, monsieur. Des jours comme aujourd'hui, quand je peux parler avec mes passagers, je veux dire, quand ils me parlent comme à une personne normale, j'aime bien ça. Mais c'est quoi, la vie que je mène ? Je conduis les autres un peu partout, et je sais que ces personnes sont toujours plus importantes que moi. Bon, d'accord, je suis officier de police, j'ai un uniforme, j'ai une arme…

Mais tout ce que je ferai jusqu'à ma retraite, ce sera de conduire une voiture.

– C'est pour ça que vous trouvez important que vos enfants aillent à l'école ?

– Exactement. Pour qu'ils aient une éducation, pour qu'ils puissent faire quelque chose de leur vie. » Il mit son clignotant et s'engagea dans la rampe de sortie de l'autoroute. Puis il jeta un bref coup d'œil à Brunetti. « Je veux dire, c'est tout ce qui compte, pas vrai ? Que nos gosses aient une vie meilleure que la nôtre ?

– Espérons-le, en tout cas.

– Oui, monsieur. »

Le chauffeur s'arrêta au même feu tricolore que la première fois, puis il tourna à gauche après avoir regardé dans les deux directions. À cause de la circulation, ou peut-être parce qu'il avait dit tout ce qu'il avait à dire, il garda le silence et Brunetti reporta son attention sur l'extérieur. Il avait du mal à comprendre comment les automobilistes retrouvaient leur chemin. Tant de choses pouvaient changer : arbres et fleurs fleurissaient ou dépérissaient, les champs étaient labourés ou moissonnés, les voitures garées changeaient tout le temps de place. Et si on se trompait, il était difficile de se garer et encore plus de revenir en arrière. Sans parler de l'irritation que cela causerait aux autres automobilistes, de toutes ces voitures qui bourdonnaient comme des insectes.

Ils tournèrent à nouveau. Brunetti eut beau regarder autour de lui, il ne reconnaissait rien. Puis les maisons disparurent et laissèrent la place à la verdure.

Enfin, le véhicule arriva devant le portail du campement. Le chauffeur descendit de voiture, ouvrit le portail, remonta dans la voiture pour le franchir, redescendit le fermer. S'il était si facile à ouvrir, à quoi servait-il ? songea Brunetti.

Deux hommes étaient assis sur les marches d'une des caravanes ; trois autres, penchés sur le capot ouvert d'une automobile, étudiaient le moteur. Ils ne semblèrent pas prêter attention à l'arrivée de la voiture de police, mais Brunetti vit les corps se tendre.

Il descendit de voiture et fit signe au chauffeur en uniforme de rester au volant. Il s'avança vers les trois hommes qui étudiaient le moteur. « *Buon giorno, signori* », dit-il.

L'un après l'autre, ils le regardèrent, puis retournèrent aux viscères de la voiture. L'un d'eux dit quelque chose que Brunetti ne comprit pas, montrant une bouteille en plastique d'où sortait un tuyau, à travers un bouchon rouge. Il lui donna un coup assez fort pour faire bouger le liquide, à l'intérieur, après quoi les autres commentèrent son geste.

Les trois hommes se redressèrent et, comme s'ils avaient répété, s'éloignèrent en même temps de la voiture, prenant la direction des caravanes. Au bout d'un moment, Brunetti s'approcha des deux autres, restés assis sur les marches d'une des caravanes. Ils levèrent les yeux sur lui en le voyant approcher.

« *Buon giorno, signori* », répéta Brunetti.

– *No italiano* », dit l'un d'eux avec un sourire pour son ami.

Brunetti revint à la voiture de police. Le chauffeur baissa sa vitre. « Vous vous y connaissez en voitures ? lui demanda Brunetti.

– Oui, monsieur.

– Est-ce que vous voyez quelque chose qui cloche, sur celles-ci ? Je veux dire d'un point de vue légal », ajouta le commissaire avec un mouvement du menton vers le cercle des voitures, devant eux.

Le chauffeur descendit et s'avança. « J'en vois deux avec les feux de position arrière cassés, dit-il en se retournant vers Brunetti. Et trois roulent sur des pneus complètement lisses. Vous en voulez plus ?

– Oui. »

Le chauffeur s'approcha des voitures et les examina de près, l'une après l'autre, vérifiant les ceintures de sécurité, les cartes vertes sur le pare-brise et l'état des phares.

Il revint vers Brunetti. « Trois d'entre elles ne peuvent pas rouler légalement. L'une a des pneus usés jusqu'à la corde, deux autres ont des certificats d'assurance vieux de plus de trois ans.

– C'est suffisant pour demander le remorquage ?

– Je ne sais pas, monsieur. Je n'ai jamais travaillé à la circulation. » Il se tourna pour jeter un coup d'œil aux voitures. « Mais ça se pourrait bien.

– Nous allons voir ça. Nous sommes sous la juridiction de qui, ici ?

– De la province de Trévise.

– Bien. »

Le commissaire avait souvent eu l'occasion de réfléchir à la notion de patrimoine personnel. Pour évaluer la richesse d'une personne, on examinait ses biens fonciers, ses investissements, ses comptes en banque, les différentes choses qu'elle pouvait posséder – celles que l'on pouvait toucher et dénombrer. N'entraient jamais en considération, pour autant qu'il sache, des choses intangibles comme la bonne ou la mauvaise volonté, l'amour qu'elle donnait ou recevait, les faveurs qu'on lui devait. C'était ce dernier point qui importait ici.

Brunetti, dont on aurait pu évaluer le patrimoine matériel sans beaucoup de difficultés, disposait aussi de vastes ressources intangibles : ici, en l'occurrence, un ancien condisciple de l'université qui était aujourd'hui vice-questeur de Trévise. Sur son ordre, trois véhicules de remorquage de la police arrivèrent une demi-heure plus tard devant le camp des Roms.

Le chauffeur de Brunetti ouvrit le portail en grand pour les laisser passer. Un policier en uniforme descendit du premier et, ignorant les deux représentants de l'ordre qui l'avaient précédé, se dirigea vers la première des trois voitures signalées par Brunetti. À l'aide d'un petit ordinateur portable, il composa le numéro de la plaque d'immatriculation, attendit qu'une réponse apparaisse sur l'écran, puis tapa d'autres informations. Au bout d'un moment, l'ordinateur cracha une petite feuille de papier blanc que l'homme glissa sous un essuie-glace de la voiture. Il fit de même avec les deux autres véhicules et, lorsqu'il eut terminé, adressa un signe de la main aux conducteurs des trois camions.

Dans un ballet d'une précision que Brunetti ne put qu'admirer, les trois camions se placèrent en marche arrière devant les trois voitures ; les conducteurs descendirent et, avec la même simultanéité que celle des trois Roms s'écartant du capot ouvert, installèrent les remorques et retournèrent dans leur cabine. Le policier à l'ordinateur se tourna alors vers Brunetti, le salua, remonta dans le premier camion et claqua sa portière. Les moteurs des trois camions accélérèrent. Lentement, l'arrière des véhicules s'éleva. Puis les camions manœuvrèrent de manière à sortir du camp en file indienne ; le policier passager du premier camion descendit refermer le portail. Puis la caravane s'éloigna. L'opération n'avait pas duré cinq minutes.

Alors que le chauffeur retournait dans la voiture, le commissaire attendit, debout devant le capot. Au bout de quelques minutes, l'homme qui avait joué le rôle de chef, la première fois que Brunetti était venu, sortit de sa caravane. Brunetti s'avança de quelques pas. Tanovic s'arrêta à un mètre de lui.

« Pourquoi vous avez fait ça ? demanda-t-il, en colère, avec un mouvement sec de la tête vers l'endroit où avaient été stationnées les voitures enlevées.

– Ces véhicules étaient dangereux et je ne voulais pas vous laisser courir de risques, répondit Brunetti, qui ajouta, avant que l'homme ait pu répliquer quoi que ce soit : C'est dangereux de ne pas respecter certaines lois.

– Et quelles lois nous pas respecter ? demanda l'homme, s'efforçant de prendre un ton indigné.

– Pas d'assurances. Phares et feux de position cassés. Pas de ceintures de sécurité. Pneus lisses. Vous n'avez pas respecté les règles élémentaires de sécurité.

– Pas besoin prendre voitures ! protesta l'homme.

– Vous habitez ici, non ? Alors parlez-moi. »

Les yeux de l'homme s'agrandirent, comme s'il avait préféré continuer à jouer ce petit jeu. « Je viens autre fois, dit-il. J'ai travail, maintenant.

– Je n'ai pas de temps à perdre, rétorqua Brunetti sur un ton tout à fait désagréable. Vous me faites perdre mon temps. Je vous fais perdre votre temps. »

Le Rom préféra ne pas entrer dans cette discussion. « Qu'est-ce que vous voulez ?

– Parler au signor et à la signora Rocich. »

Tanovic regarda Brunetti comme s'il attendait encore une réponse.

La Mercedes bleue à l'aile endommagée était garée un peu plus loin. Brunetti patienta encore quelques ins-

258

tants, puis soupira et fit demi-tour. Il alla se pencher à la fenêtre de la voiture de police et, d'une voix assez forte pour être entendu par Tanovic, demanda : « Vous croyez que nous pouvons rappeler l'équipe de Trévise ?

– Attendez, attendez ! s'écria Tanovic derrière lui. Lui venir. »

Brunetti se redressa. Le Rom repartit vers la caravane d'où les Rocich étaient sortis la première fois, donna trois coups de talon espacés sur la première marche et recula de deux pas. Brunetti le rejoignit. L'homme tira alors un portable de sa poche et composa un numéro. Brunetti entendit un téléphone sonner deux fois, puis il y eut une réponse – un seul mot crié. Tanovic répondit par deux et coupa la communication. Il se tourna vers Brunetti, un sourire carnassier sur le visage, comme pour lancer la deuxième manche.

La porte de la caravane s'ouvrit et Rocich en sortit. Brunetti sentit la rage qui émanait de l'homme de petite taille comme il aurait senti la chaleur rayonnant d'une chaudière. Cependant son visage n'exprimait rien, il était aussi impassible que lorsqu'il avait appris la mort de sa fille.

Il demanda quelque chose à Tanovic, qui lui répondit sèchement. Rocich parut faire une objection, mais il n'eut pas le temps de terminer sa phrase. Pendant que se poursuivait ce dialogue, Brunetti, qui en était réduit à observer les mouvements des deux hommes et leurs changements de ton, sentit monter la colère de Rocich.

Le commissaire croisa les bras et arbora un air d'ennui sans fond. Il se détourna des deux Roms et laissa son regard errer sur la colline. Puis, menton toujours levé, il jeta un rapide coup d'œil à la caravane des Rocich où il crut une fois de plus détecter un mouvement, cette fois derrière les deux fenêtres, qui n'étaient qu'à quelques mètres de lui. Il tourna la tête, regardant du côté de la route qui passait devant le camp, eut une moue d'impatience, puis revint vivement sur la caravane. Il distingua deux têtes dans l'embrasure des fenêtres.

Tanovic fit brusquement demi-tour, entra dans sa caravane et referma doucement derrière lui. Brunetti se retrouva avec Rocich.

« Signor Rocich, je suis désolé pour la mort de votre fille. »

L'homme cracha sur le sol, mais il avait détourné la tête pour le faire.

« C'est moi qui ai trouvé le corps, signor Rocich. C'est moi qui l'ai sortie du canal. » Brunetti avait parlé presque comme si cela pouvait créer un lien quelconque entre eux, alors que c'était impossible.

« Vous voulez quoi, argent ? demanda Rocich.

– Non. Je voudrais savoir ce que faisait votre fille à Venise, pendant la nuit. »

L'homme haussa les épaules.

« Saviez-vous qu'elle était là-bas ? »

Nouveau haussement d'épaules.

« Votre fille était-elle seule, signor Rocich ? »

Il y avait une telle différence de taille entre eux que Rocich était obligé de redresser la tête pour regarder Brunetti dans les yeux. Brunetti dut mobiliser toute sa volonté pour ne pas reculer d'un pas et s'éloigner ainsi de la rage qui émanait du Rom. Brunetti avait souvent vu des manifestations de ce genre en réaction à la mort d'un être aimé, mais c'était différent, cette fois, car cette rage était dirigée contre lui et non contre le sort qui avait privé l'homme de sa fille.

Il avait dit à Tanovic qu'il voulait parler aux époux Rocich, mais il se rendit compte que toute tentative pour parler à la femme, et même tout ce qui pourrait suggérer qu'il lui portait le moindre intérêt ou attirer l'attention sur elle risquait de lui causer des ennuis.

L'homme cracha de nouveau sur le sol, gardant les yeux baissés comme pour vérifier que son crachat était tombé assez près des chaussures de Brunetti. Le policier en profita pour regarder vers la caravane. Une moitié de visage de femme était visible dans l'encadrement de la porte.

Brunetti éleva la voix. « Vous avez un médecin, ici ? »

La question prit manifestement Rocich par surprise. « Quoi ?

– Un docteur ? Vous avez un docteur ?

– Pourquoi vous demandez ? »

Brunetti joua l'impatience irritée. « Parce que je veux le savoir. Je veux savoir si vous avez un docteur, si vous avez un médecin de famille. » Une fois de plus, le terme « famille » surgit dans ses propos et dans son esprit. Avant que Rocich ne réponde n'importe quoi, il ajouta : « Il y a des dossiers, signor Rocich. Je ne veux pas perdre davantage mon temps à fouiller dedans.

– Calfi, docteur pour tout le monde », répondit Rocich avec un geste qui englobait tout le campement.

Brunetti prit l'inutile peine de sortir son carnet et de noter le nom.

Rocich ne pouvait pas en rester là. « Pourquoi vous vouloir son nom ?

– Votre fille était malade, quand elle est morte. » C'était on ne peut plus vrai. « Et le docteur de la police a besoin de voir les analyses de sang des gens, ici. »

Il se demanda ce qu'avait compris Rocich exactement. Apparemment assez, puisqu'il demanda : « Pourquoi ?

– Parce que lorsque le docteur vérifiera les analyses de sang, il verra qui lui a transmis la maladie », mentit Brunetti.

Rocich ne put cacher sa réaction. Ses yeux s'agrandirent et il se tourna brusquement vers la caravane, mais il n'y avait déjà plus personne dans l'encadrement de la porte ni aux fenêtres. La caravane paraissait parfaitement vide. Lorsque Rocich revint à Brunetti, son expression avait repris sa neutralité. « Moi, pas comprendre.

– Ça ne fait rien, dit Brunetti. Que vous compreniez ou pas. Mais nous voulons vérifier. »

Rocich se détourna et remonta dans la caravane.

Brunetti se fit ramener par le chauffeur jusqu'à Piazzale Roma.

25

« Tu penses qu'il t'a cru ? » demanda Paola à Guido, le soir même. Ils étaient dans leur salle de séjour, les enfants dans leur chambre respective, et il régnait dans l'appartement ce calme vespéral qui incite à considérer la journée comme terminée et à aller se coucher.

« Je n'ai aucune idée de ce qu'il a cru », admit Brunetti en prenant une nouvelle gorgée de l'alcool de prune que lui avait offert l'un de ses informateurs rémunérés pour Noël, l'année précédente. L'homme, propriétaire de trois bateaux de pêche à Chioggia, s'était révélé une source précieuse d'informations dans une affaire de contrebande de cigarettes en provenance du Monténégro. Du coup, ni Brunetti ni ses collègues de la Guardia di Finanza ne manifestaient la moindre curiosité pour la source apparemment inépuisable de produits distillés – tous dans des bouteilles anonymes – avec laquelle il illuminait la saison des fêtes de nombreux membres des forces de l'ordre.

« Répète-moi exactement ce que tu lui as dit », lui demanda Paola. Levant son verre, elle ajouta : « Tu crois qu'il la fait lui-même, sa prune ?

– Aucune idée, répondit Brunetti. Mais elle est sans conteste meilleure que tout ce que j'ai pu acheter avec un timbre fiscal dessus.

– C'est bien dommage.

– Qu'est-ce qui est bien dommage ?

– Qu'il ne la fabrique pas légalement.

– Pour pouvoir en produire davantage ? demanda Brunetti, qui ne voyait pas où elle voulait en venir.

– Oui… Dommage aussi que nous ne puissions pas l'acheter légalement, comme ça tu n'aurais plus à te sentir redevable chaque fois qu'il t'en donne une.

– Il est déjà bien assez payé, répondit Guido, sans donner plus d'explications. Et tu sais aussi bien que moi combien il est difficile de créer une entreprise, en particulier s'il faut une licence pour produire de l'alcool. Non, il s'en sort mieux ainsi.

– En étant protégé par la police ? répliqua-t-elle, utilisant l'équivalent en termes d'intonation d'un coup d'aiguillon.

– Et par la Guardia di Finanza. Ne les oublie pas. »

Elle vida son verre et reconnut implicitement sa défaite. « Très bien. Pour en revenir au Gitan, répète-moi exactement ce que tu lui as dit. »

Guido réchauffait le verre entre ses mains. « Qu'elle avait une maladie au moment de sa mort. Ce qui est vrai. » Il n'y avait finalement qu'avec Paola qu'il pouvait en parler librement. « Et que seul un médecin serait capable de lui dire comment elle avait contracté la maladie, en comparant les analyses de sang. » Il avait parlé impulsivement, avec l'espoir que Rocich en connaissait assez sur le mode de transmission des maladies, et qu'il savait le genre de maladie que sa fille avait contractée.

« Mais comment veux-tu qu'il ait cru un truc pareil ? » s'étonna Paola, sans chercher à dissimuler son scepticisme.

Brunetti ne put que hausser les épaules. « Tu n'imagines pas ce que les gens sont capables de croire. »

Paola réfléchit quelques instants. « Tu as probablement raison. Dieu seul sait ce qui peut passer par la tête de la plupart des gens. J'ai des étudiantes qui croient qu'on ne peut pas tomber enceinte la première fois qu'on a un rapport sexuel.

– Et j'ai arrêté des gens qui croient qu'on peut attraper le sida en empruntant un peigne.

– Qu'est-ce que tu vas faire ?

– Personne n'a réclamé le corps. » S'il n'avait pas répondu directement à la question, c'est qu'il voulait voir comment elle allait réagir. « En tout cas, encore hier, personne ne l'avait réclamé, quand j'ai parlé à Rizzardi.

– Qu'est-ce qu'attend sa famille ?

– Va savoir », répondit Guido. Sa famille. Tu parles.

« Qu'est-ce qui va se passer ? »

Brunetti n'avait pas de réponse. Que les parents ne se précipitent pas pour réclamer le corps de leur enfant remisé à la morgue était incompréhensible pour lui. C'était le fondement de l'ultime lamentation d'Hécube : « ... c'est moi, ton aïeule, restée sans patrie et sans enfant, qui ensevelis ton jeune et pauvre corps[1]. » Il avait lu ce passage juste la veille et avait été obligé de refermer le livre.

Il éprouva la brusque envie de rappeler le bureau de Rizzardi pour savoir si le corps avait été emporté. C'était ridicule, car personne ne serait à la morgue à une heure pareille et ce n'était pas pour ce genre de problème qu'il pouvait déranger le médecin légiste chez lui.

1. Euripide, *op. cit.*, même passage.

« Guido ? demanda Paola. Tu te sens bien ?

– Oui, oui… Je pensais à la petite. » Il ne se sentait pas le courage de dire à sa femme qu'il en avait même rêvé.

« Qu'est-ce qui va se passer ?

– Se passer ?

– Si personne ne la réclame.

– Je ne sais pas. » Il était arrivé que des corps retrouvés dans l'eau soient impossibles à identifier ; dans ce cas, il était de la responsabilité de la ville de les faire enterrer et de faire dire une messe, au cas où le cadavre aurait été celui d'un ou d'une catholique. Et peut-être aussi avec l'espoir que cela y changerait quelque chose.

Dans cette affaire, cependant, la personne avait été identifiée, ses proches étaient connus, mais personne ne venait réclamer le corps. Comment fallait-il procéder ? Existait-il seulement une procédure officielle pour ce cas de figure ? Même l'État, cette machine sans âme, n'avait pu imaginer qu'on puisse ne pas réclamer le corps d'un proche. Il n'avait aucune idée de la religion de la fillette. Il savait que les musulmans enterraient leurs morts rapidement et que les chrétiens l'auraient déjà fait depuis longtemps ; et pourtant, elle se trouvait encore dans un des tiroirs de la morgue. Sans sépulture.

Brunetti reposa son verre et se leva. « On va se coucher ? demanda-t-il, se sentant soudain très fatigué.

– Je crois que c'est ce qu'on a de mieux à faire. » Paola lui tendit la main pour l'aider à se mettre debout. Une première depuis qu'ils se connaissaient, et il ne fut pas capable de cacher son étonnement. « Tu es mon bouclier, Guido. » D'habitude elle disait ce genre de chose en plaisantant, mais ce soir, elle paraissait sérieuse.

« Et pour te protéger de quoi, le bouclier ?

– Du sentiment que tout ça n'est qu'un sinistre gâchis et qu'il n'y a aucun espoir pour qui que ce soit », répondit-elle calmement en l'entraînant dans la chambre.

Son premier geste, en arrivant le lendemain à la questure, fut d'appeler Rizzardi pour lui demander ce qu'il était advenu du corps de la fillette.

« Il est toujours ici, répondit le légiste. J'ai reçu un coup de téléphone d'une femme des services sociaux, mais d'après elle, ce n'est pas de leur responsabilité ; c'est à nous de nous en occuper.

– Ce qui veut dire quoi ?

– Nous avons informé la police de Trévise. Ils ont promis qu'ils enverraient quelqu'un chez les Roms pour parler aux parents.

– Et tu sais s'ils l'ont fait ?

– Tout ce que je sais, répondit Rizzardi, c'est que nous, ou plutôt l'administration de l'hôpital, nous avons envoyé une lettre aux parents pour leur dire que le corps se trouvait chez nous et qu'ils devaient venir le chercher. On leur donnait aussi le nom de l'entreprise qui pouvait s'en charger, ajouta-t-il après un bref silence.

– Se charger de quoi ?

– Du transport du corps.

– Oh.

– Par bateau jusqu'à Piazzale Roma, puis en corbillard jusqu'à l'endroit où elle doit être enterrée. »

Brunetti ne sut que répondre.

« Mais personne n'est venu la chercher. »

Brunetti contemplait le mur de son bureau en essayant de comprendre ce qu'on venait de lui dire.

Devant son silence, Rizzardi reprit : « Pour autant que je le sache, c'est la première fois qu'une chose pareille arrive. J'en ai parlé à Giacomini. C'est le seul nom de magistrat qui me soit venu à l'esprit, le seul ayant une chance de connaître la marche à suivre dans un cas pareil. Il m'a répondu qu'il allait faire des recherches pour voir quelle était la procédure. »

Brunetti se souvint d'avoir noté le nom du médecin. Calfi. Rocich avait été pris par surprise et n'avait pas eu le temps de mentir. Il appela la salle des officiers de police et demanda qu'on lui passe Pucetti. « J'aimerais que tu me trouves l'adresse et le numéro de téléphone d'un certain docteur Calfi. Il habite dans le secteur du campement de nomades. Je ne connais pas son prénom.

– Oui, monsieur », répondit Pucetti, raccrochant aussitôt.

Brunetti attendit. Il aurait dû penser au médecin bien avant, dès le moment où Rizzardi lui avait communiqué le résultat de l'autopsie. Ce médecin avait dû s'occuper de toute la famille : la fille, la mère, les autres enfants, peut-être Rocich lui-même. Sinon, comment Rocich aurait-il connu son nom ?

Il ne fallut que quelques minutes à Pucetti pour trouver les renseignements : le prénom de Calfi (Edoardo), son adresse (à Scorzè) et le numéro de téléphone de son cabinet.

Brunetti composa le numéro et, au bout de sept sonneries, tomba sur un répondeur lui demandant de décrire son problème et de laisser son nom et son numéro de téléphone. « Décrire mon problème », marmonna Brunetti en attendant le *bip*. « Dottor Calfi ? Je suis le commissaire Brunetti, de la police de Venise. J'aimerais vous poser quelques questions au sujet de l'un de vos patients. Je vous serais extrêmement reconnaissant si vous pouviez me rappeler ici, à la questure. » Sur quoi il donna le numéro de sa ligne directe et raccrocha.

Qui, dans la famille, avait-il soigné ? Savait-il que la fillette avait contracté une ghonorrée ? Les parents le savaient-ils ? Avait-il une idée de la manière dont elle l'avait contractée ? Ces questionnements firent remonter le souvenir du médecin de famille qui s'occupait de son frère et lui, lorsqu'ils étaient enfants. Et celui de sa mère, qui ne l'avait jamais quitté un instant les rares fois où il avait été malade et alité. Elle lui portait alors des bols d'eau chaude avec du citron et du miel, prétendant que c'était le meilleur moyen de lutter contre un rhume, une grippe ou n'importe quoi d'autre. Encore aujourd'hui, c'était un traitement qu'il prescrivait à ses propres enfants.

Un appel de la signorina Elettra vint interrompre le cours de ses réflexions. Avec dans la voix la suffisance à peine voilée que lui inspirait la facilité avec laquelle elle était entrée dans les dossiers informatisés du département de l'instruction publique, elle apprit à Brunetti que les deux enfants des Fornari étaient l'un et l'autre d'excellents étudiants et que le fils avait déjà réussi son examen d'entrée à la Bocconi Business School de Milan. Il la remercia pour ces informations et partit pour la salle commune des officiers, à la recherche de Vianello. La veille, celui-ci avait tenu à accompagner l'une de ses informatrices qui devait comparaître devant un magistrat, raison pour laquelle il n'avait pu aller avec Brunetti au campement des nomades.

Ils se croisèrent dans l'escalier.

« Tu venais me voir ? demanda Brunetti.

– Oui. J'aimerais bien savoir comment ça s'est passé, hier. »

269

Tandis qu'ils regagnaient lentement le bureau de Brunetti, celui-ci raconta à son subordonné sa visite au campement, terminant sur le coup de téléphone qu'il venait de donner au médecin. Vianello l'écouta avec attention et, lorsqu'il eut terminé, le félicita pour avoir eu l'idée de faire remorquer les voitures. Brunetti se sentit flatté que Vianello apprécie, en plus de l'habileté, l'humour de cette méthode.

« Et tu penses qu'elle t'a entendu ? demanda Vianello.

– Par la force des choses : elle se tenait juste derrière la porte entrouverte, et Rocich et moi nous étions à moins de trois mètres de leur caravane.

– À condition qu'elle comprenne l'italien.

– Elle avait un autre de ses enfants avec elle. Il y a des chances pour que lui le parle. »

Prenant un siège, Vianello fit remarquer, d'un ton fatigué : « Il y a des moments où j'aimerais que nous ayons davantage de camions de remorquage.

– Pour en faire quoi ?

– Pour pouvoir les déménager ailleurs.

– Je t'ai entendu dire des choses plus aimables, Lorenzo. » Et comme Vianello haussait les épaules, il ajouta : « C'est la première fois que tu dis que tu ne les aimes pas.

– Je ne les aime pas », répliqua Vianello sans élever la voix, mais avec fermeté.

Surpris non seulement par cette déclaration, mais par le ton définitif avec lequel elle avait été faite, Brunetti ne chercha pas à déguiser sa réaction.

Vianello étira ses longues jambes devant lui, croisa les chevilles et parut se perdre dans la contemplation de ses chaussures. Au bout d'un moment, il releva la tête. « Bon, d'accord : j'ai exagéré. Je ne les déteste pas particulièrement, comme je ne les aime pas particulièrement.

– C'est tout de même bizarre de t'entendre dire ça, insista Brunetti.

– Et si je te disais que je n'aime pas le vin blanc ? Ou les épinards ? Ça te paraîtrait bizarre, aussi ? demanda alors Vianello d'un ton plus véhément. Et est-ce qu'il y aurait dans ta voix la même note de désapprobation déçue parce que je ne penserais pas correctement, parce que je n'éprouverais pas les sentiments qu'il convient d'éprouver ? » Brunetti s'abstint de répondre à cette question rhétorique. « Quand je dis que je n'aime pas un objet, ou même un film ou un livre, personne ne me conteste le droit de le dire. Mais dès que je dis que je n'aime pas les Gitans, ou les Finlandais, ou les habitants de la Nouvelle-Écosse, voilà que se déchaînent les foudres du politiquement correct. »

L'inspecteur jeta un coup d'œil à Brunetti, mais le commissaire garda le silence. « Je te l'ai dit, je n'éprouve rien de particulièrement négatif vis-à-vis d'eux ; mais rien de particulièrement positif non plus.

– Il y aurait peut-être une manière plus adroite d'exprimer ton indifférence », suggéra Brunetti.

La formule aurait pu paraître ironique, mais le ton ne l'était pas, et Vianello y fut sensible. « Tu as raison, j'aurais dû le dire autrement, employer l'expression correcte. Mais je crois que j'en ai marre, marre au-delà de tout, de toujours faire bien attention à exprimer les sympathies qu'il convient, à toujours prendre des airs confits en dévotion et à exprimer des pensées pieuses face à une victime. » Vianello réfléchit quelques instants, puis reprit : « J'ai presque l'impression de vivre comme on vivait autrefois dans les pays de l'est de l'Europe, où les gens s'exprimaient d'une certaine manière en public et d'une autre en privé, quand ils parlaient sincèrement.

– Je ne suis pas sûr de bien te suivre. »

Vianello releva la tête et son regard croisa celui de Brunetti. « Je crois que si. » Brunetti détourna les yeux et Vianello continua : « Tu en as assez entendu de ces gens, non, qui te font des beaux discours comme quoi il n'est pas bien d'éprouver des sentiments de rejet, comme quoi nous devons accepter les minorités, respecter leurs droits, être tolérants. Mais dès qu'ils ont fini de dire ça, s'ils ont confiance en toi, ils te disent alors ce qu'ils pensent vraiment.

– Et ils pensent quoi ? demanda Brunetti d'une voix douce.

– Qu'ils en ont ras le bol de se sentir de moins en moins en sécurité dans ce pays, où il faut fermer sa porte à clef même pour aller demander du sucre à un voisin, et où chaque fois que les prisons débordent, le gouvernement nous sort de nobles déclarations sur la deuxième chance que nous devons donner aux gens pour qu'ils puissent s'insérer dans la société, si bien qu'on ouvre grand les portes et qu'on laisse sortir des tueurs. » Vianello s'interrompit aussi soudainement qu'il avait commencé.

Au bout de ce qu'il leur parut un long moment, Brunetti demanda : « Est-ce que tu diras la même chose, demain ? »

Vianello haussa les épaules. « Probablement pas. » Il sourit. « C'est dur, de ne jamais dire ces choses. Je crois que je me sentirais moins coupable de les penser, si je pouvais les exprimer une fois de temps en temps. »

Brunetti hocha la tête.

Vianello parut soudain s'ébrouer, comme un chien qui se remet sur ses pattes. Puis, d'une voix dans laquelle il n'y avait plus que de l'amitié, il demanda : « D'après toi, qu'est-ce qui va se passer, maintenant ? » Le changement de ton était si radical que Brunetti eut l'étrange impression que l'esprit de Vianello venait juste de réintégrer son corps.

« Aucune idée. Rocich est une bombe à retardement. La seule manière qu'il connaît de régler un problème, c'est de rentrer dedans. Il n'y a que le type qui est apparemment leur chef qui soit capable de le contenir. Ce qui nous laisse la femme et les enfants. » Il hésita un instant, puis décida de dévoiler le fond de sa pensée. « Et il serait violent, indépendamment du fait qu'il soit gitan ou pas.

– Je suis d'accord.

– Je ne tiens pas à attirer l'attention sur la femme. Je ne peux pas la convoquer pour l'interroger, je ne peux pas y retourner pour essayer de lui parler.

– Conclusion ?

– Conclusion, j'attends de voir si leur médecin va me rappeler. Après, s'il le fait ou si j'en ai marre d'attendre, je retourne parler aux Fornari pour jeter un autre coup d'œil à leur appartement. »

26

Brunetti n'eut pas à attendre longtemps l'appel du dottor Calfi : le téléphone sonna quelques minutes seulement après le départ de Vianello.

« Commissaire ? Edoardo Calfi, à l'appareil. Vous m'avez demandé de vous rappeler. » La voix était celle d'un ténor léger, l'accent lombard. Un Milanais, peut-être.

« Merci d'avoir fait si vite, dottore. Comme je vous le disais dans mon message, j'aimerais vous posez quelques questions au sujet de certains de vos patients.

– De quels patients s'agit-il ?.

– Des membres d'une famille connue sous le nom de Rocich. Ce sont des nomades installés actuellement dans un camp près de Dolo.

– Oui, je les connais », répondit sèchement le médecin. Brunetti se dit que cet appel allait être un coup pour rien. Impression renforcée lorsque Calfi ajouta : « Et ils ne sont pas *connus sous le nom des Rocich*, commissaire. Rocich est leur nom.

– Bien, dit Brunetti en s'efforçant de conserver son ton agréable. Pouvez-vous me dire quels sont les patients de cette famille que vous soignez ?

– Avant de vous répondre, commissaire, j'aimerais savoir pour quelle raison vous me posez la question.

– Je vous le demande, dottore, pour gagner du temps.

– J'ai peur de ne pas comprendre.

– Avec un mandat d'un juge, je pourrais avoir accès aux archives centrales de ce district, mais étant donné que ce sont des questions que je désire adresser à leur médecin en personne, j'essaie de gagner du temps en établissant qu'ils sont bien vos patients.

– C'est le cas.

– Merci, dottore. Pouvez-vous me dire quels membres de cette famille vous avez soignés ?

– Tous.

– C'est-à-dire ?

– Le père, la mère et les trois enfants », répondit le médecin. On aurait dit la famille des trois petits ours.

« C'est au sujet de la cadette que j'aimerais avoir des informations, dottore.

– Oui ? fit Calfi, sur ses gardes.

– J'aimerais savoir si vous l'avez soignée pour une maladie vénérienne », répondit Brunetti, parlant comme si la fillette était encore en vie.

La question fut vite réglée : « Je lis les journaux, commissaire, et je sais donc qu'Ariana est morte. Pourquoi voulez-vous savoir si je l'ai traitée pour ce genre de maladie ?

– Parce que les signes d'une infection, d'une gonorrhée plus exactement, ont été trouvés sur elle à l'autopsie, répondit Brunetti d'une voix neutre.

– Oui, j'étais au courant. Elle était sous traitement pour ça. » Brunetti s'abstint de lui demander si, en tant que médecin, il n'aurait pas été bon qu'il en fasse un signalement aux services sociaux.

« Pouvez-vous me dire depuis combien de temps elle était sous traitement ?

276

– Je ne vois pas en quoi cela est pertinent.

– Cela pourrait nous aider dans l'enquête sur les circonstances de sa mort, dottore.

– Plusieurs mois.

– Merci. » Brunetti décida de se contenter de ce que l'homme lui donnait.

« J'aimerais vous dire quelque chose, si c'est possible, commissaire.

– Mais bien entendu, dottore.

– Cela fait presque un an que je m'occupe de cette famille. Avec le temps, je me suis pris d'intérêt pour eux et pour les ennuis qui leur tombent constamment dessus ici. » Brunetti aurait pu réciter ce qui allait suivre. Le dottor Calfi était un croisé, et il savait qu'on ne pouvait rien faire d'autre que l'écouter, se déclarer entièrement d'accord avec lui, puis essayer de lui extorquer ce qu'on voulait savoir.

« Je ne doute pas que nombre de médecins en viennent à se faire beaucoup de soucis pour leurs malades, dit Brunetti d'une voix qui n'était que chaleur et admiration.

– La vie n'est pas facile pour eux, vous savez. Elle ne l'a jamais été. »

Le bruit qu'émit Brunetti pouvait passer pour une approbation.

Pendant les quelques minutes suivantes, Calfi énuméra les malheurs de la famille Rocich, dans la version qu'on lui avait servie. Tous, à un moment ou un autre, avaient été victimes de brutalités. L'épouse elle-même avait été battue par des policiers de Mestre ; elle s'était retrouvée avec un œil au beurre noir et d'importantes contusions au cou, des deux côtés. Les enfants avaient subi des persécutions à l'école et avaient peur d'y retourner. Rocich lui-même n'arrivait pas à trouver de travail.

Lorsque le médecin en eut terminé, Brunetti, prenant le ton chaleureux de celui qui partageait entièrement les sentiments qui venaient d'être exprimés, demanda : « Comment la fillette a-t-elle contracté cette maladie, dottore ?

– Elle a été violée, répondit un Calfi indigné, comme si Brunetti avait émis des doutes ou avait été plus ou moins complice des faits. Son père m'a dit que c'était arrivé un après-midi, alors qu'elle revenait à pied au campement. Un homme lui a proposé de la prendre dans sa grosse voiture. C'est en tout cas ce qu'elle lui a raconté.

– Je vois, dit Brunetti, plein de compassion.

– L'homme est allé se garer un peu plus loin et l'a violée. » Le médecin parlait avec de plus en plus de véhémence.

« Est-ce qu'ils sont allés porter plainte auprès de la police ?

– Qui les aurait crus ? » demanda Calfi, la colère laissant la place au dégoût indigné.

Pas grand monde, dut admettre Brunetti en son for intérieur.

« Oui, vous avez probablement raison, dottore. Est-ce qu'ils vous l'ont amenée ?

– Seulement quelques mois plus tard. Elle avait honte, expliqua le médecin sans laisser à Brunetti le temps de poser la question, alors ils ne me l'ont amenée que lorsqu'elle a présenté des symptômes qu'il était impossible d'ignorer.

– Je vois, je vois… C'est terrible, terrible…

– Je suis content que vous preniez les choses ainsi », dit le médecin. En réalité, Brunetti et son interlocuteur ne qualifiaient peut-être pas la même chose de « terrible ».

« Est-ce que quelque chose de similaire est arrivé à l'un des autres enfants ?

– Que voulez-vous dire ? »

Il répugnait à Brunetti de faire de nouveau allusion aux maladies sexuellement transmissibles. « Des violences de la part des gens habitant dans la région... et de la police.

– À l'occasion, mais la police paraît préférer exercer sa violence contre les femmes », répondit Calfi, à croire qu'il oubliait qu'il s'adressait à un policier.

Brunetti préféra en rester sur cet échange cordial et remercia le médecin pour son aide et pour les informations qu'il lui avait données.

« Violence contre les femmes... » marmonna Brunetti après avoir raccroché.

Restaient les Fornari. Il aurait été prudent, il le savait, de laisser Patta décider s'il devait ou non aller leur parler à nouveau ; ou mieux encore, de s'en remettre au magistrat instructeur, mais Brunetti voulait voir dans cette visite non pas tant la poursuite de l'enquête que la vérification d'un point de détail – la vraisemblance d'une chute depuis le toit des Fornari. Le signor Fornari devait être rentré de Russie, et Brunetti se demandait s'il ferait preuve du même manque de curiosité que sa femme pour cette petite Gitane trouvée morte si près de chez eux.

Riva degli Schiavoni, il se faufila au milieu de la foule, soudain ayant l'impression qu'il était observé. Il fit mine d'étudier les bibelots proposés aux touristes dans les baraques au bord de l'eau, chaque jour plus nombreuses : des drapeaux d'équipes de football, des gondoliers, des chapeaux de fou en velours épais, des cendriers (Capri en cendrier !) et les inévitables gondoles en plastique. Plusieurs fois, il se tourna vivement, étudiant ceux qui se trouvaient derrière lui, mais ne vit à aucun moment de mouvement suspect. Il pensa prendre le vaporetto, ce qui obligerait son poursuivant à renoncer à le suivre. Mais la curiosité l'emporta et il continua à pied, ralentissant même le pas pour permettre à son ombre, qui que ce soit, de ne pas le perdre.

Il traversa la Piazza et s'engagea Via XXII Marzo, puis tourna à droite et passa devant Antico Martini et la Fenice. La sensation d'être observé ne le quittait pas, mais lorsqu'il s'arrêta pour admirer la façade du théâtre, il ne vit personne, derrière lui, qu'il aurait déjà aperçu. Après l'Ateneo, il arriva dans le quartier des Fornari.

Il sonna, donna son nom, et on lui dit de monter. Arrivé au dernier étage, il vit Orsola Vivarini qui l'attendait devant la porte ouverte ; alors qu'il s'approchait, il eut l'impression qu'elle lui avait délégué une version plus âgée d'elle-même.

« Bonjour, signora. Je suis simplement venu pour vous demander quelques précisions. Si cela ne vous ennuie pas, bien entendu.

– Bien sûr que non », répondit-elle d'une voix trop forte.

L'agréable sourire qu'il afficha ne montra pas qu'il avait remarqué son changement d'apparence. Il la suivit dans l'appartement. Les fleurs étaient toujours dans leur vase, sur la petite table à droite de la porte, mais l'eau s'était évaporée et il en montait les premiers relents de la décomposition.

« Votre mari est-il rentré de voyage ? demanda-t-il, tandis qu'elle le conduisait dans la pièce où ils avaient eu leur premier entretien.

– Oui. Il est arrivé hier. Puis-je vous offrir quelque chose ?

– Non merci, signora, c'est très aimable à vous. Je viens juste de prendre un café. » Elle lui fit signe de s'asseoir. Il traversa la pièce mais, comme elle restait debout, il en fit autant.

« Je vous en prie, asseyez-vous, commissaire. Je vais appeler mon mari. »

Il lui adressa une petite courbette et posa une main sur le dossier d'un fauteuil, non sans repenser à la règle que lui avait apprise sa mère : ne jamais s'asseoir devant une femme debout.

Elle fit demi-tour et quitta la pièce. Brunetti alla étudier la peinture accrochée sur le mur du fond. Primo Potenza, sans doute, l'un de ces peintres qui s'étaient regroupés dans la ville pendant les années cinquante. Où diable étaient-ils donc tous passés ? se demanda-t-il. Il avait l'impression de ne voir, dans les galeries, que des installations vidéo et des prises de position politiques en papier mâché. Deux grands cadres remplis de photos de famille entouraient le tableau. La fille était la star de tous les clichés. Là avec des cheveux plus courts, ici sur un cheval, faisant du ski nautique, puis debout à côté de sa mère, devant un sapin de Noël. Les années avaient passé et l'été était revenu. Ses cheveux avaient poussé jusqu'à atteindre leur longueur actuelle, et elle se tenait sur un quai, le bras passé autour d'un grand garçon monté en graine ; ils étaient tous les deux en maillot de bain et affichaient des sourires démesurés. Le garçon avait une épaisse chevelure, presque aussi blonde que celle de la jeune fille, mais teintée d'une nuance de roux. Il arborait sur ses biceps et ses mollets des tatouages représentant des motifs tribaux du Pacifique. Brunetti lui trouvait un air vaguement familier, et il supposa qu'il s'agissait du frère. La fille ne figurait pas sur les deux photos suivantes. Sur l'une, la signora Vivarini, de dos, se tenait devant une peinture abstraite gigantesque que Brunetti ne reconnut pas. Elle avait passé un bras autour des épaules du même garçon, vraisemblablement. Sur la dernière, elle faisait face à l'objectif, très souriante, main dans la main avec un homme au regard bon et à la bouche molle.

« *Buon giorno.* » Brunetti se redressa. En costume et cravate ayant l'air flambant neufs, l'homme des photos réussissait à donner l'impression d'être chiffonné. Cela tenait aux poches sombres sous ses yeux et à une touffe de poils gris oubliée par le rasoir sous son menton. Ses cheveux, bien que propres et bien coupés, retombaient mollement, comme sans force.

L'homme sourit et tendit la main : sa poigne était plus ferme que son sourire. Ils échangèrent leurs noms.

Fornari conduisit Brunetti au même fauteuil que lui avait indiqué la signora Vivarini et cette fois, le commissaire s'assit. « Ma femme m'a dit, commença-t-il une fois qu'il fut installé en face de Brunetti, que vous souhaitiez me parler du vol dont nous avons été victimes. » Il avait les yeux du même bleu clair que ceux de sa fille et Brunetti vit dans le visage de l'homme d'où celle-ci tenait sa beauté. Elle avait le même nez droit et fin, les mêmes dents parfaites et les mêmes lèvres bien dessinées. La jeune fille avait la mâchoire moins carrée, mais il s'en dégageait la même force.

« En effet, répondit Brunetti. Votre épouse a identifié les objets. »

L'homme acquiesça d'un hochement de tête.

« Nous sommes intrigués par les circonstances du cambriolage. D'où cette visite, pour un complément d'informations. »

Fornari eut un petit sourire qui ne remonta pas jusqu'à ses yeux. « J'ai peur de ne pas pouvoir vous en dire davantage, commissaire. Je ne sais que ce que ma femme m'a dit, à savoir qu'une personne s'est introduite dans l'appartement et nous a volé ces objets. » Il sourit à nouveau, un peu plus chaleureusement, cette fois. « Vous nous avez rendu ce qui avait le plus de valeur pour nous, reprit-il avec un gracieux mouvement de tête vers Brunetti. Quant aux autres choses, celles qui manquent, elles n'ont pas vraiment d'importance. » Comme Brunetti prenait un air interrogatif, il précisa : « Elles n'ont pas de valeur affective, si vous préférez. Et pas beaucoup de valeur marchande non plus. Je vous explique cela pour que vous compreniez notre réaction au cambriolage. Ou plutôt, notre manque de réaction. »

Brunetti eut l'impression que l'homme tenait à lui faire savoir que cette affaire était pratiquement oubliée pour lui. Brunetti ignorait comment lui-même réagirait à la disparition, même temporaire, de son alliance ; mais il doutait qu'il l'aurait acceptée avec la placidité philosophique dont Fornari semblait faire preuve. Ce qu'il en coûtait à l'homme pour rester calme devenait de plus en plus évident aux mouvements rythmiques qui agitaient son majeur contre l'accoudoir en velours de son fauteuil – en avant, en arrière, petit carré, en avant, en arrière…

« Je peux parfaitement le comprendre, signor Fornari, dit Brunetti d'un ton aimable. À moins qu'on leur ait volé un objet auquel ils tiennent beaucoup, les gens, la plupart du temps, eh bien… (il dit cela avec un sourire nerveux pour suggérer qu'un policier ne devrait peut-être pas avouer cela à un civil) ne prennent pas la peine de déclarer le cambriolage. » Il haussa les épaules pour montrer sa sympathie.

« Je crois que vous avez raison, commissaire, dit Fornari comme si lui-même n'y avait jamais pensé. Dans notre cas, nous ne nous étions même pas rendu compte que ces objets nous manquaient et du coup, je ne peux pas dire comment nous aurions réagi, si nous avions eu conscience que nous venions d'être cambriolés. »

Brunetti sourit. « Je vois. Votre épouse m'a dit que votre fille était dans l'appartement, cette nuit-là. » Le doigt de Fornari s'immobilisa et Brunetti le vit rejoindre les autres pour agripper l'accoudoir.

Il y eut un long silence avant que l'homme ne réponde. « Oui, c'est ce que m'a dit Orsola. Qu'elle était allée la voir avant d'aller se coucher. » Fornari eut un sourire coincé et demanda : « Vous avez des enfants, commissaire ?

– Oui. Deux adolescents. Un garçon et une fille.

– Alors je suppose que vous savez combien il est difficile de perdre l'habitude d'aller voir s'ils dorment bien. » La tactique de Fornari, un peu trop visible, était habile ; Brunetti l'employait d'ailleurs souvent lui-même. Il s'agissait de trouver un terrain commun avec son interlocuteur pour détourner la conversation.

La fille de Fornari était-elle au courant de quelque chose que son père ne voulait pas que Brunetti apprenne ? Il hochait la tête sans vraiment écouter. « Je me rappelle qu'une fois, Matteo était encore petit... »

Soudain, Brunetti fut submergé par la tentation de faire quelque chose qu'il se mépriserait d'avoir fait, qu'il s'était promis de ne jamais faire puis, chaque fois qu'il avait cédé à la tentation, de ne jamais refaire. Il y avait des informateurs partout : la police en avait dans la Mafia ; la Mafia en avait jusqu'au plus haut niveau de la magistrature ; les militaires en regorgeaient et on devait aussi en trouver, sans nul doute, dans l'industrie. Mais jusqu'ici, personne n'avait pris la peine d'infiltrer le monde des adolescents. En quoi serait-il dangereux de demander à ses propres enfants de lui donner des informations sur ceux des Fornari ? Mais l'essence du danger n'est-elle pas précisément son imprévisibilité ?

Quand il s'intéressa de nouveau à la conversation, Fornari en était à la fin d'une histoire sur l'un de ses enfants. Brunetti sourit, se leva et tendit la main à Fornari. « Je suppose qu'ils sont tous pareils, dit-il. C'est simplement qu'ils ne s'intéressent pas aux mêmes choses que nous. » Il espéra que cette banalité était une réponse appropriée à ce que venait de raconter Fornari. Oui, apparemment, à voir l'attitude de l'homme.

Ils se serrèrent la main, Brunetti le remercia d'avoir pris le temps de le recevoir, lui demanda de remercier également sa femme et quitta l'appartement. Dans l'escalier, il se demanda duquel de ses deux enfants il ferait un espion, et comment il s'y prendrait avec Paola quand elle découvrirait le pot aux roses.

27

Une fois dans la *calle*, Brunetti tourna à droite et, davantage par habitude que consciemment, reprit le chemin par lequel il était arrivé. Il avait parcouru la moitié de la Calle degli Avvocati quand il changea d'avis et décida de retourner à la questure en vaporetto. Ayant fait brusquement demi-tour, il remarqua un mouvement soudain à une dizaine de mètres sur sa gauche, une silhouette qui disparaissait à l'angle de la Calle Pesaro. Il se rappela alors son impression d'avoir été suivi depuis la questure et, abandonnant toute précaution, fonça jusqu'au coin de rue.

Devant lui, la silhouette, peut-être celle d'une femme, dévalait l'autre côté du pont et s'engageait à droite, Calle dell'Albero. Brunetti emprunta le pont à son tour, longea la *riva* et tourna à gauche au bout. Il prit juste le temps de jeter un coup d'œil dans la *calle*, sur la droite, sachant que c'était un cul-de-sac.

Il y entendit un bruit de pas qui s'éloignait. Il le suivit. Les murs des bâtiments, de part et d'autre de la *calle*, se rapprochaient progressivement ; il arriva devant le haut portail métallique d'un *palazzo*. Un instant, il se demanda s'il n'avait pas tout imaginé, puis il entendit un bruit sur sa gauche. Il s'avança lentement, tout en déboutonnant son veston pour avoir son arme à portée de la main.

C'est là qu'il le vit, rencogné dans une entrée sur la gauche, donnant au premier coup d'œil l'impression qu'un vieux manteau ou un sac-poubelle avait été jeté sur un chandail élimé. Il s'approcha et la chose bougea alors, comme pour se fondre dans la porte, puis glissa jusqu'à sur la droite et se pressa contre le mur.

Brunetti ne savait toujours pas quel genre de créature il venait d'acculer. Il se pencha pour l'examiner de plus près, et elle jaillit dans sa direction, venant s'écraser contre ses jambes. D'instinct, Brunetti s'en empara, mais autant essayer de tenir une anguille ou un petit animal sauvage. La créature se débattait, deux jambes maigrichonnes essayant de lui donner des coups de pied.

Brunetti la souleva du sol et la fit tourner de manière à échapper aux coups de pied, puis il l'entoura de ses deux bras, à hauteur de la poitrine, et la serra contre lui, marmonnant les mêmes propos sans suite qu'il tenait à son chien quand il était enfant.

« Tout va bien, tout va bien. Je ne te ferai pas de mal. » Le petit être cessa peu à peu de se débattre pour s'abandonner mollement aux bras qui le tenaient, et sa respiration se calma. « Bon, je vais te poser, maintenant, dit Brunetti. Attention où tu mets les pieds. Ne tombe pas. » Il resta sans réaction. « Tu comprends ce que je te dis ? »

Il y eut, sous le capuchon d'un survêtement de sport crasseux, un mouvement pouvant être interprété comme un hochement de tête et Brunetti posa l'enfant sur le sol. Une tension soudaine l'avertit que son petit prisonnier allait chercher à s'enfuir. Sans effort, il le souleva à nouveau et dit : « N'essaie pas de ficher le camp. Je cours beaucoup plus vite que toi. »

Le haut du capuchon arrivait à quelques centimètres au-dessus de la ceinture de Brunetti. « Je vais te lâcher et m'écarter un peu. » Ce qu'il fit, sans cesser de s'adresser à l'enfant. « Tu pourras me parler quand tu voudras. »

Il n'y eut pas de réaction. « C'est pour ça que tu me suivais ? Tu voulais me parler ? »

Il y eut bien un mouvement de la tête encapuchonnée, mais il pouvait vouloir dire n'importe quoi. « Très bien. Alors, parlons. »

Une petite main sale sortit de la manche du vêtement et fit signe à Brunetti de s'éloigner. Comme la *calle* était un cul-de-sac et qu'il en bloquait la seule issue, le policier recula de deux ou trois pas. « Très bien. Je suis assez loin de toi, à présent. Nous pouvons parler. »

Brunetti s'adossa au mur le plus proche et croisa les bras. Il regardait le mur en face, mais toute son attention était concentrée sur l'enfant.

Au bout d'une minute, sinon davantage, l'enfant se retourna. Dans l'ombre du capuchon, Brunetti distingua vaguement des yeux et une bouche. Il mit les mains dans ses poches et s'éloigna encore d'un pas, laissant devant lui une ouverture par laquelle l'enfant aurait pu essayer de s'enfuir. Brunetti le vit être tenté, puis y renoncer.

L'enfant glissa la main dans la poche frontale de son survêtement. Il la ressortit, s'avança d'un pas vers Brunetti et écarta les doigts. Brunetti aperçut, dans la paume, quelques petits objets. Il s'avança d'un pas, lentement, et s'inclina pour mieux voir. Une bague et un bouton de manchette.

Brunetti s'accroupit alors et tendit la main vers l'enfant, qui fit un nouveau petit pas. Le policier vit qu'il avait affaire à un petit garçon qui paraissait ne pas avoir plus de huit ans. Le frère aîné de la petite morte avait douze ans. Le garçon laissa tomber les bijoux dans la main tendue de Brunetti.

Il approcha les objets de ses yeux pour les examiner. L'anneau d'argent du bouton de manchette entourait un petit rectangle bleu. Un lapis-lazuli. Même Brunetti était capable de se rendre compte que la pierre rouge de la bague n'était qu'un morceau de verre. Il jeta un coup d'œil à l'enfant, qui le regardait. « Qui t'a envoyé ?

– Mamma », répondit l'enfant d'une toute petite voix.

Brunetti hocha la tête. « Tu es un bon garçon, dit-il. Et très courageux. » Au sourire de celui-ci, il sut qu'il l'avait compris. « Et très malin, aussi », ajouta Brunetti en se tapotant le côté de la tête. Le sourire de l'enfant s'élargit encore.

« Qu'est-ce qui s'est passé ? » reprit Brunetti. L'enfant ne répondit pas. « Cette nuit-là, qu'est-ce qui s'est passé ?

– L'homme tigre. »

Brunetti inclina la tête de côté. « Quel homme tigre ?

– Dans la maison », répondit l'enfant, agitant la main vers les bâtiments à gauche de Brunetti, le Palazzo Benzon et le domicile des Fornari.

Brunetti leva les mains dans un geste de confusion. « Je ne connais pas d'homme tigre, dit-il. Qu'est-ce qu'il a fait ?

– Il nous a vus. Il est arrivé. Pas de vêtements. Homme tigre. » Le garçon passa les mains dans ses cheveux et les ébouriffa, puis fit des mouvements coupants, une main après l'autre, à hauteur de ses avant-bras. « Tigre. Méchant tigre. Beaucoup de bruit. Bruits de tigre.

« – C'est l'homme tigre qui te les a donnés ? » demanda Brunetti en soulevant les bijoux dans sa main.

L'incompréhension assombrit le minuscule visage du garçon. « Non, non, dit-il avec un violent mouvement de la tête. Nous les prendre. L'homme tigre voit. » Ses yeux se plissèrent, comme s'il essayait de se rappeler quelque chose – ou de ne pas se rappeler. « Ariana. Il a pris Ariana. » Le garçon fit le geste d'attraper quelque chose devant lui. « Comme tu m'as pris », ajouta-t-il pour être bien clair, levant ses mains vides entre eux comme s'il tenait quelque chose. Il resta dans cette position.

Brunetti attendit.

« La porte, Ariana passe la porte. » Sur quoi il fit un violent mouvement de ses deux bras et ouvrit les mains. Et se mit à pleurer.

Brunetti commençait à avoir mal aux genoux mais il resta accroupi, craignant de faire peur à l'enfant s'il se relevait trop brusquement. Il attendit qu'il se calme pour lui demander : « Qui était avec vous ?

– Xenia, répondit le garçon en portant une de ses mains tendues à hauteur de son épaule.

– Elle a vu l'homme tigre ? »

L'enfant hocha la tête.

« Elle a aussi vu ce qu'il a fait ? »

Hochement de tête.

« Est-ce que ta mère sait tout ça ? »

Hochement de tête.

« Elle me parlera ? »

Le garçon regarda fixement Brunetti, puis secoua négativement la tête.

« À cause de ton père ? »

Le gamin haussa les épaules.

« Pourquoi es-tu à Venise ?

– Travail, répondit le garçon, laissant Brunetti sans voix.

– Tu diras à ta mère que tu m'as parlé ?

– Oui. Elle veut.

– Est-ce qu'elle veut autre chose ?

– L'homme tigre. L'homme tigre mort », cracha le garçon avec rage. Il n'y avait pas que la mère du garçon qui souhaitait la mort de cet homme tigre. « Comme Ariana », ajouta-t-il avec une sauvagerie d'adulte.

Brunetti posa la main sur le sol et se releva lentement. Son genou droit craqua. Comme il l'avait craint, le garçon recula de deux pas et leva instinctivement un bras devant son visage pour se protéger.

Brunetti recula encore un peu. « Je ne te ferai pas de mal. » Le garçon laissa retomber son bras.

« Tu peux partir si tu veux, maintenant. » Comme le gamin ne paraissait pas comprendre, Brunetti fit demi-tour pour gagner la Calle dell'Albero. Arrivé à l'angle, il se tourna et lança au petit Rocich : « Je retourne à la questure. Dis à ta mère que j'aimerais lui parler. »

Le garçon, qui s'était avancé à son tour, secoua la tête sans rien dire.

Puis, longeant le bâtiment en face duquel se tenait Brunetti pour en rester le plus loin possible, il se glissa hors de l'impasse et repartit vers le pont.

Il s'arrêta avant de le franchir mais ne se tourna pas vers Brunetti. Au moment où il posait le pied sur la première marche, le policier lui lança : « Tu es un bon garçon ! »

Le bon garçon grimpa vivement les marches et disparut de l'autre côté.

28

« L'homme tigre ? répéta Vianello lorsque Brunetti lui eut raconté sa visite au domicile de Fornari et sa rencontre avec le petit Rocich. Et il ne t'a pas donné une idée un peu plus précise de ce qu'il voulait dire ?

– Non, rien. Un personnage qui lui a fait penser à un tigre leur est tombé dessus pendant qu'ils cambriolaient l'appartement ; il a attrapé la petite et l'a jetée dehors. » Brunetti s'interrompit, se passa une main dans les cheveux et ajouta : « En tout cas, c'est ce que j'ai cru comprendre.

– Et c'est pour ça que ce gosse veut le tuer ?

– Dans la chambre des parents, la porte-fenêtre donne sur une terrasse. Elle a pu vouloir s'enfuir par le toit et glisser de là.

– Là-dessus, tu vois peut-être juste, mais je ne me souviens pas d'avoir vu la moindre peau de tigre dans l'appartement.

– Il ne faut pas le prendre au pied de la lettre, Lorenzo. C'est un gosse. Qui sait ce qu'il a pu vouloir dire par "homme tigre" ? Il peut aussi bien s'agir de quelqu'un en pyjama rayé que de quelqu'un qui lui a crié dessus avec une voix grave. »

Vianello réfléchit quelques instants. « Nous ne savons même pas s'il se servait du bon terme, n'est-ce pas ? D'après ce que tu m'as dit, c'est à peine s'il parlait italien. Tu crois qu'il savait ce qu'il voulait dire ? »

Brunetti avait eu l'impression que le petit Rocich comprenait tout à fait bien l'italien, mais Vianello avait peut-être raison. Puis il se souvint de la manière dont le garçonnet avait ébouriffé ses cheveux pour simuler une tête de bête, et avait fait ces mouvements suggérant les rayures d'une peau de tigre. Mais voilà, l'imagination d'un enfant est un monde auquel les adultes n'ont pas accès.

« C'est vraiment terrible, dit Vianello.

– Tu penses au garçon ?

– Au garçon, bien sûr, répondit vivement Vianello. Quel âge peut-il avoir ? Douze ans ? Il devrait être en classe au lieu de venir *travailler* dans la ville pour cambrioler des maisons. » Brunetti se retint de pointer les contradictions de l'inspecteur.

« Ce n'est qu'un gosse ! reprit Vianello d'un ton indigné. Ce n'est pas lui qui en a eu l'idée !

– Il semble qu'il y en ait au moins un qui a trouvé grâce à tes yeux, fit remarquer Brunetti avec le sourire, et Vianello ne se vexa pas.

– Tu sais bien comment ça se passe : c'est toujours facile d'éprouver de la sympathie pour un cas particulier. C'est quand on regarde le tableau d'ensemble qu'on met tout le monde dans le même panier et qu'on dit ces trucs-là. Des trucs stupides. » Cette dernière observation ressemblait à des excuses. « C'est juste que ça me rend fou, de ne rien pouvoir y faire. J'ai parlé avec Pucetti, avant de monter. Ils ont reçu un appel de l'épicerie qui se trouve à côté de Miracoli. Apparemment, un drogué est venu ce matin. Il brandissait une barre de fer et menaçait de tout casser s'ils ne lui donnaient pas de l'argent. »

Histoire que Brunetti avait déjà souvent entendue et dont il craignait de connaître l'issue. « Ils lui ont donné vingt euros, et tu sais ce qu'il a fait ? Il est allé dans le bar à côté, il a acheté une bouteille de vin et il s'est assis sur le banc en face de l'épicerie pour la vider. Du coup, le type de l'épicerie nous a appelés. » Vianello étira les jambes et contempla ses pieds. Lui aussi avait trop souvent entendu ce genre d'histoire.

« Pucetti y est allé. Il a voulu se faire accompagner par Alvise. Mais monsieur était trop occupé. Il y est donc allé avec Fede et Moretti. Le type était toujours là quand ils sont arrivés. Assis sur son banc, comme n'importe quel passant qui se serait arrêté pour se reposer. Le propriétaire l'a identifié, Pucetti a rempli son PV, et ils ont ramené leur client ici. Deux heures après, ils l'ont relâché. »

Brunetti crut que l'inspecteur avait terminé, mais il ajouta : « Au fait, c'est comme pour votre gaillard, Mutti. Il a disparu. Votre ami de la Guardia di Finanza, Zeccardi, a téléphoné tout à l'heure.

– Et qu'est-ce qu'il a dit ?

– Mutti habitait Dorsoduro. Les types de la Finanza lui ont rendu une petite visite. Ils ont demandé à voir les livres de comptes de son organisation, et il leur a donné rendez-vous le lendemain, au bureau de l'organisation.

– Et ?

– Et ils sont venus. Mais il n'était pas là. L'adresse de son soi-disant bureau était celle d'un bar où l'on n'avait jamais entendu parler de lui, et lorsqu'ils sont retournés à son domicile, il avait dégagé. Sans que personne sache où il est allé. »

Les prisons débordaient, et la dernière amnistie du gouvernement avait provoqué un tel tir de barrage qu'il n'était pas près d'en proclamer une autre. Les circulaires du ministère de l'Intérieur recommandaient de n'arrêter que les auteurs des pires violences criminelles. Le sentiment d'impuissance qui en résultait, partagé par la police et la population, faisait bouillir les uns et les autres de colère, mais on ne pouvait rien y faire.

« Très bien, dit Brunetti en se levant. Ça ne va pas nous aider de rester assis ici à gémir sur notre sort.

– Qu'est-ce que tu proposes ?

– D'aller prendre un café et de voir si on peut trouver un moyen de faire surveiller le domicile des Fornari. » Devant l'expression intriguée de Vianello, il ajouta : « Je suis curieux de savoir s'ils ne vont pas recevoir une visite.

– Une visite de qui ?

– C'est justement ce que je voudrais savoir. Parce que ça pourrait expliquer certaines choses. »

Devant un café, les deux hommes examinèrent sous tous les angles les problèmes de logistique et de personnel que posait la surveillance du domicile des Fornari, sans trouver de solution. Quiconque aurait traîné dans une *calle* sans issue comme celle-ci n'aurait pas tardé à attirer l'attention. Vianello se sentit obligé de demander une nouvelle fois à Brunetti qui, d'après lui, viendrait rendre visite aux Fornari.

« Le père de la petite. »

Cette réponse prit l'inspecteur par surprise. « Tu crois qu'il s'en soucie ?

– Non. Mais je pense qu'il pourrait y voir l'occasion de leur soutirer de l'argent.

« – Tu supposes qu'il sait ce qui est arrivé à sa fille, c'est ça ? Et que les Fornari le savent aussi. »

Brunetti repensa à sa première visite. La femme de Fornari avait paru intriguée que la police vienne chez elle, mais nullement inquiète ; la seconde fois, son mari et elle avaient montré des signes d'une grande nervosité. Ils devaient avoir appris quelque chose entre-temps : Brunetti voulait savoir quoi, et par qui.

Sur un ton badin, Brunetti lança : « Je peux demander à mes gosses.

– Leur demander quoi ?

– S'ils connaissent les enfants Fornari. Et ce qu'ils ont pu entendre dire d'eux. » Vianello eut un regard long et appuyé qui mit Brunetti mal à l'aise.

« Ils sont à peu près du même âge.

– Grâce à Dieu, les miens sont encore trop jeunes.

– Trop jeunes pour quoi ?

– Pour travailler pour nous. »

Brunetti résista à la tentation de se défendre. Il consulta sa montre ; trois heures. « Je rentre chez moi », dit-il en se levant.

Vianello ne répondit rien.

« Si on me demande, tu diras que j'ai dû sortir, d'accord ?

– Bien entendu. »

Même le meilleur des augures n'aurait pu déceler le moindre message dans la voix de Vianello, mais Brunetti savait qu'il y en avait un. Il fit le tour de son bureau et tapota l'épaule de son subordonné. Puis il quitta la questure et rentra chez lui.

Il aborda la question pendant le repas du soir, entre le risotto aux épinards et le filet de porc aux champignons.

Chiara, qui semblait avoir renoncé au régime végéta-rien, lui parut différente. Elle ne connaissait pas per-sonnellement Ludovica Fornari, mais elle en avait entendu parler.

« Ah bon ? fit Brunetti.

– Même moi, j'ai entendu parler d'elle, intervint Raffi.

– Et qu'est-ce que tu as entendu dire ? » demanda Brunetti l'air de rien.

Paola lui jeta un coup d'œil soupçonneux et l'inter-rompit. « Chiara ? Ce n'est pas mon *Fleur de la pas-sion* que tu portes ? » Brunetti n'avait aucune idée à quoi son épouse faisait allusion. Chiara ne portait qu'un simple tee-shirt en coton blanc ; il ne pouvait donc s'agir d'un vêtement. Du rouge à lèvres ? Ou un parfum ? Il ne sentait rien et Paola n'en portait que rarement.

« Si, répondit Chiara avec une certaine hésitation.

– C'est bien ce que je pensais, dit Paola avec un grand sourire. Ça te va très bien. » Elle inclina la tête de côté pour étudier le visage de sa fille. « Probable-ment mieux qu'à moi. Tu n'as qu'à le garder.

– Ça ne t'embête pas, mamma ?

– Non, non, pas du tout. » Souriant toujours, elle les regarda tour à tour. « Il n'y a que des fruits pour le des-sert, mais on pourrait déclarer ouverte la saison des glaces, non ? Quelqu'un aurait-il le courage d'aller en chercher à Giacomo dell'Orio ? »

Raffi termina ses carottes à toute allure et leva la main. « Moi.

– Et les parfums ? » Paola, qui ne se souciait jamais du parfum des glaces – la quantité primait – avait posé la question avec une jovialité suspecte. « Si tu allais avec ton frère pour les choisir, Chiara ? »

Chiara repoussa sa chaise et se leva. « Et on en prend combien ?

– Le plus gros pot qu'ils aient. Histoire de commencer la saison en fanfare. Raffi ? Prends mon porte-monnaie. Il est à côté de la porte. »

Les deux enfants quittèrent la table alors que Brunetti n'avait pas fini de manger, ce qui revenait à contrevenir ouvertement à la tradition familiale, et on les entendit bientôt qui dégringolaient l'escalier.

Brunetti reposa sa fourchette, conscient du bruit qu'elle fit dans le silence qui régnait dans la pièce. « À quoi rime tout ce cirque, si je peux poser la question ?

– À éviter de transformer nos enfants en espions », répliqua-t-elle sèchement. Et sans lui laisser le temps de se défendre, elle ajouta : « Et ne viens pas me raconter que tu leur posais la question juste comme ça, histoire de faire la conversation. Je te connais trop bien, Guido. Et il n'en est pas question. »

Brunetti se demanda comment il avait réussi à manger autant – il se sentait incommodé, tout à coup. Il finit son fond de vin et reposa le verre sur la table.

Elle avait raison, il le savait, mais ça le mettait en colère de se faire ainsi remonter les bretelles.

« Sans compter, Guido, que toi non plus, tu n'y tiens pas. Pas vraiment, reprit Paola d'une voix beaucoup plus douce. Je t'ai dit que je te connaissais trop bien. Tu l'aurais regretté. »

Il alla porter son assiette dans la cuisine. En revenant, il posa une main sur l'épaule de sa femme, et celle-ci posa tout de suite la sienne dessus.

29

Le lendemain matin, Brunetti resta au lit bien après le départ de Paola, qui donnait un cours de bonne heure. Il réfléchit aux possibilités qui s'offraient à lui dans l'affaire de la petite Gitane. En fait, il n'avait rien, aucun élément tangible. La seule preuve que la fillette était tombée du toit en quittant les lieux du cambriolage, c'était le témoignage d'un enfant qui prétendait que sa sœur avait été victime de l'homme tigre. Les seules pièces à conviction à l'appui de cette thèse étaient un unique bouton de manchette et un éclat de verre rouge monté en bague qui valait trois sous.

Le corps d'Ariana ne portait comme traces que celles d'une glissade sur un toit de tuiles, et la cause de son décès était la noyade.

L'impression que les Fornari avaient appris quelque chose qui les faisait se sentir plus ou moins coupables était très subjective. L'épouse de Fornari avait été sincèrement surprise lorsqu'elle avait appris le cambriolage, Vianello l'avait ressenti comme lui.

Fornari faisait des affaires avec les Russes : il avait de quoi être inquiet. Sa femme aussi lui avait paru nerveuse, la seconde fois. Certes, et alors ? Leur fille n'avait paru nullement troublée de tomber sur Brunetti. Puis il se souvint de sa quinte de toux. Elle s'était produite au moment où il avait dit qu'il allait partir et prendre Vianello au passage. Et il avait précisé : *l'inspecteur* Vianello. Mais même cela était dépourvu de signification : les gens toussaient tout le temps.

Brunetti changea de position sous les couvertures, puis se mit sur le dos et étudia le plafond, jusqu'à ce que la lumière venant de l'extérieur l'avertisse qu'il était temps de se lever. Il devait en parler à Patta. Le vice-questeur verrait ce qu'on pouvait tirer de ces éléments.

« Une fois de plus, vous vous êtes laissé emporter, Brunetti », lui dit Patta quelques heures plus tard, comme le commissaire l'avait prévu. Il ne s'était pas amusé à deviner les termes exacts qu'emploierait son supérieur, mais il avait anticipé la teneur de sa réaction avec une grande précision. « Il est évident qu'ils n'ont aucune idée de ce qui est arrivé. Quand elle est rentrée de l'opéra avec son fils, elle a sans doute trouvé la porte de sa terrasse ouverte : c'est le genre de choses que l'on oublie tout le temps. Malheureusement, la fillette était passée chez eux pendant qu'ils ne s'y trouvaient pas. »

Patta, qui arpentait son bureau tout en exprimant son point de vue, se tourna brusquement vers Brunetti, à la manière dont procède l'habile avocat dans les films américains. « Vous dites qu'elle portait une chaussure en plastique ?

– Oui.

– Eh bien, vous y êtes, dit Patta, suggérant qu'il n'y avait pas besoin de continuer à perdre son temps sur cette affaire.

– Et je suis où ? » risqua Brunetti.

L'expression de Patta montra clairement qu'il trouvait que son subordonné allait un peu trop loin. Plein de bon sens, le vice-questeur répondit : « Du plastique. Un toit en pente. Un toit en pente et en tuiles… Dois-je vous faire un dessin, commissaire ? » La mention du titre de Brunetti était un avertissement à ne pas négliger.

« Non, vice-questeur. Je comprends.

– Ainsi donc, cette signora Vivarini et son fils rentrent chez eux. Elle trouve la porte de la terrasse ouverte et n'y prête aucune attention. » Patta s'interrompit, le temps d'adresser un sourire à Brunetti, celui d'un charmant avocat de la défense, à présent. « Ils n'avaient aucune raison de s'inquiéter de ce détail, n'est-ce pas, commissaire ?

– Non, aucune, monsieur.

– Vous avez dit vous-même que la signora Vivarini avait paru surprise d'apprendre qu'on les avait volés, c'est bien ça ?

– Oui, monsieur.

– Eh bien dans ce cas, je ne vois pas pourquoi en faire toute une histoire.

– Je vous ai aussi parlé de sa fille, qui s'est mise à tousser quand j'ai mentionné le titre de Vianello. » En s'entendant formuler cette objection, Brunetti se sentit ridicule. « Avant cela, tout était normal : elle est entrée, elle s'est présentée sous son nom, Ludovica Fornari, elle m'a serré la main et quand…

– Quoi ? l'interrompit Patta.

– Pardon ?

– Comment avez-vous dit que s'appelait la fille ?

– Ludovica Fornari. Pourquoi ? » Il faillit oublier d'ajouter : « Monsieur.

– Jusqu'ici, vous avez toujours parlé de la signora Vivarini.

– C'est dans le rapport, monsieur. C'est le nom de son mari. Elle-même préfère se faire appeler par son nom de jeune fille. »

Patta rejeta la remarque d'un geste violent, comme si quelqu'un comme lui devait perdre son temps à lire une chose aussi triviale qu'un rapport. « Pourquoi ne pas me l'avoir dit avant ?

– Je ne voyais pas en quoi c'était important, monsieur.

– Bien sûr que si, c'est important, rétorqua Patta comme s'il s'adressait à un élève particulièrement borné.

– Puis-je savoir pourquoi, monsieur ?

– Vous êtes vénitien, il me semble, non ? »

Surpris, Brunetti ne put que répondre oui.

« Et vous ne savez pas qui est cette jeune fille ? »

Brunetti savait qui étaient ses parents, mais il avait bien compris que ce n'était pas ce qui comptait.

– Non, monsieur.

– Elle est la fiancée du fils du ministre de l'Intérieur. Voilà qui elle est. »

Dans un feuilleton judiciaire où Brunetti aurait été l'avocat destiné à se faire écrabouiller dans un brillant retournement de situation par le défenseur de la partie adverse, il se serait frappé le front de la paume de la main et aurait dit haut et fort : « J'aurais dû le savoir ! » ou bien : « Je n'en avais pas la moindre idée ! »

Au lieu de cela, Brunetti garda le silence.

« Vous m'étonnez, Brunetti, vraiment, vous m'étonnez. Mon fils connaît les deux enfants ; il est dans le même club d'aviron que le fils. Mais jusqu'à maintenant, je ne savais pas que c'était d'eux dont vous parliez. La fille de Fornari ! Bien sûr. »

Brunetti conserva une expression attentive pendant ce discours, comme s'il était toujours prisonnier des conventions d'une série B.

Le ministre de l'Intérieur... Qui, entre autres responsabilités, avait celle de toutes les forces de l'ordre, et, en premier lieu, de la police. Les revues à scandale adoraient sa famille : sa femme, l'une des héritières d'une énorme fortune industrielle, son fils aîné, anthropologue qui avait disparu et serait mort en Nouvelle-Guinée, sa fille, connue pour ses allers et retours entre Rome et Los Angeles à la poursuite d'une carrière cinématographique qui ne s'était à ce jour jamais concrétisée, une autre fille mariée à un médecin espagnol et vivant plus discrètement à Madrid, et enfin celui qui était devenu le seul héritier mâle, un garçon aux sautes d'humeur imprévisibles dont les frasques en discothèque avaient défrayé la chronique et sur lequel couraient dans les rangs de la police italienne des rumeurs de délits plus sérieux – mais n'ayant jamais fait l'objet de poursuites. La mère était vénitienne, savait Brunetti, et le ministre, romain.

« ... une hypothèse absolument insoutenable, disait Patta, dont la péroraison touchait à sa fin. Envisager son implication dans une chose pareille, même de la manière la plus indirecte, c'est tout à fait impensable, cette idée n'a même pas à être prise en considération. » Le vice-questeur attendit une réaction de Brunetti, mais celui-ci était déjà occupé à se demander comment il allait pouvoir se renseigner sur le garçon et ce qu'il allait trouver.

Il acquiesça, comme s'il avait suivi le discours de son supérieur avec la plus grande attention.

« Est-ce que je me suis bien fait comprendre, commissaire ? demanda Patta, avec dans la voix la pesante menace que l'on réserve en général au méchant dans un mélodrame.

– Oui, monsieur, répondit Brunetti, qui se leva aussitôt. Je suis convaincu que votre analyse est juste, et que nous devrions y réfléchir à deux fois avant d'impliquer quelqu'un d'aussi important dans une enquête, sans motifs plus sérieux.

– Il n'y a aucun motif, répliqua Patta, sans chercher à cacher sa colère, sérieux ou pas.

– Bien sûr, c'est évident. » Le commissaire fit quelques pas en direction de la porte, s'attendant à recevoir un dernier avertissement, mais Patta en resta là. Brunetti le salua poliment et sortit du bureau.

La signorina Elettra leva les yeux sur lui dès qu'elle le vit. « Un peu désagréable, non ?

– Il semblerait que la jeune Fornari soit la fiancée du fils du ministre de l'Intérieur », répondit-il.

Les yeux de la secrétaire s'écarquillèrent ; elle commençait à envisager les événements sous ce nouveau jour. Au cas où le lieutenant Scarpa se cacherait derrière les rideaux, il ajouta : « Ce qui signifie, bien entendu, qu'il est impensable que nous puissions fouiller dans le passé de ce garçon et rechercher les accusations qui auraient pu être portées contre lui. »

Elle secoua la tête. « S'il est le fils d'un ministre, répondit-elle très sérieusement, il est impossible que ces recherches mènent quelque part, j'en suis sûre. » Alors qu'elle parlait, sa main droite s'approcha du clavier de son ordinateur et le fond d'écran – un torrent de montagne – laissa la place à toute une panoplie de programmes. « Ce serait une perte de temps de faire cette recherche, ajouta-t-elle en se tournant vers l'écran.

« – Je suis tout à fait d'accord avec vous, signorina », conclut Brunetti avec componction. Sur quoi, il se rendit à son étage pour attendre le résultat de ses recherches.

« *Mamma mia*, dit-elle en entrant dans son bureau, deux heures plus tard. Il n'arrête pas, ce garçon. » Elle tenait à la main quelques feuilles de papier qu'elle laissa tomber une à une sur le bureau. « Possession de drogue. » Nouvelle feuille. « Non-lieu pour manque de preuve. Voies de fait. » Nouvelle feuille. « Poursuites abandonnées, la victime ayant renoncé à poursuivre. Encore des voies de fait. » Une autre feuille. « Une fois de plus, rétractation de la victime. » Elle en brandit une un peu plus haut. « J'ai mis toutes les arrestations pour conduite en état d'ivresse sur une seule page. Inutile de gaspiller autant de papier pour lui. » Et la feuille de voleter jusqu'au bureau. « Chaque fois, il tombe sur des juges compréhensifs qui prennent acte de son jeune âge et de son désir de s'amender, si bien que les poursuites ont été systématiquement abandonnées. »

Elle affichait un sourire de tati roucoulante, ravie que les forces de l'ordre aient su, comme elle, voir le cœur pur de ce garçon. Brunetti remarqua qu'il lui restait deux feuilles de papier. « Agression d'un officier de police, dit-elle en plaçant la première devant Brunetti, d'un ton qui suggérait que la récré était terminée. Il a déclenché un esclandre dans un restaurant de Bergame. Tout a commencé lorsqu'un de ces Tamouls qui vendent des roses est entré. Le fils du ministre, le charmant Antonio, lui a dit de ficher le camp, et comme l'autre n'en faisait rien, il s'est mis à lui crier après. Un

307

homme, qui dînait à une autre table avec sa femme, est venu pour essayer de le calmer. C'était un officier de police.

– Qu'est-ce qui s'est passé ?

– D'après le rapport original, le garçon a sorti un couteau et a tenté de poignarder le Tamoul, qui a eu le réflexe de reculer. Puis tout s'est bousculé et le bel Antonio s'est retrouvé par terre, mains menottées dans le dos.

– Et ensuite ?

– Ensuite, la confusion a atteint son comble », dit-elle en posant la dernière feuille sur la pile.

Brunetti étudia le document, un formulaire administratif qu'il ne reconnaissait pas. « De quoi s'agit-il ?

– D'un ordre d'expulsion. Le Tamoul s'est retrouvé dans un avion pour Colombo le lendemain, répondit-elle d'un ton neutre. En vérifiant ses papiers, on a découvert qu'il avait déjà été arrêté plusieurs fois, et on lui a ordonné de quitter le pays.

– Sauf que cette fois, on l'a aidé à partir, n'est-ce pas ?

– On dirait bien.

– Et l'officier de police ?

– Lorsqu'il a fait son rapport, le lendemain, il s'est brusquement souvenu que le Tamoul était ivre et agressif et qu'il avait menacé la fille. » Devant l'expression de Brunetti, elle ajouta : « Ils sont bien connus pour leur violence, au Sri Lanka, n'est-ce pas ? »

Brunetti évita d'en rajouter. « Quelle chance pour ce garçon, dit-il finalement, que le policier ait retrouvé la mémoire.

– Il s'est aussi souvenu qu'il n'y avait pas de couteau. En fait, c'était une des roses du Tamoul.

– Il a réellement dit ça ? »

Elle agita les feuilles. « En tout cas, il l'a écrit... Il semblerait que la police de Bergame ait perdu sa déposition originale, celle qu'il a faite quand elle est arrivée au restaurant.

– Et la fille ? Est-ce qu'elle se rappelait aussi de ce détail ? »

La signorina Elettra haussa les épaules. « Elle a dit qu'elle avait eu tellement peur qu'elle ne se souvenait de rien.

– Je vois. Depuis combien de temps fréquente-t-il la fille des Fornari ?

– D'après ce qu'on m'a dit, depuis quelques mois, seulement.

– Il est le seul fils, n'est-ce pas ?

– Oui.

– Sait-on exactement ce qui est arrivé à son frère aîné ?

– Il s'était installé dans une tribu, en Nouvelle-Guinée, sur laquelle il faisait des recherches. Il vivait comme ses membres. Elle aurait été attaquée par la tribu d'une vallée voisine et il a disparu pendant l'attaque.

– Tué ?

– Personne ne le sait avec certitude. Il s'était rasé la tête et s'était fait faire toutes les scarifications rituelles, les agresseurs ont très bien pu le prendre pour un des leurs. »

Brunetti secoua la tête, navré, et elle ajouta : « Ce n'est que plusieurs mois plus tard qu'on a appris qu'il y avait eu cette attaque. À ce moment-là, on n'avait déjà plus aucune trace de lui.

– Ce qui veut dire ?

– D'après ce que j'ai pu lire, soit la tribu au milieu de laquelle il vivait l'a enterré, soit les autres ont emporté son corps. »

Brunetti préféra ne pas en apprendre davantage. « Et c'est ainsi qu'Antonio est devenu le seul héritier mâle ?

– Oui.

– Les deux frères étaient-ils proches ?

– Très. Du moins, à en croire les articles qui ont paru à l'époque. *Des frères qui étaient doublement frères de sang* – le genre d'âneries qu'adore la presse sentimentale.

– Des frères de sang ?

– Il semblerait qu'Antonio soit allé voir son frère sur place, et que pendant qu'il était dans la tribu, il ait subi une initiation pour en devenir membre, avec son aîné. » Elle se tut un instant, essayant de se rappeler quelque chose qu'elle avait lu mais qu'elle n'avait pas cru bon de noter, apparemment. « Il aurait appris à chasser avec un arc et des flèches, vous savez, les tarzaneries qui font les délices des jeunes gens. On ne sait pas très bien si le fils disparu, Claudio, a eu les scarifications rituelles sur les joues, mais ils ont tous les deux été tatoués et ont mangé des larves vivantes enduites de miel. » Elle eut un élégant petit frisson à cette idée.

« Des tatouages ?

– Oui, vous savez bien. On voit ça tous les étés. Des bandes qui encerclent les bras et les jambes, avec des formes géométriques. On en voit partout. »

Effectivement. Même sur les photos accrochées au mur d'un appartement bourgeois. Des cheveux hérissés tirant sur le roux, lui faisant une tête plus volumineuse, et des tatouages sur les bras pouvant évoquer des rayures. « L'homme tigre, dit Brunetti à voix haute.

– Quoi ? dit-elle, avant de se reprendre, plus poliment : Je vous demande pardon ?

– On a des photos de lui ?

– Beaucoup trop, répondit-elle d'un ton fatigué.

– Allez m'en tirer quelques-unes, s'il vous plaît. Tout de suite, si c'est possible. » Il tendit la main vers le téléphone pour commander une vedette, après quoi il demanda à Vianello de l'accompagner.

30

« Alors tu penses que c'est lui, l'homme tigre ? »
Vianello et Brunetti étaient sur le pont de la vedette de
la police et faisaient route vers la Piazzale Roma, où
Brunetti espérait que les attendrait la voiture qu'il avait
commandée. Foa fit une soudaine embardée à gauche
pour éviter un *sandalo* transportant quatre personnes et
un chien, qui avait failli leur couper la route. Foa
donna deux énergiques coups d'avertisseur et cria
quelque chose à l'homme à la barre, mais celui-ci ne
regarda même pas dans leur direction.

« Et tu penses que c'est suffisant pour lui courir
après ? » demanda Vianello d'une voix de plus en plus
forte, au point que le dernier mot fut presque crié.
L'inspecteur leva les bras en l'air, comme s'il voulait
adresser sa question à une autorité plus haute que celle
qu'il avait devant lui.

Brunetti remarqua que les restaurations du *palazzo*
voisin de celui des Falier avaient enfin commencé. Il
avait été en classe avec le fils du précédent propriétaire
et se souvenait que le père avait joué le *palazzo* dans
un cercle de jeux privé et qu'il l'avait perdu. Toute la
famille avait été obligée de déménager. Ils avaient été
bons amis, mais Brunetti n'avait plus jamais entendu
parler de lui.

« Eh bien ? dit Vianello, rappelant Brunetti à l'ordre. Même si cette histoire est vraie, même si celui que le gosse appelle l'homme tigre a fait quelque chose à la petite Gitane, ce sera impossible à prouver. Tu m'entends, Guido ? Totalement impossible. »

Brunetti était perdu dans la contemplation des bâtiments, derrière Vianello. L'inspecteur lui posa la main sur le bras. « C'est du suicide, Guido. Imaginons que tu réussisses à convaincre les parents de ce gosse de le faire parler de son homme tigre. » Vianello ferma les yeux ; ses mâchoires se contractèrent.

« Qu'est-ce que tu as ? Un témoin qui n'est pas en âge de témoigner et qui en plus, de ton propre aveu, parle à peine l'italien. Une famille qui doit avoir une liste longue comme le bras, je te parie, d'arrestations et de condamnations. Et tu voudrais que ce gamin aille témoigner contre le fils du ministre de l'Intérieur ? »

Le bateau vira brusquement pour aborder une vague croisée et les deux hommes furent projetés contre le bastingage. Foa redressa et reprit son cap.

« Et tu t'imagines que nous allons trouver un magistrat instructeur, dont la carrière dépend elle aussi, faut-il te le rappeler, de ce même ministre, pour faire la mise en examen ? » Il se rapprocha de Brunetti. « Sur ce seul témoignage ? » Et, comme si cela ne suffisait pas : « Sur cette *preuve* ? »

Brunetti glissa la main dans sa poche et se mit à tripoter le bouton de manchette et la bague. Il avait été témoin de la nervosité de Fornari, il avait vu la rage qui animait le visage du petit garçon, cette pulsion primitive exigeant la vengeance que sa mère désirait aussi. C'étaient bien des preuves, mais de celles qu'aucun tribunal ne recevrait, ne voudrait même entendre. Dans l'enceinte des tribunaux, où la loi est supposée être égale pour tous, les impressions de Brunetti ne seraient d'aucun poids, n'auraient aucune valeur. Comme il le savait, et comme Vianello venait de le lui rappeler, la justice exigeait des preuves concrètes, pas l'opinion d'un homme, fût-il commissaire de police, qui avait poursuivi et coincé un gamin à demi fou de terreur et l'avait tenu en l'air jusqu'à ce qu'il raconte son histoire. Brunetti n'avait aucune peine à imaginer ce que même le plus nul des avocats, pour ne pas parler de celui du fils du ministre de l'Intérieur, tirerait de cette présentation des faits.

« Je veux être sûr, dit enfin Brunetti.

– Sûr de quoi ?

– Sûr que ce que m'a dit le gosse est vrai. »

Vianello perdit patience. « Vas-tu comprendre enfin que c'est sans importance, que cela soit vrai ou non ? Sans la moindre importance ? » Il attrapa Brunetti par le bras et l'entraîna dans la cabine. Quand ils furent assis face à face, l'inspecteur reprit : « Il est possible que le gamin ait dit la vérité, pour ce que j'en sais, il l'a même dite, mais ça n'y change rien, Guido. Tu te retrouves toujours avec le fils d'un Gitan repris de justice qui accuse le fils du ministre de l'Intérieur.

– C'est la troisième fois que tu me le dis, Lorenzo, répliqua Brunetti d'une voix fatiguée.

– Et je te le dirai trois fois de plus si nécessaire. » Il se tut pendant un long moment avant de reprendre, d'un ton plus calme : « Tu as peut-être envie de commettre un suicide professionnel, mais moi, pas.

– Personne ne te le demande.

– Je t'accompagne jusqu'au camp des Gitans, il me semble, non ? Pour que tu puisses parler à quelqu'un à qui Patta t'a interdit de parler.

– Il ne l'a pas spécifié », protesta Brunetti. Son argutie n'était guère convaincante.

« Comme s'il en avait eu besoin ! Il t'a donné l'ordre de laisser tomber cette affaire et la première chose que tu fais, c'est de courir là-bas sans aucune autorisation et contre l'ordre exprès de ton supérieur – de *notre* supérieur – pour parler à des gens qu'il t'a dit de laisser tranquilles.

– Le petit garçon et la deuxième sœur étaient aussi là-bas, cette nuit-là. Ils ont vu ce qui s'était passé.

– Et tu t'imagines que les parents vont les laisser te parler ? Ou les laisser parler à un juge ?

– La mère désire la vengeance autant que son fils, sinon plus.

– Alors nous voici transformés en ONG des droits de l'homme, pour aider les Gitans malmenés par le reste du monde ? » Vianello se détourna de Brunetti pour lui cacher son exaspération et resta un moment la tête levée, les yeux fermés, comme s'il priait pour que la patience lui revienne.

Le bateau ralentit. Ils arrivaient Piazzale Roma. Brunetti se leva et repoussa l'une des portes battantes. « Tu n'as qu'à repartir avec Foa. »

Arrivé sur le pont, il entendit Vianello derrière lui. « Pour l'amour du ciel, Guido, arrête de jouer les prima donna ! »

Ce n'était pas le même chauffeur que la première fois, mais lui aussi connaissait le chemin du campement et il fit remarquer qu'il y avait souvent ramené des mineurs. Comme il paraissait aimable et disposé à bavarder, Brunetti et Vianello profitèrent de l'interlude qu'offrait son quasi-monologue.

Brunetti ayant déjà entendu ces propos cent fois, il n'y prêta guère attention et se laissa aller au plaisir d'étudier les prémices du printemps dont il voyait partout des signes, depuis qu'ils avaient quitté la ville. Semblable en cela à la plupart des citadins, il se faisait une idée romantique de la campagne et de la vie rurale. Un jour, alors qu'il y avait du poulet au menu et que Chiara était dans une de ses périodes végétariennes, elle lui avait demandé s'il avait jamais tué un poulet ; Brunetti lui avait répondu qu'il n'avait jamais tué quoi que ce soit. Il ne se rappelait plus la tournure qu'avait pris la conversation ; sans doute avait-elle glissé sur des sujets futiles et des propos qu'on tient d'ordinaire à table.

La voiture tourna et s'arrêta. Le chauffeur alla ouvrir le portail. Dans le camp, il décrivit un grand demi-cercle et se gara face à l'entrée, à croire qu'il était pressé de repartir.

« Attendez-nous ici », lui dit Brunetti en lui posant une main sur l'épaule. Lui et Vianello descendirent. Ils ne virent personne. Pas un seul homme assis sur les marches des caravanes, aujourd'hui.

La Mercedes bleue n'était plus là, la caravane de Rocich non plus. Aucune des voitures emportées par la fourrière n'était revenue à son emplacement ; les caravanes avaient l'air d'une rangée de pièces d'échecs ayant sacrifié les pions qui les protégeaient.

Brunetti et Vianello s'arrêtèrent devant celle du chef. Les pépiements les plus divers montèrent alors des caravanes – des sonneries de téléphones portables. Brunetti en compta au moins quatre différentes, puis le silence retomba.

Quelques minutes passèrent, et la porte de la caravane s'ouvrit. Tanovic apparut. Le sourire décontracté qu'il arborait mit Brunetti mal à l'aise.

« Ha, monsieur policier », dit l'homme en descendant les marches. Il adressa un signe de tête à Vianello. « Et monsieur assistant policier. » Il s'avança vers eux, toujours souriant, mais ne leur tendit pas la main, pas plus que ne le firent le commissaire et l'inspecteur.

« Pourquoi vous venir visiter encore ? » Il regarda autour de lui, parcourant des yeux la rangée des véhicules qui restaient. « Pour prendre autres voitures ? » Les yeux de l'homme révélaient une telle rancœur qu'elle annulait tout l'humour de sa question.

« Non, je suis venu parler au signor Rocich, répondit Brunetti avec un geste vers l'emplacement occupé auparavant par la Mercedes et la caravane. Mais je vois qu'ils sont partis. Vous savez où ? »

L'homme sourit à nouveau. « Ah, très difficile dire, monsieur policier. Mon peuple, comment vous dites, nomade, on va dans des endroits, personne ne sait où nous allons, quand nous allons. » Sa voix avait pris un ton amer. « Il s'en fout tout le monde. »

– J'ai le numéro de sa plaque minéralogique, dit Brunetti. La police de la route m'aidera à le retrouver. »

Le sourire de Tanovic s'élargit, sans devenir plus amical, au contraire. « Vieille voiture. Vieux numéro. Servira pas, je crois.

– Qu'est-ce que vous voulez dire ?

– Rocich, nouvelle voiture, nouveau numéro.

– Quel genre de nouvelle voiture ?

– Bonne voiture. Pas voiture de merde italienne. Vraie voiture, allemande.

– Quelle marque ? »

L'homme leva la main en l'air, comme s'il paraissait farfelu que les voitures aient une marque. « Grosse voiture, allemande, nouvelle voiture. Et nouveau numéro.

– Je vois, dit Brunetti. Alors nous allons devoir vérifier au service des immatriculations…

– Ah, vente privée. Avec ami. Pas changement papiers : voiture appartient à ami, toujours. Difficile à trouver, je crois.

– Comment s'appelle cet ami ? » demanda Brunetti.

Tanovic eut un haussement d'épaules éloquent. « Lui, pas me dire. Juste ami. Mais très grosse voiture. Très chère.

– Et où a-t-il trouvé l'argent ?

– Ah, l'argent, un autre ami.

– Un Gi… » Brunetti se reprit. « Un ami d'ici, un Rom ?

– Vous pouvez dire « Gitan » avec moi, monsieur policier, répliqua l'homme, sans chercher cette fois à dissimuler le venin dans sa voix.

– Un ami gitan, alors ? répéta Brunetti.

– Non, un *gadjo*. Lui rencontrer l'homme Venise, et lui demander argent. Homme très généreux, donner beaucoup d'argent. Rocich acheter voiture », conclut-il. Il leva une main et l'agita délicatement. « *Bye-bye*.

– Quel homme ?

– Homme lui dire son fils.

– Et cet homme lui a donné l'argent pour acheter la voiture ? »

Hochement de tête. Sourire. « Plus.

– Combien, plus, vous le savez ?

– Lui, pas me dire. Lui peut-être peur dire à Gitan parce que je vole, hein ? » Son expression se fit malveillante.

Brunetti se retourna si brusquement qu'il heurta Vianello, lequel recula d'un pas. « Fichons le camp d'ici », dit-il en partant en direction de la voiture.

Tanovic attendit qu'ils aient rejoint le véhicule pour les interpeller. « Monsieur le policier, Rocich m'a donné quelque chose pour vous », dit-il dans un italien parfait.

Brunetti, une main sur la poignée, se retourna pour regarder le Rom. Celui-ci glissa une main dans sa poche, la ressortit fermée et la tendit vers Brunetti.

« Moi Gitan, mais pas voler ça », dit-il en faisant aller sa main de gauche à droite. Quelques mètres les séparaient. Tanovic leva le poing un peu plus haut. « Vous vouloir ? »

Le commissaire s'avança vers lui et tendit la main, le bras raide et droit. Un instant, il craignit que le Rom ne lui demande de dire « s'il vous plaît ».

Tanovic plaça sa main au-dessus de celle de Brunetti et tendit ses quatre doigts l'un après l'autre. Brunetti sentit quelque chose tomber dans sa paume. « L'homme avec l'argent veut ça. Rocich lui a dit que le garçon était là, il a tout vu, tout ce qui s'est passé. Mais Rocich m'a dit de vous le donner, monsieur le policier. » Alors qu'il grimpait les marches de sa caravane, Brunetti s'autorisa à regarder ce que c'était.

Le bouton de manchette manquant : un éclat de lapis-lazuli dans une monture en argent.

Une détonation le fit sursauter. Ce n'était que la porte de la caravane qui venait de claquer violemment.

31

Ce ne fut que trois jours après sa visite au campement des Gitans, qui l'avait plongé dans une profonde léthargie, que Paola interrogea Guido. Ils étaient assis sur la terrasse, après un dîner au cours duquel Brunetti avait à peine touché aux plats, et il était sur le point de faire un sort à son deuxième verre de grappa. La bouteille était restée sur la table, comme s'il n'avait pas exclu de s'en servir un troisième.

Peu à peu, alors que tombait le jour et que la fraîcheur du soir s'installait, il lui raconta ce qui s'était passé, sans le moindre souci de cohérence ou de chronologie. S'il y avait un ordre dans l'histoire qu'il lui raconta, c'est peut-être celui de ses impressions, comme s'il avait gardé les plus importantes pour la fin : les terribles gémissements de la mère et la féroce expression sur le visage du petit garçon, lorsqu'il lui avait parlé de « l'homme tigre ».

Même sa dernière conversation avec Fornari et sa femme ne lui avait pas laissé une impression aussi forte. « Ils n'ont pas voulu me laisser entrer, au début, mais je leur ai dit que dans ce cas, j'allais revenir avec un mandat. »

Il sentit la main de Paola se raidir sur son bras – il faisait trop noir, à présent, pour qu'il distingue ses traits, ou même un mouvement de sa tête – et reprit : « C'était du pipeau, bien entendu, pas un juge ne m'en aurait signé un. En ce qui nous concerne, en ce qui concerne même toute la magistrature, l'affaire est terminée : la fillette est morte accidentellement en tombant à l'eau après avoir cambriolé l'appartement des Fornari, point final.

– Et ils t'ont laissé entrer, finalement ?

– Oui. Tu sais que je mens très bien.

– Non, pas si bien que ça, répondit-elle, ce qu'il prit comme un compliment. Et qu'est-ce qui s'est passé ?

– Ils étaient nerveux, tous les deux. Sur le coup, j'ai cru qu'ils ne seraient pas capables de tenir la distance. » Ce qui était aussi une sorte de compliment.

« Qu'est-ce que tu leur as dit ?

– Que j'avais parlé avec un des Gitans du camp, qui m'avait raconté que Rocich s'était vanté d'être venu les voir pour leur parler. » C'était la femme, n'avait pas oublié Brunetti, qui s'était montrée la plus véhémente dans ses protestations ; Fornari, à côté d'elle, se contentait de secouer la tête et n'avait répondu à Brunetti que lorsque celui-ci s'était adressé directement à lui.

Guido posa les talons sur le barreau le plus bas du garde-fou. Ce geste lui rappela leur prudence, quand les enfants étaient petits : ils ne laissaient jamais un enfant sur la terrasse sans surveillance. Même à présent, alors qu'ils habitaient là depuis plusieurs dizaines d'années, Brunetti évitait de regarder le vide et la rue, quatre étages en dessous.

« D'après toi, qu'est-ce qui s'est passé ? »

Brunetti n'avait guère pensé à autre chose, au cours de ces derniers jours ; il n'avait cessé de reprendre le déroulement des événements, il avait envisagé toutes les hypothèses, le visage de la petite morte toujours à l'esprit. « Leur fille était sur les lieux. Avec son petit copain, probablement dans sa chambre. Ils ont entendu des bruits dans l'appartement. » Il ferma les yeux, comme s'il se représentait la scène. « Drogué ou non, le jeune homme a considéré qu'il était de son devoir d'aller voir ce qui se passait.

– Et les rayures ? »

Brunetti se tourna vers l'ombre chinoise que formait la tête de Paola sur le fond un peu plus clair du ciel où traînait un reste de lumière. « S'ils étaient dans la chambre de la fille, ce n'était pas pour faire leurs devoirs de math, Paola. Rappelle-toi : son père était en Russie, sa mère et son frère, à la Fenice. »

Il lui laissa imaginer la scène : le garçon bondit du lit, habillé des seuls tatouages de ses bras et de ses jambes, et se jette sur les deux gosses en rugissant. « L'homme tigre, murmura Paola.

– La chambre des parents a une porte-fenêtre donnant sur la terrasse, poursuivit Brunetti. C'est sans doute par là qu'ils sont entrés, c'est donc par là qu'ils ont dû essayer de s'échapper.

– Et ensuite ? »

Paola ne put voir Guido hausser les épaules, mais elle crut entendre le frottement de sa veste contre le dossier de son siège.

« Ensuite, on ne peut qu'émettre des hypothèses.

– Mais son petit frère a dit…

– Le petit frère était en fait l'aîné ; en tant que garçon, en plus, c'était certainement lui, le responsable de leur expédition. Et il a laissé mourir sa petite sœur. » Guido n'attendit pas les protestations de Paola. « Je sais, je sais, rien de tout ça n'est de sa faute. Je ne te parle pas de ce qui s'est réellement passé, nous n'en savons rien, mais de la manière dont lui l'a perçu. Elle était avec lui et donc il est responsable de ce qui est arrivé à Ariana. »

Il se tut un long moment. « Mais si elle a été jetée du toit, ce n'est pas de sa faute – j'essaie juste de voir les choses comme lui. » Il n'en dit pas davantage. Les bruits de la ville montaient vers eux : des pas, une voix d'homme échappée d'une fenêtre ouverte, une télévision au loin.

« Dans ce cas, pourquoi les Fornari se comportent-ils en coupables ? demanda finalement Paola.

– Ce n'est peut-être pas de la culpabilité.

– Et de quoi pourrait-il s'agir d'autre ?

– De la peur.

– Des Gitans ? s'étonna-t-elle. Une vendetta ? » À son ton, on sentait bien qu'elle refusait d'y croire. « Mais d'après ce que tu m'as dit toi-même, en dehors de la mère et du frère, tout le monde, parmi les Gitans, a paru se ficher complètement de ce qui était arrivé à cette gosse.

– Non, ce n'est pas des Gitans qu'ils ont peur. » Il se demandait où Paola avait vécu, toutes ces années.

« De qui, de quoi, alors ?

– De l'État, pardi. De la police. D'être accusés du crime et d'être pris dans l'engrenage de la machine judiciaire. » Car quelle peur plus grande pouvait hanter le citoyen ordinaire ? En comparaison, être victime d'un cambriolage n'était rien.

« Mais ils n'ont rien fait. Tu as dit que tu avais véri-fié leur alibi. Quand les Fornari sont arrivés chez eux, la fillette était déjà morte. Et le père était vraiment en Russie.

– Ce n'est pas pour eux qu'ils ont peur. C'est pour leur fille, pour ce qu'elle a pu voir et qu'elle ne leur a pas dit et qu'elle n'a pas dit non plus à la police, ou pour ce qu'elle a vu son petit copain faire. » Il hésita un instant, et décida de lui confier le fond de sa pensée. « Ou pour ce qu'elle a pu faire elle-même. »

Il entendit son brusque soupir. « Le petit garçon a parlé d'un homme tigre, objecta Paola. Pas d'une fille.

— Ce n'est qu'un môme, Paola. Il est certainement parti en courant dès qu'il a vu quelqu'un sortir de la chambre. Et il a laissé sa sœur sur place. » Brunetti se leva. « Autant de raisons de se sentir coupable, autant de raisons de dire que quelqu'un d'autre l'est. » Conscient de la laisser fort insatisfaite avec cette seule possibilité comme explication, il ajouta : « Je crois que je vais aller me coucher.

— Et tu vas en rester là ?

— Nous ne sommes pas dans un de tes romans, où tout est expliqué au dernier chapitre, devant tous les protagonistes assis bien sagement dans la bibliothèque du château.

— Les livres que je lis ne sont pas comme ça ! protesta-t-elle, indignée.

— La vie non plus n'est pas comme ça », répondit Guido.

*

Deux jours plus tard, on enterra Ariana Rocich à San Michele. Les frais de l'enterrement furent pris en charge par la commune de Venise. Comme on ne connaissait pas la religion de la fillette, les officiels décidèrent qu'elle aurait un enterrement chrétien. Brunetti y assista avec Vianello. Ils déposèrent deux gerbes de fleurs sur le petit cercueil.

Le chapelain de l'hôpital, le padre Antonin Scallon, présida la cérémonie. Sa chasuble blanche se confondait avec l'éclat des roses des deux gerbes. La tombe était située dans une autre partie du cimetière que celle où avait été enterrée la mère de Brunetti, mais les mêmes arbres se dressaient ici et là.

Leur floraison était terminée, on n'en voyait même plus trace sur l'herbe. Des pousses vertes se déployaient sur les branches ; les oiseaux allaient et venaient entre les rameaux pour bâtir leur nid.

Lorsque le prêtre eut fini sa lecture, il se tourna vers les deux hommes qui se tenaient près de la fosse. Les fossoyeurs mis à part, il n'y avait personne d'autre. Il leva la main et fit le signe de la croix sur la tombe vide, puis sur le cercueil et enfin vers ceux qui avaient pris la peine d'accompagner la petite morte jusqu'ici. Lorsque le padre Antonin baissa la main, les employés s'approchèrent et saisirent les cordes.

Vianello fit demi-tour et repartit vers le *portone* marquant la sortie du cimetière, vers l'embarcadère. Le padre Antonin referma son livre, tendit la main vers le cercueil que les hommes faisaient maintenant descendre en un geste qui était à moitié un salut, à moitié une bénédiction. Puis il se détourna.

Brunetti lui posa la main sur le bras. « Merci, padre », dit-il et il se pencha pour l'embrasser sur les deux joues. Les deux hommes quittèrent le cimetière en se tenant par le bras et repartirent vers la ville.

LA FEMME AU MASQUE DE CHAIR
par
DONNA LEON

1

Il aperçut la femme en chemin. Plus précisément, alors qu'il s'était arrêté avec Paola devant la devanture d'une librairie et qu'il profitait de son reflet pour réajuster sa cravate, Brunetti vit celui de la passante qui se dirigeait vers le Campo San Barnaba au bras d'un homme plus âgé. Elle était de dos, l'homme à sa gauche. Le policier remarqua tout d'abord ses cheveux, d'un blond aussi clair que ceux de Paola, noués en un chignon lâche tombant sur sa nuque. Le temps qu'il se retourne pour mieux la regarder, le couple les avait dépassés et approchait du pont conduisant à San Barnaba.

Le manteau de la femme – Brunetti savait seulement que c'était une fourrure plus précieuse que le vison, hermine ou zibeline – tombait juste au-dessus de chevilles très fines et de chaussures à talons trop hauts pour être portées dans des rues où il restait des plaques de neige et de glace.

Guido Brunetti reconnut l'homme, mais sans pouvoir l'identifier : il avait le vague souvenir d'un personnage riche et important. Large d'épaules, il était plus petit que sa compagne et marchait d'un pas plus prudent. Au pied du pont, il fit soudain un pas de côté et s'appuya au parapet. Il s'arrêta et la femme, retenue par son bras, dut en faire autant. Un pied encore en l'air, elle commença à pivoter vers lui, s'éloignant un peu plus d'un Brunetti toujours curieux.

« Si ça te convient, Guido, dit Paola à côté de lui, tu pourrais m'offrir la nouvelle biographie de William James pour mon anniversaire. »

Le commissaire Brunetti se détourna du couple et regarda le gros livre que sa femme lui montrait du doigt, dans le fond de la vitrine.

« Je croyais que son prénom était Henry », répondit Guido, l'air parfaitement sérieux.

Elle lui tira sèchement sur le bras. « Ne joue pas les idiots, Guido Brunetti. Tu sais très bien qui est William James. »

Il hocha la tête. « Mais pourquoi lire la biographie du frère ?

– Je m'intéresse à la famille et à tout ce qui a pu faire de lui ce qu'il est devenu. »

Brunetti se souvint que lorsqu'il avait rencontré Paola, plus de vingt ans auparavant, il avait éprouvé le même besoin de tout savoir de sa famille, de ses goûts, de ses amis, bref, de tout apprendre de cette merveilleuse jeune femme qu'une puissance bienveillante avait mise sur son chemin, au milieu des allées de la bibliothèque universitaire. Brunetti jugeait tout à fait normale qu'on manifestât de la curiosité pour une personne vivante. Mais pour un écrivain mort plus d'un siècle auparavant ?

« Qu'est-ce que tu lui trouves donc de si fascinant ? » lui demanda-t-il, pour la première fois. En s'entendant, Brunetti se rendit compte que l'enthousiasme de Paola pour Henry James l'avait une fois de plus poussé à se comporter en mari jaloux et susceptible.

Elle lui lâcha le bras et recula d'un pas, comme pour mieux considérer son époux. « Il comprend les choses.

– Ah », se contenta-t-il de répondre. Il lui semblait que c'était le moins qu'on pût attendre d'un écrivain.

« Il les comprend et il me les fait comprendre », ajouta-t-elle. Paola dut considérer que le sujet était épuisé, comme le soupçonnait Guido. « Allez, viens. Tu sais que mon père a horreur qu'on soit en retard. »

Ils s'éloignèrent de la librairie. Au pied du pont, c'est pourtant elle qui s'arrêta pour le dévisager. « Tu sais, tu ressembles vraiment de plus en plus à Henry James. »

Devait-il se sentir flatté, ou offensé ? Il n'était pas trop sûr. Avec les années, heureusement, cette remarque récurrente avait cessé de le travailler, et il n'éprouvait plus le besoin de reconsidérer à chaque fois les fondements de leur mariage.

« Toi aussi tu veux comprendre les choses, Guido. C'est sans doute pour ça que tu es policier. » Elle parut un instant songeuse. « Mais tu veux aussi que les autres les comprennent. » Elle se tourna et s'engagea sur le pont. Par-dessus son épaule, elle ajouta : « Exactement comme lui. »

Brunetti attendit qu'elle soit au sommet du pont pour lui lancer : « Est-ce que ça signifie que je suis fait pour être écrivain, en réalité ? » Comme il aurait aimé qu'elle réponde oui...

Elle rejeta, hélas, l'idée d'un geste de la main. « Mais ça pimente la vie à deux », répondit-elle en se tournant vers lui.

Bien mieux que d'être écrivain, estima-t-il en lui emboîtant le pas.

Brunetti consulta sa montre tandis que Paola sonnait au portail de ses parents. « Depuis toutes ces années, tu n'as pas de clef ? demanda-t-il.

– Ne sois pas idiot, Guido. Bien sûr, j'ai une clef. Mais c'est une invitation officielle, et je préfère que nous arrivions en invités.

– Allons-nous devoir nous comporter en invités ? »

Paola n'eut pas le temps de répondre : un inconnu leur ouvrit la porte. Il sourit et dégagea complètement le battant.

Paola le remercia et ils traversèrent la cour en direction de l'escalier conduisant au *palazzo*. « Comment, glissa Brunetti dans un murmure, pas de livrée ? Pas de perruque ? Mon Dieu, mais où va le monde ? La prochaine fois, les domestiques mangeront à la table de maîtres, puis l'argenterie commencera à disparaître. Comment tout cela finira-t-il ? Luciana poursuivant ton père, un hachoir à la main ? »

Paola s'arrêta brusquement et se tourna vers lui en lui adressant un de ses regards dont elle avait le secret, son seul recours quand il se livrait à de tels excès verbaux.

« *Si, tesoro ?* demanda-t-il de sa voix la plus suave.

— On va attendre un peu ici, Guido, le temps d'épuiser tes sarcasmes sur le statut social de mes parents. Quand tu te seras calmé, nous monterons rejoindre les autres invités et tu te comporteras comme un individu raisonnablement civilisé pendant le repas. On est d'accord ? »

Brunetti répondit d'un hochement de tête. « J'aime bien le *raisonnablement civilisé*. »

Elle eut un sourire radieux. « J'étais sûre que ça te plairait. » Sur quoi elle attaqua l'escalier conduisant aux salles de réception du *palazzo*, Brunetti la suivant à deux pas derrière.

Lorsqu'elle avait accepté l'invitation de ses parents, Paola avait expliqué à Guido que le comte Falier souhaitait lui présenter l'une des bonnes amies de la comtesse.

Si, avec le temps, Brunetti avait fini par admettre que sa belle-mère avait une réelle affection pour lui, il n'était toujours pas très sûr de ce que pensait le comte : le tenait-il pour un va-nu-pieds qui s'était introduit par effraction dans son milieu en séduisant sa fille unique ? Ou pour un homme d'honneur talentueux ? Orazio, se disait le policier, pouvait très bien penser les deux à la fois.

Un autre inconnu les attendait en haut des marches et leur ouvrit la porte du *palazzo* avec une petite courbette, tandis que la chaleur de la salle venait les envelopper.

Dans le couloir, un bruit de voix leur parvint du salon principal, celui qui donnait sur le Grand Canal. L'homme leur prit leur manteau en silence et ouvrit la porte d'un placard éclairé. Jetant un coup d'œil à l'intérieur, Brunetti remarqua un grand manteau de fourrure accroché à l'écart des autres vêtements, isolé d'eux par sa valeur ou par une attention particulière du responsable du vestiaire.

Attirés par les voix, ils se dirigèrent vers l'avant du bâtiment. Guido et Paola trouvèrent leurs hôtes devisant devant la fenêtre centrale – leur faisant donc face – pour permettre aux invités à qui ils parlaient de bénéficier de la vue sur les *palazzi* situés de l'autre côté du Grand Canal. Les voyant à nouveau de dos, Brunetti reconnut cependant le couple qui les avait précédés dans la rue ; ou alors, c'est qu'ils avaient des clones – un homme trapu et corpulent et une grande blonde au chignon élaboré, juchée sur des talons aiguilles. Celle-ci se tenait un peu à l'écart, regardant par la fenêtre, et ne paraissait pas participer à la conversation.

Deux autres couples se tenaient à côté de ses beaux-parents. Il reconnut l'expert-comptable du comte et son épouse, ainsi qu'une vieille amie de la comtesse qui, comme elle, était engagée dans les bonnes œuvres, et son mari, marchand d'armes et de technologie minière dans les pays du tiers-monde.

Le comte détourna un instant les yeux pendant ce qui paraissait être une conversation animée avec l'homme aux cheveux blancs, et vit sa fille. Il posa son verre, dit quelque chose à son vis-à-vis et se dirigea vers les Brunetti. À ce moment-là, l'homme corpulent se retourna pour accueillir les nouveaux arrivants et son nom revint à Brunetti : Maurizio Cataldo, personnage qui passait pour être écouté des membres influents de l'administration de la ville. La femme continuait à contempler la vue, comme si elle en était enchantée, et ne s'était pas rendu compte du départ du comte.

Brunetti et Cataldo n'avaient jamais été présentés l'un à l'autre, mais le policier connaissait son histoire dans les grandes lignes. Venus du Frioul au début du XXe siècle, les Cataldo avaient prospéré pendant la période fasciste et étaient devenus encore plus riches pendant le grand boom des années soixante. La construction ? Les transports ? Il n'en était pas sûr.

Le comte rejoignit Guido et Paola, les embrassa tous les deux, puis se tourna vers le couple avec lequel il s'était entretenu. « Tu les connais, Paola, mais pour Guido, je n'en suis pas certain. Ils ont très envie que je te présente. »

C'était peut-être vrai de Cataldo, qui les regardait approcher, sourcils levés, menton légèrement incliné tandis que ses yeux allaient de Paola à Guido avec une curiosité non dissimulée. L'expression de la femme, en revanche, était impossible à déchiffrer. Ou, pour être plus précis, elle en arborait une accueillante, agréable, figée de manière définitive sur ses traits par l'art du chirurgien : sa bouche s'étirait pour l'éternité en un petit sourire, de ceux qu'on affiche quand on vous présente les petits-enfants de la femme de chambre. Les lèvres qui formaient ce sourire pincé étaient pleines, pulpeuses et du rouge profond des variétés tardives de cerises. Ses yeux paraissaient repoussés vers le haut par ses pommettes, qui s'étiraient de part et d'autre de son nez, tendues en deux nodules roses de la taille d'un demi-kiwi coupé dans la longueur. Le nez lui-même s'enracinait plus haut sur le front qui était normal et étrangement dépourvu de relief, comme aplati par la spatule trop énergique d'un sculpteur.

Sinon pas de ride, pas le moindre défaut. Elle avait une peau parfaite, une peau d'enfant. La blondeur de ses cheveux était celle de fils d'or, et Brunetti s'y connaissait assez pour se rendre compte que la robe qu'elle portait avait dû coûter beaucoup plus cher que le meilleur de ses propres costumes.

Il devait s'agir de la deuxième femme de Cataldo, *la super liftata*, parente lointaine de la comtesse dont Brunetti avait entendu parler deux ou trois fois mais qu'il n'avait jamais rencontrée. Il savait, par les commérages, qu'elle était du nord, qu'elle ne sortait que très peu et que, d'une manière qui n'était jamais précisée, elle passait pour « bizarre. »

*Roman traduit de l'anglais (États-Unis)
par William Olivier Desmond*

Extrait de *La Femme au Masque de chair*

Titre original anglais : ABOUT FACE
Première publication : William Heinemann, Londres, 2009

COMPOSITION : NORD COMPO À VILLENEUVE-D'ASCQ
IMPRESSION : CPI BRODARD ET TAUPIN À LA FLÈCHE
DÉPÔT LÉGAL : JANVIER 2012. N° 106604 (66509)
IMPRIMÉ EN FRANCE